つぶらな瞳

グエン・ニャット・アイン
加藤　栄訳

てらいんく

つぶらな瞳

第一章

1

四つか五つのころの私には、女友達はまだいなかった。一緒《いっしょ》に遊ぶ女性といえば、母と祖母だけだった。母は私を心から愛してくれていたが、私が父からお仕置きをされていても、父が怖《こわ》くてあまりかばってはくれなかった。しかし、祖母は違《ちが》った。祖母は父を生んだ人だったから、父は祖母を怖《おそ》れていた。それは私にとっては幸いなことだった。

幼いころの私は手に負えないいたずらっ子で、いつも父のお仕置きを受けていた。幼いながら、私はそれにどう対処したらいいかをつねに考えていて、父が籐《とう》の鞭《むち》を壁《かべ》から取ってくるや、すぐさま祖母の家に逃《に》げこんだ。祖母の家には、下段に祖父の漢方薬をしまう引き出しが付いた、黒光りする木製のファーン[*1]があった。祖母はいつもそこへ横になって、ゆったりうちわを使いながらベテル[*2]をかんでいた。

「ばあちゃん、ばあちゃん！」

私が息を切らして駆《か》け寄《よ》ると、祖母はむっくり身を起こし、「どうしたの？」と尋《たず》ねる。

「父ちゃんが僕をたたくんだよ」

すると祖母は、今にも泣き出しそうな私をやさしく慰《なぐさ》めるように、「心配しなくてもいいよ。ここへ来て横におなり」と言うと、私を抱《だ》き上げて背中のうしろに隠《かく》し、またもとの姿勢に戻《もど》るのだった。

しばらくして父が鞭《むち》を振《ふ》り回しながら通りかかり、「母さん、ガンのやつが来なかったかい？」と尋《たず》ねると、祖母は「いや、見なかったよ」と素知らぬ顔で答え、またベテルをくちゃくちゃやり始める。祖母のうしろに隠れていた私は、父の足音が遠くへ行ってしまうまで、早鐘《はやがね》のように鳴る心臓の鼓動《こどう》を聞きながら息を殺していた。

そういうとき、私はすぐには家に帰らず、しばらく祖母のところで遊んでいった。腹ばいになって、「ばあちゃん、背中をかいてよ！」と鼻にかかった甘《あま》え声を出すと、祖母は私の頼《たの》みをむげに断ったりはしない。背中をかきながら、耳元でささやくようにして物語を聞かせてくれる。祖母が得意なのは昔話だ。祖母のレパートリーはさほど多くなく、同じ話を飽《あ》きもせず何度も繰《く》り返《かえ》していたので、私はすべてそらで覚えていた。しかし、祖母が昔話をしてくれるたび、私は初めて聞くときのような興奮を覚えながら、耳をすましてじっと聞き入ったものだ。穏《おだ》やかで愛情こもった祖母の声音《こわね》のせいかもしれないが、そこには私だけに向けられた特別の愛情が込《こ》められており、それがわかっていたからこそ私の心はなんとも言いようのない喜びに震《ふる》えたのである。そんな慈愛《じあい》に満ちた声音を聞いているうちに、私は胸に一抹《いちまつ》の不安を抱《かか》えながら、知らぬ間に深い眠《ねむ》りの世界に落ちているのだった。

2

もう少し大きくなると、母と祖母のほかに三人の女友達が加わった。そのうちの二人は伯母《おば》の娘《むすめ》、つまり私のいとこである。ニュオンは私より三つ年上で、頭におできがたくさんあったので、いつも髪《かみ》をつるつるにそっていた。私と同い年のクエンは色黒で青ばなを垂らしており、年じゅう、シャツは着ずに短いズボンひとつで過ごしていた。三人目はティン叔母《おば》で、母の兄弟姉妹《しまい》の末っ子だった。ティン叔母はニュオンと同い年だった。叔母とめいが同年齢《ねんれい》なのは、伯母が最初の子どもを産んだ年、祖母がいちばん下の子であるティンを産んだからである。ティン叔母の頭もニュオンと同じようにつるつるだった。私の田舎《いなか》の子どもは都会の子のように玩具《がんぐ》を持っておらず、遊びと言えば泥《どろ》をこねくり回すだけだったので、どの子も体にできものがたくさんできていた。

私も頭におできがたくさんあったが、幸いニュオンやティン叔母のように髪はそらずにすんだ。母は私の頭を角刈《かくが》りにするつもりで、床屋《とこや》のトゥーおやじに下の方までしっかり刈るよう頼《たの》んだので、私の襟元《えりもと》からはいつもなまっちろいうなじがのぞいていた。頭のおできは時とともにいえていったが、きれいに治ることはなかった。長じて私が後ろの毛を長く伸《の》ばすようになったのは、かすかに残った傷痕《きずあと》を隠《かく》すためである。

当時、祖父は母屋《おもや》の裏手に離《はな》れを建てるつもりだったので、中庭には砂の山がうずたかく築かれていた。そして、その砂山は私たち四人の理想的な遊び場となっていた。私たちはそこによじ登って長く深いトンネルを掘《ほ》ったり、一瞬《いっしゅん》にして崩《くず》れてしまう高い塔《とう》を作ったりした。塔を作るのに飽《あ》きると、砂のだんごを作って遊んだ。私とクエンがひとつの組、ニュオンとティン叔母《おば》がもう一方の組になって、砂だんごをぶつけ合った。あたり一帯、もうもうとした砂ぼこりで薄暗《うすぐら》くなり、耳や口に入った砂がじゃりじゃりするまで、むきになって投げ合った。私は砂の目くらましにあうのがこわくて、相手を遠巻きにしながら、片手で目を覆《おお》い、もう一方の手で砂をつかんではやみくもに投げた。クエンは私よりずっと果敢《かかん》だった。両手に砂だんごを持ち、固く目をつむると、大胆《だいたん》に前に進み出て立て続けに投げまくった。ニュオンとティン叔母はクエンの果敢な攻撃《こうげき》に目をやられ、ほうほうのていで逃《に》げ出すのがつねだった。

楽しく遊んだあとに待っていたのは、父のお仕置きだった。昼間、仕事で家をあけている父は、帰宅後に母から話を聞くや、私を呼びつけて厳しく問いただす。最初は私も姿勢を正して立ち、胸の前で腕《うで》を組んで、父の威嚇《いかく》的な尋問《じんもん》に素直《すなお》に答えているが、最後は私の罪状を並べ上げる父の顔を、首がだるくなるまで黙《だま》って見上げているしかなかった。そんなとき、正直言って、父の小言は私の耳を素通りし、頭の中にあるのは鞭《むち》で尻《しり》を何発たたかれるかということだけだった。そして、祖母がちょうどよくどこかの帰りに通りかかって、哀《あわ》れな孫がつらい目にあう前に救出してくれればいいのにと思っていた。しかし、日ごろ私に語って聞かせてくれる昔話の仏様と違《ちが》って、祖母は私のひそかな願いをかなえてはくれなかった。そういうこともまったくないではなかったが、祖母が来てくれるのはたいてい私の尻《しり》にミミズばれができた後だった。そんなとき、私は祖母を恨《うら》み、口をきくのもいやになった。

祖母がとめに入ってくれるのでなければ、私は父から下される判決を黙《だま》って受け入れるしかない。足の汚《よご》れをぬぐって、ひんやり冷たいファーンの上にうつぶせになると、ズボンを下ろして尻を出す。私は緊張《きんちょう》に身を固くしながら、ぎゅっと目を閉じて待つ。目を閉じるのは、そうしたほうが痛さが軽減されるような気がするからだ。

父は一回、二回と数えながら、私の尻を打ちすえる。心の準備はできていたはずなのに、鞭《むち》が振《ふ》り下ろされるたびに私の体は電気ショックでも受けたように寝台から飛び上がった。父は母のように手心を加えるということを知らない。父に打たれると、骨の髄《ずい》まで痛みが走った。最初の二発目までは歯を食いしばって耐《た》え、泣いたりしないよう頑張《がんば》るのだが、三発目ともなるともう抑《おさ》えきれなくなり、声をはりあげて泣いた。

お仕置きが終わると、私はしゃくりあげながら身を起こし、サンダルをつっかける。窓の外に目をやると、中のようすを心配そうにうかがっている二つの目がちらりと見えた。ティン叔《お》母《ば》だった。さっきまではニュオンとクエンも一緒《いっしょ》のようだったが、私がファーンに身を横たえ、お仕置きを受ける態勢に入った時点で、二人は怖《こわ》くなって家に逃《に》げ帰ってしまったらしかった。

3

私の村にはドードーという名の市場があって、昔からそれが村の名前になっている。私が大人になってから、どこか遠いところへ行ってドードー村の出身だと言うと、だれでもその名を知っていた。よその村の者はよく「ドードー村の茶わんは、真っ黒けっけのいーぬ」などという戯《ざ》れ歌を作って私の村の人間をからかった。私には未《いま》だにその歌の意味がよくわからないし、もしかしたらただの言葉遊びなのかもしれない。しかし、小さいころはそれを耳にするたびに、自分のことを犬呼ばわりされているような気がしてえらく腹が立ったものだ。

ドードー市場が開かれるのは夜だけである。訪《おとず》れる人もなく、モモタマナの老木と傾《かたむ》きかかった小屋だけがひっそりと立っている昼間の市場は、村の悪童たちが二手に分かれてけんかをする場所になっていた。

父からお仕置きされると、私はいつも外に出て、ひとりぼっちで市場を眺《なが》めては子犬のようにすすり泣いた。ひりひりする尻《しり》をなでながら、自分はこの世でいちばん不幸な子どもだと思った。涙がほほを転がり落ちてもぬぐおうともしなかった。そんなときはいっそ死んでしまいたいとさえ思った。そして、父が私をたたいたことを後悔《こうかい》し、母は父のお仕置きをとめなかったことを後悔し、祖母はこんな大事なときによそへ行っていたことを後悔して、うんと苦しめばいいと思った。もし私が急に死んだら、きっとみんなは目を真っ赤にはらして泣くだろう。

母や祖母は髪《かみ》をふり乱し、なりふり構わず泣き叫《さけ》ぶかもしれない。そんな光景を想像すると少し悲しくなって、死にたくないと思うのだった。しかし、また思わず尻《しり》に手が行って、やはり自分が死ぬことでみんなを罰《ばっ》してやりたいと思い直した。ただし、そうは言っても、先月亡《な》くなったホアン叔父《おじ》さんみたいに完全に死んでしまうのは怖《こわ》かった。葬式《そうしき》のとき、叔母《おば》やいとこたちが号泣《ごうきゅう》しているのに、叔父さんには何も聞こえていないようだった。母が言うように、叔父はひたすら眠《ねむ》り続け、もう二度と目を覚ますことはないのだ。私はそういうのはいやだった。死ぬにしても、五日ぐらいがいいところだ。両親や祖父母が嘆《なげ》き悲しんで、涙《なみだ》がかれたころにむっくり起き上がり、みんなの祝福を受けるのだ。きっとみんなは私を取り囲み、奪《うば》い合うようにして私を抱《だ》きしめようとするだろう。私は彼らの抱擁《ほうよう》を喜んで受け入れるが、父だけは別だ。たとえ父の目に苦悩《くのう》の色が浮《う》かんでいようと、私は父が伸《の》ばした腕《うで》を冷たくふり払《はら》う。だが最後には思い返し、父にも私を抱《だ》きしめることを許す。しかし、いずれにしても、父が私に近づくことができるのはいちばん最後だ。それからの毎日は、私にとっては最高の日日となる。私は好きなだけ服を汚《よご》し、思う存分、砂遊びにふける。鼻の穴だけ残して全身砂に埋《う》まるのも悪くない。そんなことをしても父からお仕置きされることはないのだ。

そんなバラ色の空想にひたっているうちに、私はついさっきまで泣いていたことも忘れてしまった。空想の翼《つばさ》をさらに羽ばたかせ、この次はどんないたずらをしてやろうかと思いをめぐらせていると、背後でティン叔母の声がした。

「ガン、なんでそんなとこに突《つ》っ立ってるの？」

叔母《おば》のやさしい問いかけが私を現実に引き戻《もど》した。さっきまでの輝《かがや》かしい空想は夢と消え、砂遊びをしてお仕置きされないなんてことは絶対ありえず、人生お先真っ暗だと悟《さと》った私はますます惨《みじ》めな気持ちになり、自然とまた目から涙《なみだ》があふれてくるのだった。

「さっきお父さんにたたかれてたみたいだけど、痛くなかった？」

ティン叔母が私の肩《かた》に手を置いて尋《たず》ねた。

「死ぬほど痛かったよ」

「なら、薬を塗《ぬ》ってあげようか」

鼻水をすすりながら黙《だま》ってうなずくと、ティン叔母は私のズボンを下ろし、縞《しま》状に付いた傷《きず》痕《あと》に薬を塗ってくれた。ここへ来る前に、どうやらポケットに薬の瓶《びん》をしのばせてきたらしい。薬がよく効いたせいか、それともティン叔母のやさしい気持ちのせいか、さっきまであんなにひりひりしていた傷の痛みはうそのように消えていた。肌《はだ》の上をすべる叔母の指がやわらかい綿《わた》のように感じられた。

薬を塗りおわると、ティン叔母は愛情こもった口調で尋ねた。

「どう、痛みはとれた？」

「とれたよ」

私は相変わらずはなをすすりながら答えた。

「もう痛くないのに、どうして泣いてるの？」

「泣いてなんかいないもん」

「泣いてるよ、私には泣いてるように見えるよ」

私は乱暴に腕《うで》で涙《なみだ》をぬぐうと、「さっきまでは泣いてたかもしれないけど、今はもう泣いてなんかないもん」とはねつけた。

それでも叔母《おば》は信用できないのか、探《さぐ》りを入れるような目で私を見た。ただし、それ以上は追及《ついきゅう》せず、私の手を取って言った。

「じゃあこれから二人で市場でも見にいこうか？」

ティン叔母が市場で何か買い物をするつもりなどないことは、私にはわかっていた。あまり私がしょんぼりしているので、気晴らしに誘《さそ》ってくれたのだ。私は一も二もなくうなずいた。私は市場を見てまわるのが大好きだった。それは今回だけに限った話ではない。とくに雑貨の売り場は、何時間歩いてまわっても飽《あ》きることがなかった。赤や青だののブレスレットや色鉛《えん》筆《ぴつ》にはいつも目がくぎづけになったし、四角い紙箱に収まった派手な色使いのビー玉は私の心をとらえて離《はな》さない特別の魅力《みりょく》をもっていた。

いつの間にか、私たちは生臭《なまぐさ》いにおいがする魚売り場の前に来ていた。中部の海岸地方からやってきた男たちは、真っ黒く日焼けした肌《はだ》に白い歯をむき出しにして客を呼びこんでいた。彼《かれ》らの朝は早い。魚を満載《まんさい》した船が接岸する前から起き出して、魚が着くとすぐに自転車に積みこみ、夜の市場に間に合うよう、休みも入れずにひたすらこいで売りにくるのだ。私の村は山間部にあったが、いつでも新鮮《しんせん》な魚が食べられるのは彼《かれ》らの働きがあったおかげなのだ。

しばらくぶらぶらしているうちに、私たちはまた別の雑貨売り場の前に来ていた。売り子は祖母とよく似た風貌《ふうぼう》の老婆《ろうば》で、ひっきりなしにベテルをくちゃくちゃやっていた。私の目は、売り場に並んだきらびやかでかわいらしい雑貨に吸い寄せられた。自分でも本当にそれを買いたいのかどうかわからないのだが、妙《みょう》に心が躍《おど》るのだ。幼いころの私にとって、市場の雑貨売り場はあでやかで、つねに心をひきつけてやまない神秘的な力をもった場所だった。そのころの印象は三十路《みそじ》を越《こ》えた今でも続いていて、偶然《ぐうぜん》、前を通りかかったときなどには、立ち止まって見てみたいという誘惑《ゆうわく》にどうしても打ち勝つことができない。そして、ガラスケースに収まった品々を見ているうちに、甘酸《あまず》っぱい感動が胸いっぱいに広がるのだ。

とりどりの色が氾濫《はんらん》する、目くるめくような世界にひたっていると、市場の中央からどっと喚声《かんせい》があがった。ティン叔母《おば》は握《にぎ》った私の手を揺《ゆ》すりながら、「ねえガン、なんかの出し物みたい。ちょっと行ってみようよ」と言った。

叔母に手を引かれて行ってみると、モモタマナの老木の下に薬の行商人たちが陣取《じんど》り、彼らを囲むように黒山の人だかりができていた。私たちは人波をかきわけて小さなすき間にもぐりこんだ。薬売りたちはもろ肌《はだ》を脱《ぬ》いで、不思議な芸を披露《ひろう》していた。まずは満身の力を込《こ》めて筋肉を盛り上げると、そこに青竜刀《せいりゅうとう》を突《つ》き刺《さ》した。刃《は》が刺さったところで彼はなんの痛みも感じず、ゴムのボールにでも当たったようにはね返してしまうということはわかっていても、ごうごうと燃えるたいまつの光を反射したとがった刃《は》が隆々《りゅうりゅう》たる筋肉に当たるたび、目をつむらずにはいられなかった。やがてあちこちから見物人の感心したようなため息が漏《も》れ、大きな拍手《はくしゅ》が沸《わ》き起こった。それでようやく私は目を開けることができたものの、心臓の高鳴りは止まらなかった。

これまで私は薬売りの芸を何度も見たことがある。彼《かれ》らはどこか決まった場所に居を定めているわけではなく、夏から次の年の春にかけて、年じゅう村から村を渡《わた》り歩いて日を暮らしている。私の村に来るのも何か月かに一度ぐらいだ。やってくると、市場の中央に立つモモタマナの老木の下に小屋がけする。芸人も演目もいつも同じだが、彼らの芸はしばし日常を忘れさせてくれたし、日ごろからなじんでいながら、それでいて不思議な芸が人々を引き寄せ、いつの間にか周囲には人だかりができているのだ。そして、見物に集まった人々は、彼らが筋肉を盛り上げたり、青竜刀《せいりゅうとう》をのんでみせたり、口から火を噴《ふ》いたりするようすに魅入《みい》られて、催促《さいそく》されるまでもなく進んで財布《さいふ》の留め金をはずし、風邪《かぜ》のときに塗《ぬ》るオイルやら軟膏《なんこう》やらを買ってしまうのである。

私たち子どもは薬になど興味はなかったが、それでも韻《いん》を踏《ふ》んでなよやかな抑揚《よくよう》があり、微《び》妙《みょう》な余韻を残す、物珍《ものめずら》しい歌のような宣伝文句にうっとりと耳を傾《かたむ》けたものだ。

当時、彼らが演じる芸で、私がいちばん楽しみにしていたのは最後の演目だった。気前よく薬を買ってくれた人たちにあいきょうをふりまきながら釣《つ》り銭《せん》を返し終わると、芸人たちのひとりがモモタマナの根元に置かれた鉄の檻《おり》に歩み寄る。檻のふたが開くと、中からまだら模様の大蛇《だいじゃ》が顔を出し、ゆっくりと地面をはいながらあたりを一周する。時折、蛇《へび》が鎌首《かまくび》をもたげてだるそうに身を揺《ゆ》するたび、子どもたちは悲鳴をあげる。私は泣きはしなかったものの、蛇がそばを通ると後ずさりし、ティン叔母《おば》の手を固く握《にぎ》り締《し》めた。そうこうしている間に、先の芸人が大蛇のそばまで行って腕《うで》を差し出すと、蛇はするするとその腕を登っていく。それから、くねくねとした動きで幾重《いくえ》にも腕に巻きつき、腹を通って、芸人の首をぐるぐる巻きにした。しなやかだが、確かな動きだった。

私は催眠術《さいみんじゅつ》にでもかかったように、その光景から目が離《はな》せなかった。背筋に鳥肌《とりはだ》が立ち、恐《おそ》ろしいような陶酔《とうすい》しているような、なんとも表現しがたい気持ちだった。

しばらく黙《だま》って見ていたティン叔母はぶるっと身を震《ふる》わせると、「ねえガン、もう帰ろうか？」と言った。「おばちゃん、怖《こわ》いの？」と尋《たず》ねると、叔母は素直《すなお》にうなずいて、「うん、なんだかぞっとするしさ」と答えた。

「僕《ぼく》もこういうの、あんまり好きじゃないけど、でも怖くなんかないよ。だから、もっと見ていたい！」

しかし、ティン叔母は私の手を引くと、「いいからもう帰るよ。　もう夜も遅《おそ》いし、またお父さんにたたかれてもいいの?!」と一喝《いっかつ》した。

脅《おど》しを含《ふく》めた警告で現実に引《ひ》き戻《もど》された私は、叔母《おば》のあとについて人ごみをかき分けながら、後ろ髪《がみ》を引かれる思いを抱《かか》えつつ、急ぎ足でその場をあとにした。

歩きながら頭上を見上げると、夜空に満天の星が輝《かがや》いていた。星たちは広大な天空をすき間なく埋《う》めつくし、時の経過とともにますます明るさを増していくようだった。市場の方に目をやると、暗闇《くらやみ》の中に瞬《また》くようにともっていたランプが、ひとつまたひとつと消えていくのが見えた。きっと商売人たちが店を閉めて帰る仕度《したく》をしているのだろう。闇の中にはすり切れた籐《とう》縄《なわ》で組んだ竹の小屋だけが残されていた。

4

もう少し大きくなると、私は学校へ通うようになった。ただし、入学前に字を覚える必要があったので、父は一冊のノートを買い、二十四文字のアルファベットを教えてくれた。それがすむと、語頭子音《しいん》と語末子音の読み方を教わった。毎日一字ずつ読みを覚え、夜、帰宅後に父から受けるテストに合格すると、また新しい字を習うのが私の日課となった。

しかし、たいてい私は一日じゅう遊びほうけておさらいするのを忘れてしまい、夜、ノートを前にして途方に暮れることがよくあった。教えたことを何度質問しても、私がしどろもどろにしか答えられないと、父は私が遊びに夢中になってさぼっていたことを即座《そくざ》に見抜《みぬ》き、かっとなってごつんと頭をたたくのだった。私がめそめそ泣いているのを母は心配そうに見ていたが、父をとめようとはしなかった。そういうとき、父は私を眠《ねむ》らせず、机の前に縛《しば》りつけるという罰《ばつ》を与《あた》えた。私は覚えられなかった文字を夜が更《ふ》けるまで何度もおさらいしなければならなかった。

昼間、私はくたくたになるまで遊びまわっているので、夕食をすますと自然とまぶたが重くなる。しかし、このときばかりはあごがはずれるほど大きな口を開け、くねくねと連なった文字を声を出して読み上げなければならない。そんなにまでして勉強するのは、私にとっては拷《ごう》問《もん》にも等しいものだった。上まぶたと下まぶたは今にもくっつきそうで、文字をたどる指はノートを突《つ》き破ってしまうのではないかと思えるほど重く、ぐらぐらする頭を支えようといかに頑張《がんば》っても、つい船をこいでしまうのだ。意識は完全に遠のき、魂《たましい》は夢の境地をさまよっているにもかかわらず、口だけ惰性《だせい》で動いていることもよくあった。そして、襲《おそ》ってくる眠気《ねむけ》に抗《こう》しきれず、がくんと前倒《まえだお》しになった拍子《ひょうし》に額を机にぶつけて目を覚まし、また声をはり上げて父から与《あた》えられた課題をこなさねばならなかった。

こんな夜更《よふ》けにおさらいしている声を聞きつけてやってきた祖母は、くっつきそうなまぶたを必死でこじ開け、船をこいでいる私を発見して、怒《いか》りに身を震《ふる》わせた。祖母は入ってくるなり、すぐさまノートを地面にたたきつけると、私を胸に抱《だ》き、激しく父を叱責《しっせき》した。祖母にしかられたときだけは、父もしおらしくしていた。ベッドに横になって本を読むふりをし、祖母が私を抱き上げてベッドに寝《ね》かせても、ひとことも文句を言ったりしなかった。そんなとき、私は祖母の腕《うで》の中でがっくり首を垂れ、夢の世界をさまよっていた。

しかし、父の厳しいしごきのおかげで、学校にあがるころには、私はどの文字もすらすらと読めるようになっていた。それは私と同年齢《ねんれい》の子どもたちのだれもができることではなかった。

5

当時、私の村の小学校は、二年生から五年生までの四学年しかなかった。教員不足のため、学校には一年生のクラスがなかったので、二学年のクラスに入る前、村の子どもたちはみなフー先生の私塾《しじゅく》に通っていた。

フー先生は地元の教員で、私が生まれる前から子どもたちに勉強を教えていた。先生は教え方が上手なことで有名な人で、生徒が小学校に上がるとみな一番をとっていた。先生は厳しいことでも有名で、言うことを聞かない生徒には容赦《ようしゃ》なく罰《ばつ》を与《あた》えたので、生徒は先生が怖《こわ》くて悪さをしようとはしなかった。そのためフー先生に子どもを見てもらいたいと望む親が大勢いた。

フー先生の家は私の家の並びにあったので、塾に入る前に、父は私を顔見せに連れていった。私は先生をひと目見ただけで震《ふる》えあがった。白髪《しらが》混じりの髪《かみ》をオールバックにした先生が笑いを浮《う》かべると、金冠《きんかん》をかぶせた歯がぎらりと光り、鼻先にずり落ちた老眼鏡《ろうがんきょう》の向こうの目はくぼんでいるように見えた。先生の全身に、厳格かつ杓子《しゃくし》定規で威嚇《いかく》的な雰囲気《ふんいき》が漂《ただよ》っていた。

父が先生と話している間じゅう、私は隅《すみ》っこの方で息をひそめて小さくなっていた。先生から何か質問されたときだけは、蚊《か》の鳴くような声で答えたものの、心の中ではこの顔見せが早く終わってくれればいいのにと思っていた。

フー先生には子どもが二人いた。上はハィンという女の子で、年は十五か十六くらい。下の子はホアといって、私と同じ年ごろの少年だった。ホアは私と同じクラスだった。学校へ行ってみたら、ホアは私と同じクラスだった。あとになってわかったことだが、ホアは底意地が悪くけんかっ早い少年だった。私たち生徒はいつもホアにいじめられていた。私たちの遊びはしばしばホアに中断させられた。ホアは、男子からはビー玉代わりのテリハボクの実やロウを詰《つ》めた王冠《おうかん》、女子からはゴム跳《と》びのゴムなどを力ずくで取り上げ、平然とした顔で自分のポケットに入れると、ゆうゆうとした足どりで立ち去る。被害《ひがい》にあった者は、涙《なみだ》ながらにその後ろ姿を見送っているしかなかった。

だからといって、私たちがホアにまったく手を出せなかったかというと、けっしてそんなことはない。こちらのほうが数は多いのだから、やつの首根っこを押《お》さえつけ、袋《ふくろ》だたきにしてやることだってできたはずだ。しかし、そういうことをあえてやるような勇気ある者はいなかった。それはホアがフー先生の子どもだったからである。

以前、同じクラスのトアンがホアから恐喝《きょうかつ》され、無謀《むぼう》にもホアのあごに強烈《きょうれつ》なパンチを一発お見舞《みま》いしたことがあった。トアンはフー先生の塾《じゅく》に入ったばかりだったので、ホアの威力《いりょく》をよく知らなかったのだ。不意打ちを食らったホアは地面に大の字になり、手足をばたばたさせて泣《な》き喚《わめ》いた。そのようすをそばで見ていた私たちは、先のことを案じて青くなった。

もちろんトアンはフー先生の呼び出しを受けた。先生はトアンに五本の指をそろえて前に出すよう命じると、定規の先端《せんたん》で打ちすえた。トアンは歯を食いしばって痛みをこらえていたが、涙《なみだ》だけはこらえることができなかった。しかも、先生の罰《ばつ》はそれだけでは終わらず、さらに庭でうさぎ跳《と》びをするよう命じられた。日中の焼けつくような日差しの下、トアンはしゃがんで腰《こし》に手を当てると、カエルのような格好で庭を三周しなければならなかった。

トアンは苦しさのあまり白目をむき、犬のように口から舌を垂らしながら、息もたえだえになって跳んだ。席に戻《もど》ってきたときには顔は真っ赤になり、ものも言えない状態だった。フー先生が下す罰の中で、私たちがいちばん恐《おそ》れていたのがうさぎ跳びだったが、トアンは入塾《にゅうじゅく》するやいなやその洗礼を受けたのである。

以来、ホアの威力《いりょく》はさらに上がった。私たちはホアを恐れ、ホアは容赦《ようしゃ》なく私たちを脅《おど》し、搾《しぼ》り取った。

私が初恋《はつこい》の少女、「つぶらな瞳《ひとみ》」と出会ったのは、ちょうどそんな厳しい試練に耐《た》えているときのことだった。

6

当時私はまだ彼女《かのじょ》を「つぶらな瞳《ひとみ》」とは呼んでいなかった。クラスのみんなと同じようにハー・ランと呼んでいた。

フー先生の塾《じゅく》では、ひとつの机が三人掛《が》けになっている。私の席は真ん中で、右側がハー・ラン、左がゴックの席だった。ゴックのこめかみには、髪《かみ》の毛では隠《かく》せない、おちょこの尻《しり》くらいの傷があったので、クラスメートは彼《かれ》を「傷ありゴック《ゴック・セオ》」と呼んでいた。

最初、三人の席順は今とは違《ちが》っていた。私はいちばん端《はし》で、その隣《となり》にゴック、次がハー・ランだった。しかし、ゴックが授業中におもらしをしたので席替《せきが》えをすることになったのだ。

その日、生徒たちが静かに書き方の練習をしていると、私の隣の席から強烈《きょうれつ》な悪臭《あくしゅう》が漂《ただよ》ってきた。私は顔をしかめ、息を止めて横を見ると、ハー・ランも鼻をつまんでいた。ひとりゴックだけが額に玉のような汗《あせ》を浮《う》かべ、真っ青になって、つらそうなようすでもじもじしていた。

私が事の次第を悟《さと》るより先に、前の方の席にいた者たちが何やらひそひそと耳打ちし合いながら振《ふ》り向いた。みな鼻をつまみ、探《さぐ》るような目でこちらを見ている。とたんに青ざめていたゴックの顔が赤く染まった。

ゴックが恥《は》ずかしそうにうつむくや、前の席の生徒が立ち上がり、「先生、ゴックがおもらししてます！」と叫《さけ》んだ。

そのひとことで、教室じゅうが蜂《はち》の巣をつついたような騒《さわ》ぎになった。口を押《お》さえてくすくす笑っている者もいれば、不愉快《ふゆかい》そうに顔をしかめ、何度もつばを吐《は》き出している者もいる。かわいそうに、ゴックの頭は今にも机の下にもぐりこんでしまいそうなほど低く垂れていった。フー先生は定規で机をたたいて騒ぎを鎮《しず》めると、生徒の一人にゴックの母親を呼びにいくよう言いつけた。

しばらくすると、ゴックの母親がバケツとぞうきんを手に駆《か》けつけた。脇《わき》にはブリキの洗面器まではさんでいる。母親はゴックを教室の外に出すと、息子が汚《よご》した場所をぞうきんでぬぐい、きれいに磨《みが》いた。

そんな不幸な事件があった後、ゴックは三日続けて塾《じゅく》を休んだ。再び出てきたとき、ゴックの後ろには鞭《むち》を持った母親が控《ひか》えていた。そうでもしなければ、彼《かれ》はそのまま不登校になってしまっただろう。

その日、ゴックは冬眠《とうみん》から覚めたばかりの蛇《へび》のように、おそるおそる教室に入ってきた。ずっと下を向いたままで、周囲には目をやろうともしなかった。あのときの恥《は》ずかしさがまだいえていないのだと思い、私たちは彼をからかったりはしなかった。ただし、そうしなかったのはフー先生のせいもある。あの日のことを蒸《む》し返《かえ》した者には、うさぎ跳《と》び五周の罰《ばつ》を与《あた》えると脅《おど》されていたのだ。三周するだけでも目の前に星がちかちかするのに、五周もしたらその場で気絶してしまうだろう。そんなこと、想像しただけでもぞっとする。

だから、ゴックが教室に入ってきたとき、私ばかりでなく、ハー・ランもゴックの古傷に触《ふ》れようとはしなかった。ただし、ハー・ランはゴックの隣《となり》にすわることだけはなんとしても嫌《いや》がり、私とゴックに席を替《か》わってほしいと提案した。当然のことながらゴックは反対しなかった。彼《かれ》はこの騒《さわ》ぎが早くおさまってくれることだけを望んでいたのである。

最初、私はハー・ランの提案にためらいを感じた。あのとんでもない場所にすわらなければならないのは、ほかならぬ私だからである。しかし、ハー・ランの切実な願いと、いつも大きく見開いた、あのきらきらしたつぶらな瞳《ひとみ》を前にしては、私も承諾《しょうだく》せざるをえなかった。いずれにしてもゴックの母親があれだけきれいに磨《みが》いたのだからと、自分で自分を納得《なっとく》させるしかなかった。そう考えると少し安心もした。

こうして私はハー・ランの隣にすわるようになった。

7

ハー・ランは愛らしい魅力《みりょく》的な少女だ。その魅力は天性のもので、彼女《かのじょ》は自分のなよやかな女らしさを自覚しているわけではないらしかった。私はそんな彼女の「憎《にく》むべき」動作に引かれ、それを観察するのが好きだった。ハー・ランが髪《かみ》を後ろに束ねるとき、ほかの女の子にはない特別なしぐさをする。肩《かた》にかかった髪をうるさそうに払《はら》うしぐさも、それに劣《おと》らず魅力的だった。彼女から流し目にも似た視線を送られようものなら、私はただあんぐり口を開けて見ているしかなかった。

しかし、ハー・ランのいちばんの魅力は両の瞳《ひとみ》にあった。長いまつげの下でいつも大きく見開いているその瞳は、無垢《むく》で純真そのものだった。その瞳のせいで、私はゴックと席を交換《こうかん》しなければならなかったのだし、今もその瞳に苦しめられている。小さいころ、私はハー・ランの目をのぞきこむのが好きだった。そこに自分の姿を映してみては、透明《とうめい》なビー玉みたいだと思ったりした。もちろんビー玉といっても、同じ塾《じゅく》の子たちが遊び道具にしている干したテリハボクの実から作ったようなのではなく、小学校にあがった子たちしか持っていないガラス製の「高級」ビー玉――それは私たちには手の届かない夢の玩具《がんぐ》だった――のことだ。もっと大きくなると、私はその瞳から果てしなく広がる大空や川、甘《あま》くやさしい恋《こい》の夢を連想したものだ。ただし、そのころの私には、幼いときのように彼女の瞳をのぞきこむだけの勇気はなくなっていた。

そうは言っても、ハー・ランはおとなしいだけの少女ではなく、とんだじゃじゃ馬ぶりを発揮することもあった。彼女《かのじょ》の気まぐれに泣きたくなるほど腹が立つこともあったし、もう絶交しようと誓《ちか》ったことも何度あったかしれない。しかし、一週間も口をきかずにいると寂《さび》しくなり、結局は仲直りをするのだった。もともと私は軟弱《なんじゃく》で、うじうじしたところがある。もしかしたら、これは天が定めた私の運命なのかもしれないが、女性に悩《なや》まされるとはどういうことかをほんの子どものころから知っていたのである。ハー・ランの気まぐれにもめげず、私は生まれて初めての女友達である彼女を、清らかで純粋な気持ちで愛していた。

フー先生の塾《じゅく》の向かいには、通りをひとつはさんでキュウ・ホアインさんの家がある。その家は、周囲を広大な畑に囲まれた、レンガ敷《じ》きの広い庭と養魚池のある大邸宅《ていたく》だった。私たちはキュウ・ホアインさんとは顔を合わせたこともなく、彼《かれ》がどういう人なのかも知る必要はなかったが、ブーゲンビリアの蔓《つる》がはう門から十メートルほど離《はな》れたところに、たわわに実をつけるカバイロクロガキの木があることだけは知っていた。私たちはよく誘い合わせて中にもぐりこみ、根元に落ちている実を拾ったものだ。その木は樹齢《じゅれい》を重ねた大木で、登るのは容易なことではなかったし、またホアインさんの家には、無断で侵入《しんにゅう》する者があればすぐに襲《おそ》いかかってやろうと待ち構えている猛犬《もうけん》が二匹《ひき》もいたので、木に登ってまで実をとろうとする者はひとりもいなかった。

しかし、あるとき、ひと足遅《おく》れてやってきたゴックがいつものように実を拾おうとしたが、あいにく私たちが拾いつくした後だった。すると、ゴックは何を思ったか、無謀《むぼう》にも木に登り始めた。私たちは門の陰《かげ》に身をひそめ、かたずをのんで見守っていた。やがてひとしきり登ったゴックが四方に広がった木の叉《また》に腰《こし》かけてひと息ついていると、物音に気づいた犬たちが駆《か》けつけてきて激しくほえたてた。ゴックは木から下りることもできず、青くなって震《ふる》えているしかなかった。このときばかりはキュウ・ホアィンさん自身が塾《じゅく》まで出向き、ゴックを先生に突《つ》き出した。ゴックがいちばん重い罰《ばつ》を食らったのは言うまでもない。うさぎ跳《と》びで三周させられることになり、哀《あわ》れなくらいがっくりきていた。

ゴックが受けた罰が教訓となって、その木に登ろうとする者は二度と現れなかった。毎日、私は昼食をすませると家を飛び出し、だれよりも早く登校した。そして、カバンを机の中に放りこんで、キュウ・ホアィンさんの家に直行した。あの恐《おそ》ろしい犬たちに警戒《けいかい》の目を光らせながら、地面に落ちた実を拾うためだ。時には、私と同じように早めに家を出てきた者たちと鉢《はち》合《あ》わせして、殴《なぐ》り合いのけんかになることもあった。頭にこぶを作ってまで必死になったのは、自分が食べたいからではない。ハー・ランにプレゼントしたかったからだ。

ハー・ランもカバイロクロガキには目がないのだが、二匹《ひき》の猛犬《もうけん》が怖《こわ》くてホアィンさんの庭には近づこうとしなかった。だから、私が彼女《かのじょ》のために拾ってやるのである。

私が拾ってきてやっても、ハー・ランはすぐには食べようとしない。大きい実はカバンの中に、小さいのはポケットに大事にしまいこみ、時々取り出しては鼻にもっていって香《かお》りを楽しむ。

ハー・ランが手にしたよく熟《う》れた実を見ているうちに、私の口の中は自然と唾液《だえき》でいっぱいになり、「なんですぐ食べないのさ?」と尋《たず》ねる。すると、ハー・ランは「においをかいでるのよ」とだけ答え、物欲《ものほ》しげな目をしている私をじらすようにまたポケットにしまう。しかし、そんなじらしも長くは続かない。下校の前にくだんの実を出して皮をむき、二人で分け合って食べることもよくあった。食べ終わると、私たちは皮を机に張りつけて眺《なが》めた。上手にむけた皮を机や家の壁《かべ》に張りつけると、花が咲いているように見えた。その花はヒマワリだったり、大輪の菊《きく》だったり、名前のない黄色い花だったりした。

私の村では、大人も子どももそんないたずらが大好きだ。毎年、カバイロクロガキが熟れるころ、一夜明けて起きてみると、家々の壁という壁、扉《とびら》という扉に、無数の黄色い花が咲き誇《ほこ》っている。それは茶目っけのある村のだれかのしわざなのだが、そんないたずらをされた家の主《あるじ》でさえ、あえてはがそうとはしない。その黄色い花々をはがすことができるのは時の流れと風雨だけだ。その季節に私の村を訪《おとず》れた者は、あでやかな黄色い花が咲き乱れる森にでも迷いこんだような錯覚《さっかく》にとらわれる。そして、そういう錯覚に陥《おちい》るのは人間だけではないらしい。よそから飛んできた蝶《ちょう》でさえ、蜜《みつ》を求めて家から家を飛び回るのだ。そして、日が落ちてドードー市場に灯《ひ》がともるころ、空腹と疲《つか》れでふらふらになった蝶たちは、諦《あきら》め顔で去っていくのだ。

8

私の家の裏手には広いバナナ園があり、その真ん中に苔《こけ》むした井戸《いど》があった。井戸の水は濁《にご》っていたので、バナナの木を潤《うるお》したり、足を洗ったりするのにだけ使っていた。調理や沐浴《もくよく》、洗濯《せんたく》などは、それとは別の井戸を利用するしかなかった。

村の井戸は市場のはずれを通る赤土の道沿いにあり、私の家からだとかなりの距離《きょり》がある。だから、母は朝まだ暗いうちから起き出して、水をくみにいかねばならなかった。朝、私が浅いまどろみにひたりながら寝返《ねがえ》りを打っていると、桶《おけ》のぶつかり合う音が聞こえてくる。それは母が天秤棒《てんびんぼう》に桶を下げて水くみに行く音だ。

母が行くのはストレブルスの木《カイ・ズオイ》の井戸だ。村には、さらに遠いところにもうひとつ、ボーンの井戸があった。後にこの二つの井戸だけでは村全体の需要《じゅよう》をまかないきれなくなって、また新しい井戸が掘《ほ》られた。モイ（「新しい」の意）の井戸である。モイの井戸はその名のとおり、先の二つより新しく、村では唯一《ゆいいつ》のセメント造りだった。

モイの井戸ができた後も、私の家では相変わらずストレブルスの木《カイ・ズオイ》の井戸を使っていた。そうしていたのは長年の習慣のせいか、それとも、母がそこに何か特別な思い入れがあったせいなのかどうかは知らない。あれから三十年以上の歳月《さいげつ》をへて、人生の酸《す》いも甘《あま》いもわかる年齢《ねんれい》になった今、考えたところでどうしようもないそんな疑問にとりつかれ、未《いま》だに答えが出せずにいる。

月の出ている晩、父はよくストレブルスの木《カイ・ズオイ》の井戸《いど》へ私を沐浴《もくよく》に連れていった。身ぐるみ脱《ぬ》がされた私は、苔《こけ》でつるつるする井戸端《いどばた》に立ち、父が頭から水をかけるのを縮こまって待つ。私はせっけんの泡《あわ》が大の苦手だった。洗髪《せんぱつ》するときはいつだって流れてきた泡が目に入り、痛くてたまらなかったので、頭にせっけんを押《お》し付《つ》けられると反射的にぎゅっと目をつむった。そして、ひしゃくの水を頭から何杯《ばい》かかけられると、目をしばたたきながらこわごわ目を開けるのだ。それでもしばらくは目の痛みがとまらなかった。沐浴の後は、私の目はいつも真っ赤になっていた。

月夜の晩に村の井戸へ沐浴に来る子どもは私だけではない。時々、ハー・ランも父親に連れられてやってきた。目ざとく私を見つけたハー・ランは、声をはずませて、「あら、ガンも来てたの！」と叫《さけ》ぶ。そのひと言はほほが赤く染まるほど私を幸せな気持ちにしてくれた。そして、私も彼女《かのじょ》ににっこり笑ってみせた。

ハー・ランも私と同じように全裸《ぜんら》で水浴びしていた。わざと私に背を向けているが、裸《はだか》であることを恥《は》ずかしがっているようすはまったくなかった。私もハー・ランに背を向け、冷たい水をかけられるたびに彼女が足踏《あしぶ》みする音を聞いていた。しかし、時には横目でそちらを盗《ぬす》み見ることもあった。それも一度ならず、二度、三度と。私はそういう行為《こうい》を恥じていたけれど、どうしても見たいという欲求を抑《おさ》えることができなかった。沐浴をしているときのハー・ランは、学校で見るハー・ランとはまるで違《ちが》っていた。月明かりを浴びて立つ水に濡《ぬ》れたその姿は幻想的《げんそう》で、いつも教室で見ているハー・ランとは似ても似つかないものだった。そもそも、私は彼女の足など見たことがなかったし、なんだか今にも地面から浮《う》き上がって、月明かりの中に消えてなくなってしまいそうだった。そういうときの彼女は、現実の世界に住むハー・ランというよりは夢の世界の住人のようだった。

そんな不思議な感覚にとまどいを覚えながら家に帰った私は、そのことを率直《そっちょく》に祖母に話してみた。

「ねえ、ばあちゃん、裸《はだか》になった女の子って、服を着てるときとは全然違うものなんだね」

「裸の女の子って、お前、だれのことを言ってるの?」祖母はびっくりして聞き返した。

「僕《ぼく》と同じクラスのハー・ランだよ。——私はまじめな顔で答えた——さっき水浴びに行ったら、ハー・ランと会ったんだ。僕と同じで、ハー・ランも裸だったよ。つい横目で見ちゃったんだけど、なんだかいつものハー・ランみたいじゃなかった。今にもどっかへ飛んでっちゃいそうだったよ」

「お前ったら、なんて悪い子なんだろうね。もう二度とそんなことするんじゃないよ! 水浴びしている女の子を盗《ぬす》み見するなんて」

祖母は憤慨《ふんがい》したように鼻から息を噴《ふ》き出した。

「どうして見ちゃいけないの? 僕、ずっと見てたのに」

「それがいけないって言ってるんだよ！」

祖母はなぜしかられているのかわかっていない私の頭をこつんとたたいて言った。私は自分の言わんとしていることがよく理解してもらえなかったのだと思い、さらに説明を加えた。

「だけどさ、あのとき、ハー・ランがどっかへ飛んでっちゃうみたいな気がしたんだ…」

祖母は私がふざけているとでも思ったらしく、かっとなって話を遮《さえぎ》った。

「あの子が空を飛ぼうと、地面に立ってようと、どっちだっていいよ。女の子が水浴びしてるときは見ちゃだめなの、わかったかい？」

祖母が怒《おこ》り出したので、私は納得《なっとく》できないながらもうなずくしかなかった。私はティン叔母《おば》を探しにいった。叔母は私を愛してくれているから、きっとしかったりせずに話を聞いてくれると思ったのだ。ところが、ティン叔母《おば》も開口一番、「ガンは悪い子ね！」と決めつけただけだった。

叔母の言い方は祖母そっくりだった。私はがっかりして、もうそれ以上説明する気にもなれなかった。その晩、私は早く寝床《ねどこ》に入り、夢の中であの不思議な幻影《げんえい》にまた会いたいと思った。だが私の願いはかなわなかった。寝ついたとたん深い眠《ねむ》りに落ち、朝までなんの夢も見なかったからだ。

その後、私はその不思議な体験をハー・ランに話して、あの晩、本当に彼女《かのじょ》が空中に浮《う》かび上がったのかどうか尋《たず》ねてみたい気がしたが、結局、言わずじまいになってしまった。祖母や叔母《おば》のように、ハー・ランからも「ガンは悪い子ね」と言われるのが怖《こわ》かったのだ。そんな幻《まぼろし》を見ること自体、決して感心できることではないのだから。

そんなわけで、そのことは言い出せないまま今に至っている。しかし、私は今でもあの日の晩、ハー・ランが月明かりの中で地面から浮《う》き上がったと信じているし、もしあのとき、もっと長く見ていたら、彼女は私の思い出の中に溶《と》けてなくなっていたかもしれない。いずれにしても、このことを彼女にただすチャンスはもうない。

9

それは月明かりに照らされた晩の話だが、昼間のハー・ランは地面にちゃんと足をつけて、跳《と》んだりはねたりしていた。ある日、その足に紫色《むらさき》のあざができていた。私がそれに気づいたのは、休み時間に外に出て、軒下《のきした》でハー・ランがしくしく泣いているのを発見したときだ。

「だれからそんなことされたの？」と聞くと、ハー・ランは泣きべそをかきながら、「ホアよ」と言った。

「ホアが私のゴム跳びのゴムを取ったんで、取り返してやったら、いきなり足を蹴《け》られたの」

そう言いながら、ハー・ランは紫色にはれた足を突《つ》き出して見せた。

とたんに胸の底から何かが突き上げてきて、私は息が詰《つ》まりそうになった。たぶんそれは、長い間こらえにこらえ、胸を焼き焦《こ》がしてきた怒《いか》りの念が、罰《ばつ》を受けるのではないかという怖《おそ》れから表に出ることもできず、蓄積《ちくせき》されて、激しい恨《うら》みと憎《にく》しみに形を変えたものだったのだろう。しかし、今、ハー・ランの涙《なみだ》を前にして心を揺《ゆ》さぶられ、怒りを感じた私は、もう恐怖《きょうふ》など感じなくなっていた。

「僕《ぼく》があいつをやっつけてやる」

それだけ言うと、私は駆《か》け出していた。やがて垣根《かきね》のそばに立っているホアを発見した。ホアはビー玉遊びをしていた男の子たちを脅《おど》して、何かを取り上げようとしていた。

私はまっすぐホアのそばまで行くと、ものも言わずにその腹に向かって強烈《きょうれつ》なパンチを繰《く》り出した。その拍子《ひょうし》に地面に倒《たお》れたホアが、いつもの伝で手足をばたばたさせながら泣き喚《わめ》くすきを与《あた》えずに、少年たちのひそかな期待のまなざしを浴びながら、渾身《こんしん》の力をこめてホアのもモに蹴《け》りの一撃《いちげき》を加えてやった。

私がホアを罰《ばっ》すれば、次はホアの父親が私を罰する番だ。怒《いか》りを爆発《ばくはつ》させた後は、フー先生の定規がそろえた両手に振《ふ》り下ろされるのを耐《た》えるしかない。そればかりか、先生が私塾《しじゅく》を開いてこのかたまだだれも経験したことのない、うさぎ跳《と》び十周の罰も甘受《かんじゅ》しなければならなかった。

しかし、私はフー先生に許しを請《こ》う気も、ましてやホアに謝罪する気もさらさらなかった。両手を腰《こし》に当て、汗《あせ》と涙《なみだ》が一緒《いっしょ》になってほほをぐしょぐしょに濡《ぬ》らしても、私は歯を食いしばって跳《と》び続けた。四周を回ったころには、目の前に無数の星がちかちかし始め、心配そうに見守る友人たちの顔もかすんで見えた。そして、六周目の半ばあたりまで跳んだとき、ついに力尽《つ》きた私は頭から前につんのめり、かんかん照りの庭の真ん中で気を失った。

気がついたとき、私はハーブオイルとヨモギの葉の香《かお》りに包まれて目を覚ました。最初に目に飛びこんできたのはハー・ランの顔だった。彼女《かのじょ》は私のまくらもとに腰《こし》を下ろし、しくしく泣きながら、大きく見開いた目で私を見つめていた。心配そうな、なんとも表現できないくらいきれいな目――つぶらな瞳《ひとみ》で。

10

あの日から、ホアは少しだけおとなしくなった。以前のように理由もなくクラスメートをいじめることもなくなった。しかし、そうなるのが遅《おそ》すぎたようだ。なぜなら、粗末《そまつ》な机やいすで学び、親身な指導と容赦《ようしゃ》ない処罰《しょばつ》を受けたフー先生の塾《じゅく》や、焼けつくような日差しの下でカバイロクロガキの実を拾ったキュウ・ホアィンさんの庭と別れを告げる日がやってきたからである。

甘《あま》くて苦い思い出のいっぱい詰《つ》まったフー先生のクラスをあとにして、私たちは小学校に上がることになった。そこは赤い瓦《かわら》屋根と白いしっくいの壁《かべ》、広々とした校庭のある、子どもたちにとっては天国とも言える場所だった。

進級してからも、ハー・ランはずっと私の隣《となり》の席にすわっていた。ゴックだけは隣の列の席に替《か》わった。きっと彼《かれ》はあの悲しむべき事件を呼び起こす記憶《きおく》を消し去ってしまいたかったのかもしれない。

二年生のクラス担任になったのはカーイ先生である。先生は背が高く、片目が不自由で、髪《かみ》の毛は竹の根のようにごわごわだった。厳しくて杓子《しゃくし》定規だったフー先生と違《ちが》って、カーイ先生は気まぐれだった。先生は魚釣《つ》りにはまっていて、ラー川に釣りに行く日は授業が休みになった。そんなふうにたびたび休みにしてくれるので、私たちは先生が大好きだった。休講になったときは、ハー・ランも私もすぐには家に帰らず、国旗掲揚塔《けいようとう》のある校庭で上級生たちがたこ揚《あ》げしているのを見にいった。いろいろな形をした派手な色使いのたこが、長い尾《お》をなびかせながら、真っ青な空をバックに競《きそ》い合うようにして舞《ま》い躍《おど》るようすを、私たちは飽《あ》きもせず何時間も眺《なが》めていたものだ。

たこ揚げをする上級生の中には、ティン叔母《おば》といとこのニュオンもいた。二人は私より三級上の五年生だった。同じ学校に通っていたものの、小さいころとは違《ちが》って、二人は同じ学年の友達とばかり遊んでいた。いとこのクエンは私と同い年だったが、学校に行かせてもらえなかった。もし彼女《かのじょ》が同じクラスにいたら、きっと私やハー・ランと一緒《いっしょ》に遊んだことだろう。

11

カーイ先生が釣《つ》りに使うえさはヌマガエルだった。私たちは、先生が水田や草むらや川のほとりでカエル探しに夢中になっているのをよく見かけた。カエルを捕《つか》まえると、先生は腰《こし》から下げた小さな竹カゴに入れる。先生はびくを持っておらず、あるのはカエル捕《と》りのカゴだけだったから、魚を釣り上げると草の茎《くき》に刺《さ》して持ち帰った。先生は、村人たちが「今日はまたでかい魚を釣ってきなさった！」と敬服するようにささやくのを聞きながら、釣りざおを肩《かた》に担《かつ》いで、釣果《ちょうか》を見せびらかすようにぶら下げて帰るのが好きだった。先生にとって、そういうときがいちばん幸せで気分がよかったに違《ちが》いない。だから、大きな魚を釣り上げた翌日は、私たちは先生からしかられることもなく、思う存分、暴れ回ったり、いたずらしたりすることができた。

しかし、だからといって、先生がいつもえさにするカエルを手に入れられるわけではない。そんなときは生徒に言いつけて捕りにいかせ、捕ってきた者には成績に五点ずつげたをはかせてくれた。日ごろどんなに勉強ができなくても、先生から点数を水増ししてもらえれば順位があがる。当時の私たちにとって成績はほかの何より重要なことだったから、できない生徒は現状を改善するために、一日じゅう水辺をほっつき歩いてはカエル探しに精を出した。それはできる者にとっても同じだった。親たちに文句を言われずに、好きなだけ外で遊び回れるからである。だから、カーイ先生の釣り餌《つりえ》が不足しているときは、毎日がお祭りみたいなものだった。私たちはいくつかの組に分かれ、歓呼《かんこ》の叫《さけ》びをあげながら田んぼに飛びこんで、じゃぶじゃぶと水をかき分けながらカエル探しに励《はげ》む。服から顔から泥《どろ》だらけになったその格好は、小作人と大差なかった。

私がカエルを捕《と》りにいくときはいつもハー・ランと一緒《いっしょ》だった。もちろん捕《つか》まえるのは私の役目である。彼女《かのじょ》は私が獲物《えもの》を捕ったらカゴのふたを開け、逃《に》げられないようにまたふたを閉めるだけだ。捕った獲物は二人で半分ずつ公平に分け、余りが出たらハー・ランが取った。それは後になってもずっと変わることがなかったが、なぜそういうことになっていたのかは私にもわからない。

12

私たちは三年生になり、カーイ先生と別れると同時に、カエル捕《と》りの日々ともお別れすることになった。新しい担任はトゥン先生という女の先生だった。トゥン先生は物腰《ものごし》がやわらかく、話し声もやさしく物静かだったので、私たちは先生が大好きだった。ただひとつ欠点があるとすれば、それはやたらとのどが渇《かわ》くことだった。授業をしている最中でも、先生はのどが渇いたとぐちをこぼしていた。

授業中に先生のいつものぐちが始まると、一斉《いっせい》に生徒たちの手が挙がる。

「先生、水は僕《ぼく》がくみにいきます」

「あら私よ。ねっ、先生！」

「私んち近いから、私が行ってくる」

教室じゅうが蜂《はち》の巣をつついたような騒《さわ》ぎになり、みな自分が行くと言って譲《ゆず》らない。だれもが先生から用事を頼《たの》まれる光栄に浴したいのだ。たとえその用事がカーイ先生のためのカエル捕りであろうと、はたまたトゥン先生のための水くみであろうと、先生の手助けをすることは私たち生徒にとって最高の幸福であり、名誉《めいよ》だったのだ。だから、手を挙げるときはみな期待をこめた視線を先生に向け、先生の注意を引こうとわざと声を張り上げた。

そんなとき、トゥン先生はよく私を指名してくれた。理由はいたって簡単だ。先生は日ごろから私の母と親しくつき合っていたからである。そして、先生のお使いで出かけるとき、遠い道のりは二人で交替《こうたい》して運んだほうが都合がいいからという理由をつけて、ハー・ランも一緒《いっしょ》に行かせてくれるよう頼《たの》んだ。

教室を出るとき、私たちはクラスメートのねたみを込《こ》めた視線を浴びながら、得意げな表情を浮《う》かべて出ていった。学校を出るや、私たちは全力で走った。息が切れ、服は汗《あせ》でびっしょりになり、道のでこぼこや草むらにつまずいて転んで、痛い思いをすることもあったが、トゥン先生のお使いをするときは、私とハー・ランならずとも、だれもが全力で走った。先生に用事を言いつかったとあれば、のんびり悠然《ゆうぜん》と歩いていくなど考えられなかったのだ。

ただし、家から学校へ戻《もど》るときだけは、下手をするとコップになみなみと注いだ水がこぼれてしまうので、一歩一歩を数えるように慎重《しんちょう》な足どりで歩いていった。ハー・ランはコップを持った私の手から片時も目を離《はな》さず、「ねえ、手が疲《つか》れてない?」と声をかけてくることもあったが、私はそれには答えず、口をぎゅっと真一文字に結んでいた。もしちょっとでも口を開こうものなら、手が震《ふる》えて水をこぼしてしまうからである。だから、私は無言で歩き続けた。

しかし、ハー・ランがコップの運び役を代わりたくてじりじりしていることを知っていたので、「ねえ、手が疲れてない?」が三回目におよんだときには、立ち止まって彼女《かのじょ》にコップを持たせてやった。そのころには、水は最初の三分の二ほどに減っていた。

ハー・ランはコップを受け取ると、思いがけない幸運を手にしたときのように目を輝《かがや》かせた。

喜びあまって、彼女はさらにコップの水を地面にこぼし、トゥン先生のもとに届いたときには私と交代したときよりさらに減っていた。

しかし、トゥン先生は文句など一言も言わなかった。感きわまったような面持《おもも》ちでコップを受け取ると、半分しか残っていない水を一気に飲み干した。そして、先生が空のコップを机に置くころには、終業の太鼓《たいこ》が鳴り渡《わた》るのがつねだった。そんなわけで、私は先生のお使いをするのが大好きだった。

13

私とハー・ランは日に日に親密の度を増していった。小学校四、五年生のころは、学校で過ごす時間ばかりでなく、下校のときもいつも一緒《いっしょ》だった。

このころになると私も大きくなり、ひとりで市場へ出かけたり、大人の付《つ》き添《そ》いがなくても、村のあちこちをほっつき歩いたりすることができるようになった。そして、言うまでもなく、ハー・ランの家にもしばしば遊びにいくようになっていた。

ハー・ランの家はドードー市場のはずれの、ストレブルスの木《カイ・ズオイ》の井戸《いど》へと続く道に面して立っていた。家は草ぶき屋根に竹の編み格子壁《ごうしかべ》という粗末《そまつ》な造りで、煉瓦《れんが》造りの私の家とは比べものにならなかったが、私の家よりはるかに風通しがよかった。家の裏手にある竹やぶは一日じゅうざわざわと音を立て、高い枝のてっぺんにあるヒヨドリの巣を揺《ゆ》らしていた。風が葉の間をすり抜《ぬ》けるようにして吹《ふ》きすぎると、なんとも言えず心地《ここち》よい子守唄《こもりうた》のような音色を奏《かな》でる。竹やぶの向こうには、風に波打つ稲田《いなだ》が広がっており、季節によって、緑の早苗《さなえ》のじゅうたんが一面に敷《し》きつめられたり、実った稲穂《いなほ》の黄金色に染まったりした。開墾《かいこん》の季節には、牛ふんのにおいや起こした土のにおいが立ちこめていた。

家の前には、黄緑色の花を点々とつけるウスイロカズラの棚《たな》があった。私とハー・ランはそのロマンティックな棚の下で、子どもらしい遊びをして過ごした。男である私にとって、遊びといえば投げ銭やビー玉、サッカー、虫捕《と》りだったが、ハー・ランのために、すごろくや石けり、お手玉のような女の子の遊びにもつき合わねばならなかった。そうしないと、彼女《かのじょ》はもう一緒《いっしょ》に遊ばないなどと言い出しかねないからである。実際、すごろくをしているとき、うっかりしてこまをとんでもないところに入れてしまい、ハー・ランからそう脅《おど》かされたことがあるのだ。

ハー・ランのすばらしくきれいな瞳《ひとみ》は父親譲《ゆず》りのものだった。ハー・ランの父親は、私が家に遊びにきてもまったく関心がないようだった。その両の目はいつも空に向けられており、太陽の光や雲を追っていた。頭にあるのは天候と収穫《しゅうかく》のことだけで、私の存在など眼中にないようだった。

しかし、ハー・ランの母親は違《ちが》った。いつも私をかわいがってくれ、棚《たな》から摘《つ》んだ花でスープを作ることで歓迎《かんげい》の意を表してくれた。もちろん私はその歓迎を快く受け入れた。手作りのスープをふるまいながら、彼女は私の祖父のおかげで重い病から救われ、九死に一生を得たときのことを話してくれた。漢方薬作りを業としていた祖父は、私が三歳《さい》のときに亡《な》くなったが、ハー・ランの母親は祖父がまだ生きているかのように生き生きと語って聞かせてくれた。感激したようなその口調とベランダの向こうから聞こえてくる小鳥たちのさえずりに幸せな気持ちで耳を傾《かたむ》けながら、私はすっかり遠いものとなってしまった祖父の面影《おもかげ》を頭に思い描《えが》いた。

当時、ハー・ランの家に遊びにいっていたのは私だけではない。クエンもよく私と一緒《いっしょ》に行った。このころ、いとこのニュオンとティン叔母《おば》はもう家にはいなかった。村の学校には五年生のクラスまでしかなく、[*3]六年生になったら県都の学校へ行くしかないからである。伯父《おじ》に学校に入れてもらえなかったクエンは、私とハー・ランより二級遅《おく》れて入学した。しかし、そのことは、私たち三人が仲良く遊ぶ妨《さまた》げにはならなかった。

週末になるとニュオンとティンが村に帰ってきたが、私はそれをうれしいとは思えなくなっていた。八年生に進級した二人は自分たちを大人だと思っており、もうだいぶ前から私たちのようなはなたれ小僧《こぞう》など相手にしなくなっていたからである。

14

あとに残った二人の女友達のうち、私はクエンよりハー・ランのほうが好きだった。村では、クエンは男まさりの少女で通っていた。フオン山のふもとの土のように、クエンの気力と体力は並外れて強かった。学校でも家でも、クエンは男を相手に取っ組み合いのけんかをすることも辞さなかった。そして、体に青あざを作るという代償《だいしょう》付きながら、勝つのはいつもクエンだった。

時にはクエンと私の間で衝突《しょうとつ》が起こるのが避《さ》けられない状況《じょうきょう》になることもあったが、敗北を喫《きっ》するのはたいてい私のほうだった。戦いが終わった後の最後のシーンはいつも、地面にノックアウトされた私の上にクエンが馬乗りになり、首根っこをつかんで、勝《か》ち誇《ほこ》ったように、「どう、降参する?」と問いかけている図だった。そんなとき、私は無言でうなずくしか手がなかった。

そんなわけで、クエンと一緒《いっしょ》にいると、私は自分の男らしさを発揮する機会に恵《めぐ》まれることがなかった。クエンのほうがずっと男らしかったからである。私はいつもクエンの弟分でしかなかった。彼女《かのじょ》が繰《く》り出す強烈《きょうれつ》なパンチを前にしては、その力関係を変えるのは容易なことではなかったのだ。

ハー・ランと私との関係は、それとはまったく違《ちが》っていた。てこずらされることがまったくないでもなかったが、ハー・ランはやはりやさしい女の子で、か弱くさえあった。彼女《かのじょ》はつねに私のエスコートを必要としており、それは私にとって誇《ほこ》りでもあった。ずっと後になってわかったことだが、あのころのハー・ランは、たとえ十歳《さい》かそこらの少年であっても、弱い者は守ってやらねばいけないという男としての本能を呼び覚まし、それを満足させてくれたと思う。そういう感情というのは、私よりずっと年上のニュオンやティン叔母《おば》はもちろん、体力的にまさっているクエンには決して起こりえないものだった。また、私の母は妹を産んだが、私とはだいぶ年が離《はな》れていたため、妹を泣かさないようあやすばかりで、とうてい遊び相手にはならなかった。

ハー・ランの家は市場の近くにあったので、家へ遊びにいったときは二人してよく市場をぶらついた。何を買うというあてもなく、私たちはただいろんな売り場をのぞいてまわり、そこで売られている物を眺《なが》め、色鉛筆《えんぴつ》だのビー玉だの腕輪《うでわ》だのを指差しては幸せな気持ちになった。そして、お互《たが》いに素朴《そぼく》でささやかな子どもっぽい夢を語り合っては、また幸せな気持ちに浸《ひた》るのだった。

家路につく前、私たちは市場のはずれにある売り場にくぎづけになることがよくあった。そこには色とりどりのあめで作った動物たちが並べられていた。細々として神秘的なほかの雑貨と同様、この派手な色使いのあめも私の幼な心を夢中にさせたものである。大人になった今でも私はこのあめが大好きだし、もし偶然《ぐうぜん》、道端《みちばた》でこのすばらしい遊び道具を売っているのを見かけると、何十個も買って帰って、机の上に並べてうっとり眺《なが》めている。そんなとき、私の心は躍《おど》り、幼いころとは遠く隔《へだ》たってしまった自分を懐《なつ》かしむような、しんみりした気持ちになるのだ。

当時、私たちはほしい物があっても、それを買うお金を持っていなかった。それで私とハー・ランは売り場の前をうろうろしながら飽《あ》きるまでそれを眺め、もし買いにくる子どもがいたら、羨望《せんぼう》と嫉妬《しっと》のまなざしで見つめるだけだった。どこかの子どもが売り場の前にやってきて、得意げな顔で代金を支払《しはら》い、あめでできた三毛猫《みけねこ》や赤いとさかに派手な色使いの羽をしたオンドリを取っていくと、自分の大切なものを奪《うば》い取られたような気がしたものだ。

もちろんたまに私にも自分の夢をお金で買えることがあった。それは、珍《めずら》しく母がおこづかいをくれたときである。そんなとき、私はおこづかいをどこかへ落としたりしないようにしっかり握《にぎ》り締《し》め、ハー・ランのところへとんでいった。そして、彼女《かのじょ》を引っ張って市場へ行くと、何日もかけて二人であれがいい、これがいいと品定めをした後、その見るも美しいあめを持って帰り、幸せに満たされながらティエンリーの棚《たな》の下に置くのだ。日の光がまだら模様を作る下に、私はハー・ランと並んで寝《ね》そべり、あこがれの黄色い尾《お》をしたウサギや赤い尾のリスを使って人形遊びをした。それらはまるで祖母が話してくれた昔話から飛び出てきたように幻想《げんそう》的な夢がみなぎっていた。

15

家ばかりでなく学校でも、私はハー・ランを喜ばせることばかり考えていた。なぜだかわからないが、私は人の涙《なみだ》を見るのが好きでなく、とくにハー・ランが泣くのを見るのはいやだった。女の子が悲しい顔をしているのを見ると、たとえその原因が私とはなんの関係がなくても、自分に非があるような気がしてくるからだ。

私はハー・ランにはいつも笑っていてもらいたかった。一日じゅう明るい顔をしていてほしかった。そんなひそかな願いがあったせいか、私が彼女《かのじょ》の頼《たの》みを拒《こば》んだことは一度もない。私の学校にはとても大きな太鼓《たいこ》があり、四年生と五年生の教室の間につり下げてある。その太鼓の音はとても大きくて、たたくと村じゅうに響《ひび》き渡《わた》るほどだ。そのおかげで、どんなに遊びに夢中になっていても、せきたてるような太鼓の音を耳にしただけで、子どもたちは慌《あわ》ててカバンを抱《かか》えて学校へ向かう。

私の学校の生徒たちは、みんな太鼓を鳴らすのが大好きだ。ずっしり重たい撥《ばち》を牛革《かわ》の打面に向かって力いっぱい振《ふ》り下ろし、竹やぶのずっと向こうまで届くような、ずんと腹に響く音を立てるのが私たちのあこがれでもあった。

しかし、校長先生から太鼓をたたく仕事を任されていたのは五年生だけで、ほかの生徒たちは手を触《ふ》れることもできなかった。だから、まだ低学年だったころ、休み時間が近くなると、私とハー・ランは担任の先生から外に出る許可を得て五年生の教室の前まで行き、太鼓《たいこ》の当番が出てくるのを待った。そして、当番の上級生が外に出てくると、私たちはしつこくつきまとい、一回だけでもいいから試《ため》しにたたかせてほしいと頼《たの》みこんだ。

私たちの頼みはあっさり断られることのほうが多かったが、半べそをかきながらの懇願《こんがん》が功を奏して、たたかせてもらえることもあった。めったにない幸運を手にしたときは天にも昇《のぼ》るような心地《ここち》だった。

一回だけ太鼓をたたかせてくれると、その寛大《かんだい》な上級生は再び撥《ばち》を私の前に差し出して、「ほら、もっとたたいていいよ」と言ってくれた。

私は遠慮《えんりょ》なく、ひったくるようにして重たい撥を受け取ると、満身の力をこめて鼓面に打ちつけた。自分の腕《うで》の下から太鼓が雷鳴《らいめい》のような響《ひび》きをあげたときは、目くるめくような快感に襲《おそ》われた。興奮のあまり、長く尾《お》を引く余韻《よいん》を味わっていると、その上級生がまた言った。

「もう一回たたいてみろよ、さあ、早く」

その言葉でようやく夢のような気分から覚め、私はハー・ランに撥を渡《わた》して言った。

「今度はハー・ランがたたくんだ。うんと力を入れて！」

ハー・ランは顔を輝《かがや》かせて撥を手に取ると、唇《くちびる》を真一文字に結んでたたきつけたが、力が弱すぎて間の抜《ぬ》けたような音しか出なかった。すると、五年生はすぐさま彼女《かのじょ》の手から撥をひったくり、軽蔑《けいべつ》したように唇を突《つ》き出すと、「そんな打ち方しかできないんなら、やらせてくれなんて言うなよ。あとはおれがやるから、もういいよ」と難くせをつけた。怒《おこ》った彼《かれ》は力を込《こ》めて一発たたくと、撥《ばち》を持ってさっさと行ってしまった。

ハー・ランの方を横目でうかがうと、すっかりしょげたような顔をしているので、私は励《はげ》ますように言った。

「気にすることないよ。今度太鼓《たいこ》をたたくときは、僕《ぼく》が撥を一緒《いっしょ》に持ってたたいてやるからさ。そうすればもっといい音が出るよ」

言われてハー・ランはすぐに機嫌《きげん》を直し、目をきらきらと輝《かがや》かせて私を見ると、にっこり笑った。

五年生になると人に頭を下げて頼《たの》む必要はなくなった。休み時間が近くなると、私は素早《すばや》く教室から出て、ほかのだれよりも先に撥を取った。休み時間を告げる太鼓は三回打ち鳴らすことになっていたので、私が最初の二回を打ち、あとの一回はハー・ランに打たせてやった。彼女《かのじょ》がたたくときは、私が手をそえてやった。

下校の合図の太鼓も私たちが打った。下校の太鼓は休み時間のときより楽だった。一回だけ、長めに打てばいいからである。休み時間の太鼓をほかの生徒が打つときは順調でよどみなく、とくに問題ないのだが、私が打つといつも途中《とちゅう》で音が途切れた。ハー・ランにもたたかせてやらねばならなかったからである。

16

ハー・ランは太鼓《たいこ》をたたくのが大好きだったので、私はクラスでいちばん抜《ぬ》け目《め》がなく、狂《きょう》暴《ぼう》なやつと思われるようになった。太鼓の撥《ばち》がほとんどほかの者の手に渡《わた》ることがなかったからだが、それがもとで、三、四人のクラスメートたちから取り囲まれて、撥を奪《うば》われそうになったこともあった。たったひとりで彼《かれ》らに立ち向かおうものなら、断然不利な私は彼らに組み伏《ふ》せられて、撥を取り上げられるのがせいぜいだった。たとえ鼻血を出すようなことになったとしても、殴《なぐ》られてできた傷の痛みよりは、ハー・ランに太鼓をたたく楽しみを与《あた》えてやれないことのほうがつらかった。そんなとき、私は悲しさと申し訳なさをこめた目で彼女《かのじょ》を見た。

しかし、ハー・ランはそんな私の気持ちなどなんとも思っていないようだった。鼻血を出している私の顔を上に向けさせ、ずっとそのままの姿勢を保って、あまり動かないよう命じると、何かの葉を摘《つ》んできて手でもみくちゃにし、鼻に詰《つ》めてくれた。

「この葉っぱはとってもいいのよ。もうちょっとおとなしくしてれば、すぐに血は止まるよ」

「これ、なんの葉っぱ?」

「あたしにもよくわかんない」

「なんだかわかんないのに、どうして僕《ぼく》の鼻に詰《つ》めるのさ。もし毒でもあったらどうするの?」

あきれて尋《たず》ねると、ハー・ランは私の不安を鎮《しず》めようとするかのようににっこり笑って答えた。

「毒じゃないから安心して。あたしも家で鼻血が出たときは、お母さんがいつもこの葉っぱを摘《つ》んで鼻に詰めてくれるんだ。ちょっと静かにしてればすぐに血は止まるよ」

話を聞いて、私は安心して顔を上に向けていた。血が止まるのを待つ間、私は何も言わずに派手な色のたこが空高く舞《ま》うのを眺《なが》めていた。意外なことに、時折たこはすばらしい旋回《せんかい》を見せ、真っ逆さまに地面に落ちそうになったかと思うと、そんな心配をあざ笑うかのようにすぐまた身を翻《ひるがえ》し、空の高みに昇《のぼ》っていくのだった。そのようすは、南の方角にゆったりと流れていく、紫《むらさき》がかった紅《くれない》の雲と舞《ま》いの腕《うで》を競《きそ》い合っているようだった。

しかし、そんな美しい光景も、私の胸のもやもやを晴らしてはくれなかった。

「明日こそ、ハー・ランのために太鼓《たいこ》の撥《ばち》を取ってみせるよ」

私は思い切ってハー・ランに言ってみた。

「だめよ、もう撥の取り合いなんか、やめて」

「いや、絶対取ってみせる！」

断固とした口調に、ハー・ランは心配そうな顔で私を見た。

「そんなに殴《なぐ》り合いのけんかばかりしてたら、また鼻血が出るわよ」

私はそれでも突《つ》っ張り続けた。

「殴り合いなんか、どうってことないさ。また鼻血が出たら、この葉っぱを鼻に詰《つ》めればいいんだから」

翌日、私はまた殴《なぐ》り合いのけんかをした。そして、また鼻血を出して、ハー・ランが「治《ち》療《りょう》」してくれた。しかし、今回は少しも痛いとは思わなかった。太鼓《たいこ》の撥《ばち》を手に入れたからである。

そう、ハー・ランのために。

17

フー先生の塾《じゅく》に通っていたころ、ホアをノックダウンした私は、先生から校庭で気絶するほどお仕置きを受けた。キュウ・ホアインさんの庭では、悪童どもと派手なけんかをやらかしたが、それというのもめったに手に入らないカバイロクロガキをハー・ランに持って帰ってやるためだった。そして今回、クラスメートに決死の戦いを挑《いど》んだのも、ハー・ランの願いをかなえて、太鼓《たいこ》の撥《ばち》を手に入れるためだった。

ただし、私がけんかでけがをしたのはそのときだけではない。ハー・ランとともにあった少年時代の私はつねに生傷が絶えず、幾度《いくど》もの試練をかいくぐらねばならなかった。

あるとき、友達のだれかがハー・ランにスズメの卵を見せびらかした。つるつるした小石のようにかわいいスズメの卵は、私もラー川のほとりで何度か拾ったことがあった。その卵をハー・ランが自分もほしいと言い出したので、私も軽い気持ちでそんなのお安い御用《ごよう》だと答えたのである。

厳しい日差しが降り注ぐ真夏の昼下がり、私は両親がぐっすり寝入《ねい》ってしまうのを待ってベッドから抜《ぬ》け出し、忍《しの》び足《あし》で表に出ると、ハー・ランの家へ走った。彼女《かのじょ》に導かれて家の裏手に行ってみると、牛小屋のそばにうずたかく積み上げられたわらの山にはしごが立てかけてあった。

私たちははしごの両端《りょうはし》を持って抱《かか》え上げると、学校まで運んでいった。広い通りを行くと、知り合いと出くわして父に言いつけられるかもしれないので、水田沿いのでこぼこ道を行くことにした。私たちは何度も悪路につまずき、顔には泥《どろ》はねがかかったが、心は躍《おど》っていた。しばらく歩いて学校に着いた。歩き疲《つか》れたハー・ランが壁《かべ》によりかかって休んでいる間、私はスズメの巣を探しにいった。休み中の学校は人けもなく静まり返っていた。私は軒下《のきした》を注意深く観察しながら、建物に沿って歩いていった。スズメはよく家の軒下に巣を作る。巣のあるところには、たいていわらが外側にはみ出ている。ほかの鳥たちと違《ちが》って、スズメは自分の居場所を隠《かく》す術《すべ》を知らないのだ。

巣が見つかると、私たちは急いではしごをそこへ運んでいって壁に立てかけた。それから、ハー・ランがはしごを押《お》さえ、私が上に登った。どの巣にも卵が産みつけられていた。私は奮い立った。慎重《しんちょう》な手つきで卵を取ってポケットに入れると、下に降りた。家からビニール袋《ぶくろ》を持ってきていたハー・ランは、取ってきた卵をすべてその中に納めた。

私は巣という巣を探《さぐ》ってまわった。ビニール袋はスズメの卵であふれ出さんばかりだった。よほどうれしかったのか、ハー・ランの口は緩《ゆる》みっ放しだった。しかし、たとえそのとき、ハー・ランが笑っていなかったとしても、目の輝《かがや》きや手にしたビニール袋を揺《ゆ》らす手の動きで、私は彼女《かのじょ》のうれしさを読みとることができたろう。

ハー・ランは与《あた》えられた任務をきちんと果たすとは限らなかった。私が巣の中を探っているときは、はしごが揺《ゆ》れたりしないようにしっかり押《お》さえているはずだった。巣は瓦《かわら》の奥《おく》に隠《かく》れているので、卵のありかを探《さぐ》るには右に左に体をよじらなければならない。そのうちはしごが不安定に揺れ出して、最後には私もろとも横倒《よこだお》しになり、頭からまっ逆さまに地面に落っこちた。

ハー・ランはびっくりして私のもとに駆《か》け寄った。地面にのびている私を助け起こし、額に触《さわ》ると、「痛かった?」と心配そうに私の顔をのぞきこんだ。「痛くなんかないよ」と答えると、彼女《かのじょ》はびっくりして、「おでこにそんなたんこぶができてて、痛くないの?」と言う。言われて初めて私は額に手をやった。

「たんこぶはひとつだけかい?」

「うん」

「大きい?」

「うん、大きい」

私はおそるおそるこぶに触ってから、大きくひとつため息をついた。

「なんだか急に痛くなっちゃった」

そう言ってしまってから、「痛いけど、でもちょっとだけだよ」と付け加えた。

「それなら、オイルを塗《ぬ》ってあげる」

「オイルなんて、どこにあるの?」

「ここよ」

ハー・ランは服のポケットからハーブオイルの瓶《びん》を取り出すと、私の額に塗《ぬ》ってくれた。私はとろけそうな目をして、感動しながら尋《たず》ねた。

「これ、だれのオイル?」

「うちの母さんのよ」

「いつもポケットにオイルの瓶入れてるの?」

「まさか。さっきね、家を出るときに入れてきたの。きっとガンが頭にたんこぶ作るんじゃないかなと思って」

ハー・ランが笑って言ったので、私は唇《くちびる》をとがらせた。

「うそばっかり言うなよ。どうして僕《ぼく》がたんこぶ作るってわかるのさ」

「私にはわかるよ。だってガンはけんか好きだし、それによく転ぶでしょ。だから、たんこぶができないはずないもん」

まったくそのとおりだと思った。私は二の句が継《つ》げず、弁解がましく言った。

「だけど僕が転んだのは、ハー・ランのせいじゃないか。はしごを押《お》さえてるぐらいのことも、ちゃんとできないのかよ!」

あまりの剣幕《けんまく》にびっくりしたハー・ランは、しゅんとなって、「そうね、わたしのせいよね」と言った。彼女《かのじょ》の瞳《ひとみ》に宿った悲しげな光に私はたじろいだ。慌《あわ》てて前言を訂正《ていせい》した。

「ほんとはさ……、ハー・ランのせいなんかじゃないよ。はしごが倒《たお》れたのは僕《ぼく》のせいなんだ。だって僕ははしごの上で何度も体をよじらせたからね」

はしごが倒れた原因を私がすべて引き受けようと必死になっているのを見て、ハー・ランの顔に明るさが戻《もど》った。彼女のうれしさが伝染《でんせん》して、私は勢いこんで言った。

「じゃあ今度はちゃんと押《お》さえててよ。僕はもう少し卵を取ってくるから」

「でもガンにはたんこぶがあるじゃない」

ハー・ランは目をぱちくりさせた。

「だいじょうぶ。もう痛くないから」私は笑って答えた。

こうして私はまたはしごの上の人となり、卵を取りにかかった。ハー・ランは緊張《きんちょう》の面持《おもも》ちで、口を真一文字に結んではしごを押さえていた。しかし、ほどなくして、またもや私が身をよじらせると、はしごは安定性を失い、一方に傾《かたむ》いたと同時に地面にたたきつけられた。ただし、今度は額にけがはしなかった。けがをしたのは鼻で、鼻血が勢いよく噴《ふ》き出した。私は顔を上に向けて地面に横になり、ハー・ランに例の葉っぱを鼻の穴に詰《つ》めてもらった。

18

ハー・ランの言うことは正しかった。当時の私はけんかっ早くて、高いところに登るのが大好きで、よく転んだ。そんな私とつき合う以上、彼女《かのじょ》が看護婦役をつとめるのはやむをえないことだった。

私がいちばんよくけんかをしたのは五年生のときだ。当時の私にとって、けんかは飯を食うのと同じだった。私は毎日けんかに明け暮れ、小学校の最終学年で唯一《ゆいいつ》の遊びといえばけんかだった。

新学期が始まった当初から、クラスは二つのグループに分かれていた。一方のグループのボスはトアンで、もう一方は私が率《ひき》いていた。毎日授業が始まる一時間も前から登校し、教科書を机に投げこむと、すぐに校庭に出て殴《なぐ》り合いを始めた。ひとたび組み合えば、決して相手に手心など加えず、ボスはボスどうし、兵隊は兵隊どうしで力を競《きそ》い合った。相手にパンチを食らわしながら追いかけ回すと、砂ぼこりがもうもうと舞《ま》い上がり、女の子たちの悲鳴があがった。始業の太鼓《たいこ》が鳴るといったんはおさまるものの、次の休み時間にはさらに激烈《げきれつ》な戦いが始まった。

私たちはこのおぞましく男っぽい遊びを、どうしてもやめることができなかった。出陣《しゅつじん》のときのメンバーが、一人の落伍者《らくごしゃ》も出さずに続いているときはとくにそうだった。

そんな壮絶《そうぜつ》な戦闘《せんとう》の中、私にとってハー・ランは心強い味方だった。私が戦いに打って出るときは、教室でカバンや履物《はきもの》や服の番をしてくれた。それが勝ち戦《いくさ》であると負け戦であるとにかかわらず、傷やあざを作って引き上げてきた体に薬を塗《ぬ》ってくれるのだった。そのころには、ガーゼや包帯、消毒薬、レモンユーカリ・オイルまで携帯《けいたい》していて、彼女《かのじょ》のカバンは救急箱のようになっていた。ないのは赤チンだけだった。私は赤チンはつけない主義だった。父のお仕置きで受けた印のほかに、トアンのグループから受けた痛手まで人目にさらす気にはなれなかったからである。

小学校の最終学年はそんな風にして過ぎていった。一方にはトアンたちとの果てしない抗争《こうそう》とその傷痕《きずあと》が、他方にはやさしく手厚いハー・ランのケアがあった。

私はそんなハー・ランに感謝している。彼女がいてくれたおかげで、体の傷はあっという間に治った。体にできた傷は時間がたてばいえるものだ。つぶらな瞳《ひとみ》よ、そうじゃないか？

19

六年生への入試に受かると、私とハー・ランは県都の中学校に進学することになった。五年生のクラスにいた生徒の半数が県都の学校に上がった。試験に落ちた者は村に残り、もう一度、五年生をやり直したり、学校をやめて家の手伝いをする者もいた。

私はティン叔母《おば》とニュオンが下宿しているナム・トゥーおばさんの家に住むことになった。ナム・トゥーおばさんは、私の祖母のように小柄《こがら》で気立てのやさしい人で、いつもベテルをくちゃくちゃやっていた。ベッドのまくらもとにはつば吐《は》き用のつぼが常備してあった。

おばさんの家に下宿していたころのいちばんの思い出は、なんといってもヒユのスープである。庭の菜園には雑草にまじってヒユが繁茂《はんも》していて、いくら摘《つ》んでも摘みきれないほどだった。夕方ともなると、ナム・トゥーおばさんはザルを片手に菜園に出てヒユを摘むのが日課になっていた。私もおばさんに誘《さそ》われてよく庭に出たが、ヒユよりは、雑草の中からインドジャボクの花を探すほうが好きだった。親指ほどの大きさの黄色い花びらは固く、バナナオイルのようないい香《かお》りがした。たった一輪でもインドジャボクの花をポケットに入れておくと、翌日まで香りを楽しむことができた。

ナム・トゥーおばさん自身、私に手伝ってもらいたくて誘ったわけではない。ヒユは、ちょっと手を伸《の》ばしただけで、手のひらいっぱいぐらいすぐ摘めてしまうほどたくさん生えていた。

おばさんが誘《さそ》ったのは、私とおしゃべりしたいからである。夫に先立たれ、上の息子《むすこ》は兵役《へいえき》でバンメトートに行ってしまった。だから、おばさんはひとりぼっちで寂《さび》しく暮らしている。ティン叔母《おば》とニュオンはおばさんの話を聞き飽《あ》きていて、もう聞こうともしない。だから、おばさんは胸にたまったものをすべて私に向かって吐《は》き出していたというわけだ。もちろんしゃべっているのはおばさんだけで、私は聞き役である。しかし、話の半分は耳から素通《すどお》りしていた。私はおばさんの話を適当に聞き流しながらインドジャボクの花探しに熱中し、時々草むらに足を突《つ》っこんではバッタを追い立てて遊んでいた。

おばさんが作るヒユのスープはとてもおいしかったが、それが毎日ともなるとさすがにうんざりし、ティン叔母もニュオンも私も魚のフライやヌクマム味のピーナッツをもっぱら攻《せ》め、スープはおばさんに譲《ゆず》っていた。そんなことをされてもおばさんは気を悪くすることもなく、大《おお》鉢《ばち》に盛ったスープをひとりで平らげていた。そこの家に下宿していた四年間の思い出といえば、いつも夕食に出されたスープが目に浮《う》かぶ。あのスープが食卓《しょくたく》にのぼらない日は一度としてなかった。にもかかわらず、庭に生えていたヒユどもは、食べつくされてなくなるどころか、日に日に緑の色を濃《こ》くしていったのである。

20

ハー・ランは私のような下宿屋ではなく、叔父《おじ》さんの家に間借りしていた。叔父さんがその県で都市のバス会社の代理店をしていたのである。ナム・トゥーおばさんの家とは反対の方角にあったので、私たちは村にいたころのように一緒《いっしょ》に通学することはできなくなった。

学校でも以前のように隣《となり》どうしの席にすわることもなくなった。中学校では、男子の席と女子の席は別だったからだ。ハー・ランは左側の列のいちばん前、私は右側のいちばん後ろで、あたかも太陽と月のように離《はな》れ離《ばな》れになった。

中学では制服を着ることになっていた。女子は白いアオザイ、男子は白シャツに青いズボンで、シャツはズボンの中に入れ、ベルトを締《し》めなければならなかった。そういうきちんとした格好をすることで、私たちは大人になったように感じた。しかし、それは私にとっては災難でもあった。大人になると……、女子は子どものころのように無邪気《むじゃき》に男子と遊んだりしなくなるからである。それはハー・ランも同じだった。休み時間になると、彼女《かのじょ》は同じクラスの女友達とともに垣根際《かきねぎわ》に植えられた柳《やなぎ》並木の下にかたまって過ごすようになった。そこは女の子しか踏《ふ》み入れない場所であり、男は残りの広々とした場所を駆《か》けずり回って過ごした。

中学校に通っている間、ハー・ランはいつも柳の下で、ひらひらと翻《ひるがえ》る白いアオザイに囲まれて過ごしていたので、私にはうれしいことやつらいことがあっても、それを打ち明けられる相手はいなくなった。また、途方《とほう》もない夢や殴《なぐ》り合いのけんかは日に日に少なくなってはいたものの、生傷がまったくなくなったわけではなく、傷の手当てをしてくれる者がいてくれたことが懐《なつ》かしく思い出された。

　私とハー・ランが昔のような仲のよい友達に戻《もど》れるのは、週末に村に帰るときだけだった。毎週、土曜日の午後五時になると、父はバイクで私を県まで迎えにきた。月の第三週目だけは、ハー・ランの母親から彼女《かのじょ》も一緒《いっしょ》に連れて帰ってくれるよう頼《たの》まれていたので、私にとってその日は特別の日だった。

　ハー・ランは私と一緒に後ろの座席に乗るのをいやがった。そんなこと、後にも先にもやったことがないからである。それで私は後ろの座席を彼女に譲《ゆず》ってやらねばならなかった。父と一緒に前の座席を占《し》めた私は、バイクが転倒《てんとう》するのではないかとびくびくしながらハンドルを握《にぎ》り締《し》め、足はバイクの側面に強く押《お》し当《あ》てた。もし走行中にバイクが倒《たお》れたら、こぶや鼻血くらいではすまないだろう。地面に投げ出され、即死《そくし》するかもしれない。軽くても腕《うで》や首の骨を折り、ハー・ランとのつき合いもおしまいだ。そう考えると私は急に怖《こわ》くなり、身を固くして、手がしびれるくらいぎゅっとハンドルを握り締めた。そんな姿勢はテンニンカの森まで続いた。

　テンニンカの森は、ストレブルスの木《カイ・ズオイ》の井戸《いど》から四キロほど離《はな》れた、村のはずれにあった。この森を通りかかると、父はいつもバイクを止め、私とハー・ランを連れてテンニンカの花を摘《つ》みにいった。

広大な森にはテンニンカの花のほか、紫《むらさき》のノボタンの花があちこちに咲き乱れていた。石ころだらけの小道を歩くとき、私とハー・ランは、葉の下に隠《かく》れているよく熟《う》れた濃紫《のうし》色のテンニンカの実を見つけようと木々の枝を注意深く観察しながら、先頭を行く父のあとについていった。

時々私たちは、実を探すのに夢中になって森の奥《おく》深く入っていった父をひとりにして、インドジャボクの花やとげだらけの枝についたソテツジュロの実を探して歩いた。ソテツジュロのとげは、刺《さ》さると骨にしみ通るほど痛く、血が出たときは口にくわえて吸っておくものの、家に帰っても痛みはおさまらなかった。

私もハー・ランもインドジャボクの花が大好きで、見つけるとにおいをかいで楽しんだ。私はもともとインドジャボクの実が好きだったので、母が市場で見つけるとよく買ってきてくれたものだ。インドジャボクの実はたいてい、一缶《かん》いくらで売っているが、私は一缶全部平らげても物足りず、もっと食べたいと思うくらいだった。一方、ハー・ランに言わせれば、インドジャボクなんて種が多くて面倒《めんどう》このうえないし、それだったらフトモモの実のほうがずっといいという。

この森には、フトモモもあちこちに生えている。丈《たけ》がひょろりと高く、たきぎを拾いにきた女や子どもは、ついでにフトモモの枯《か》れ枝も拾って帰る。実は房《ふさ》状になり、染め粉のような黒っぽい紫色をしている。食べると、インクでも流しこんだように口が紫色に染まった。

ハー・ランはフトモモの実が大好物だったので、私が木に登って房状の実を摘《つ》んでは落としてやると、彼女《かのじょ》は拾うそばから実をむしって口に放りこんだ。実を言うと、フトモモの実も食べられる部分は一割ほどで、あとの九割は種であり、ソテツジュロよりずっと面倒《めんどう》なのだが、なぜかハー・ランはそれが好きだった。だが私はそんなことにはまったくとんちゃくしなかった。彼女が好きならとってやるだけのことである。

木登り上手な猿《さる》さながら、夢中になって木の上から実を投げ落として降りてみると、そこには、唇《くちびる》から口の中からどす黒い紫《むらさき》色にして笑いかけているハー・ランがいた。舌も出してみるように言うと、濃《こ》い紫色に染まっていた。

森の奥《おく》から戻《もど》ってきた私の父は、ハー・ランの口を見て言葉も出なかった。そんな顔のまま家に帰すわけにもいかないので、とりあえず私の家まで連れていき、口をきれいにゆすがせてから、母親が待つ彼女の自宅へ送っていった。

父が行ってしまうと、祖母が私に尋《たず》ねた。

「どうしてハー・ランの口はあんな色になっちゃったの？」

「フトモモの実を食べたんだよ」

「フトモモの実って、どこにあったんだい？」

「僕《ぼく》が見つけたんだよ。テンニンカの森でさ」

祖母はそれ以上は聞かなかった。

「あの子はほんとにかわいい子だね」

ひとり言のように祖母の口から漏《も》れた言葉に、私もすぐに同調した。

「ハー・ランのあの目はお父さんの目にそっくりなんだよ！」

そう言ったからといって私にはとくに他意はなかったのだが、彼女《かのじょ》の瞳《ひとみ》を褒《ほ》めているのだと気づいた祖母は、うなずきながら、遠くを見るような目をしてつぶやいた。

「だけどあの子はね、つらい人生を送ることになるよ」

この「つらい人生を送ることになるよ」のひとことを祖母は声を低めて言ったのだが、私にははっきり聞こえていた。にもかかわらず、私の口からこんな言葉が突《つ》いて出た。

「僕《ぼく》、大きくなったら、ハー・ランをお嫁《よめ》さんにするんだ」

祖母はびっくりして私を見た。その目には、お前の決意は正しく、気まぐれなどではないことをよく理解しているよと告げるような光が宿っていた。やがて祖母はしごくまじめな口調で、「おばあちゃんもそう願ってるよ」と言った。

当時を思い出すたび、自分があのときなぜあんなことを言ったのか、それに対して祖母がなぜああいう答え方をしたのか、今でもよくわからない。しかし、ひとつだけ言えるのは、そのとき、たった一度だけ、祖母と私が対等の関係で話をすることができたということだ。そして、たった一度であるにせよ、私はあの日自分が口にした言葉を決して忘れていないし、これからも忘れることはないだろう。祖母もきっと同じ気持ちだったと思う。私にかけた期待も祖母はちゃんと覚えているに違いない。

そして、祖母が永遠の眠《ねむ》りについたとき、たとえ自分はこの世にいなくても、事はすべて自分が望んだとおりに運ぶと信じていたのではないだろうか。

21

祖母はそれから二年後に世を去った。私が八年生のときのことである。祖母の死は、私にとっては大きな痛手だった。私は目がはれ上がるまで泣いた。それから何か月もたってからも、祖母のことを思い出すたびに涙《なみだ》が出た。祖母はたんに私の肉親であるばかりでなく、大切な友人でもあった。幼いころ、もし祖母がいなかったら、私には遊んでくれる相手はひとりもいなかったに違《ちが》いない。それに祖母はたくさんの孫たちの中でも、とくに私をかわいがってくれた。たくさんの孫たちの中でも、祖母を最も慕《した》っていたのは私である。しかし、今、祖母はホアン叔父《おじ》のように永遠の眠《ねむ》りについてしまった。もう二度と目を覚ますこともなく、私をひとり置いていってしまった。村に帰ったとき、毎晩、軒下《のきした》に出てドードー市場の方を見下ろしていると、ちらちらと瞬《またた》く灯火の中に祖母の面影《おもかげ》が現れては消えた。私は生前の祖母を思い出しては悲しみに暮れ、滝《たき》のように涙を流した。

夜、床《とこ》についてからは祖母の夢を見た。祖母は愛情こもったやさしい笑みを浮《う》かべていた。そして、私の背中をかきながら添《そ》い寝《ね》をするとき、耳元でつぶやくように昔話を語ってくれた。その中には、大鳳《たいほう》の洞窟《どうくつ》に閉じこめられた姫君《ひめぎみ》の目を覚まさせようと、森のはずれで昔の恋歌《こいうた》を歌うタック・サイン*4の話もあった。そんな美しくも悲しい夢を見ながら、私は勇敢《ゆうかん》なタック・サインに変身した。災難に遭《あ》った姫君はもちろんハー・ランだった。私たちは祖母が語る昔話から外に飛び出し、祖母は恋《こい》しく思う私の心の中から外へ飛び出した。あれから長い月日が流れたが、祖母は私の心の中に今も生き続けている。

八年生になった年、祖母を失った悲しみのほかに、私にはもうひとつ悲しいことがあった。私自身は五年生のころから少しも大きくなっていないのに、ハー・ランは魔法《まほう》にでもかかったように急に背が伸《の》びたからである。一夜の夢から覚めてみると、昔からよく知っていたはずのかわいい小さな女友達が、見も知らない少女に姿を変えていた。彼女《かのじょ》があのハー・ランとはとても信じられないほどの変わりようだった。それからの一週間、私はこっそりうかがうような目で彼女を見ながら、それを好ましく思う反面、ひどい精神的打撃《だげき》を受けてもいた。彼女がハー・ランであることに変わりはないのに、かつてのように私の庇護《ひご》を必要とする弱々しい存在ではなくなっていたからだ。彼女は……、私の姉貴分か、それ以上になっていた。

八年生のクラスで学んだ一年間、私は自分からハー・ランに近づこうとはしなかった。何か話があるときは、二言三言、言葉をかけると、そそくさと彼女のそばを離《はな》れた。私は背が低いことにコンプレックスを感じていた。ハー・ランの隣《となり》に立つと、自分がはなたれ小僧《こぞう》にでもなったような気がした。かつて四方を敵に囲まれ、満身創痍《そうい》になって太鼓《たいこ》の撥《ばち》を戦い取ったころの威信《いしん》はついに地に落ちたのだ。

そして同じ年、彼女は週末の帰省で父が運転するバイクに同乗することさえなくなった。叔《お》父《じ》さんに新品の自転車を買ってもらったからである。彼女は自転車に乗って通学するようになり、土曜日の午後も六、七人の友達と連れ立って村に帰るようになった。私はというと、帰る道々、父とテンニンカの森に寄っていくのがならいになっていたが、あのころの興奮は跡形《あとかた》もなく失《う》せていた。

私はフトモモの木に登って実を下に落としたが、空《むな》しさばかりがつのり、自分が子ども時代と別れを告げたことを自覚しただけだった。

22

私には悩《なや》みを相談する相手もいなかった。祖母がまだ生きていたら、包み隠《かく》さず祖母に打ち明けていただろう。だが祖母はもういなかった。ティン叔母《おば》も心強い味方だったが、昨年、私が七年生になったとき、ティン叔母とニュオンは十年生に進級するため都会に出て、ナム・トゥーおばさんの下宿を引《ひ》き払《はら》っていたからだ。クエンは今年、六年生に上がって私と同じ下宿に住むはずだったが、進級試験の成績が思わしくなく、学校をやめて家業を手伝うことになった。

こうして私はナム・トゥーおばさんの家にひとり残され、相変わらず庭でヒユを摘《つ》みながら、何度も聞かされた繰《く》り言《ごと》を聞くはめになった。

しかし、そんな寂《さび》しい環境《かんきょう》も、私のような生徒には幸いしたようだ。私は勉強に励《はげ》み、八年生の終わりにはクラスでもかなり高レベルの成績を修めるようになっていた。私がうれしかったのはもちろんだが、両親もよほど私のことが自慢《じまん》だったらしく、近所の家に連れていっては、こんな優秀《ゆうしゅう》な子はなかなかいないと自慢した。私は穴があったら入りたい心境だった。

しかし、当時の私にとっていちばんうれしかったのは、成績のことではなかった。両親を含《ふく》め、自分以外のだれとも共有できない、もっと大きな喜びが私を訪《おとず》れた。それはハー・ランと同じように、ある朝目覚めてみたら、急に背がぐんと伸《の》びていて、一人前の青年らしくなっていたことである。のどまでがらがらしてきて、オスのアヒルのようなだみ声になっていた。ナム・トゥーおばさんは変声期がきたんだと言った。休みで村に帰ってきたティン叔母《おば》は、私の背が彼女《かのじょ》より頭ひとつ分高くなり、顔にはぽつぽつとニキビができているのを見て、あんたもついに思春期になったんだねと言って笑った。

そのころには、ハー・ランはもう私の姉貴分ではなくなっていた。去年までは私のほうが小さかったが、今年は彼女よりずっと大きくなったからである。だから、彼女を避《さ》ける必要ももうなくなった。以前と同じように自然に話ができるようになった。ただし、互《たが》いの呼び方だけは変わった。二人とももう子どもではないので、私は彼女を名前で呼び、自分のことは「トイ」というきちんとした一人称《しょう》*5を使うようになった。

ハー・ランはすぐに私の変化に気づいて笑った。

「なにがおかしいの？」

「ガンがおかしいのよ」

「僕《ぼく》がどうかした？」

「その呼び方がよ」

私もつられて笑った。

「変に聞こえるかな」

「変じゃないけど、まだ慣れてないしね」

「そのうち慣れるさ。今までみたいな呼び方、いつまでもしてるわけにはいかないし。僕《ぼく》たち、二人とも大きくなったんだから」

私が舌打ちして言うと、ハー・ランもこくりとうなずいた。

「そうね、ガンもすっかり大きくなったわね」

ハー・ランから子ども扱《あつか》いされて、私は顔が赤くなった。

「去年、ハー・ランはすごく背が伸《の》びたけど、今年は僕の番だよ。男は女の子より成長が遅《おそ》いからね」

そう言ってハー・ランを見ると、彼女《かのじょ》も私を見つめていた。その瞳《ひとみ》は日に日に美しくなっていく。急に私は心臓がどきどきしてきた。

23

九年生の年はすばらしい一年だった。日々の生活が一冊の真新しいノートのようにつねに好《こう》奇心《きしん》に満ちあふれ、心には色あざやかなバラの花が咲き誇《ほこ》っていた。まるで雲にでも乗ったようにうきうきしていた。

そればかりでなく、夢の世界をさまよってでもいるような奇妙《きみょう》な行動をすることもあった。独り言を言い、時間にも無とんちゃくになった。昼寝《ひるね》をしていてナム・トゥーおばさんに起こされると、「もう朝なの?」などと寝ぼけたことを口走ったりした。おばさんは気でも狂《くる》ったのではないかと思ったらしいが、私は笑ってやりすごしていた。

私は一冊の手帳を買って、詩人ディン・フン[*6]の詩を書き写した。

君を見てるとびっくりするよ
さまよう瞳《ひとみ》に吸いこまれそうで
ああその遠くを見る瞳　神秘の瞳よ
そこには夢で見た空がある
そこには遠い日の太陽がある
満天の星が僕《ぼく》の行く道を照らす

深い霧《きり》が僕の行く道を包む
この宇宙にあるものすべてがいとしくなる

私は無性《むしょう》にハー・ランに会いたくなって、スアン・ジュウ*7の詩も書き写した。

愛なんて言葉で説明できるものじゃない
ある日の午後になんの意味もないのと同じこと
淡《あわ》い光で私の心をとりこにする午後と
軽《かろ》やかに空を流れる雲やそよ吹《ふ》く風で私の心をとりこにする午後と

抑揚《よくよう》をつけて詩を口ずさみながら庭に目をやると、そこに差している日の光も本当に淡く、風もそよそよと吹いているように感じられた。そして、そんな愛の詩がいっぱい詰《つ》まった手帳をまくらにして、私は知らぬ間に寝入《ねい》っていた。

詩を書き写すだけでなく、私はギターも買った。夜、ギターを抱《かか》えて軒下《のきした》に出ては、じゃらんじゃらんとかき鳴らした。昔話のチュオン・チー*8になった気分で、恋《こい》へのあこがれを詞に託《たく》して歌った。

しかし、私が知っている歌の詞で、私の心情にぴったりくるものは一つもなかった。意にかなったのは、厳選の末に選んだ一曲、「花の下の夢」だった。それは……、「瞳《ひとみ》」について歌ったものだった。

君の瞳は野に咲くヤシの花
黙《だま》って見つめる瞳に宿る愛

歌にあるように、ハー・ランが瞳に愛を宿して私を見たことがあるかどうかは別として、彼《かの》女《じょ》の瞳が野に咲くヤシの花と似ているとはどうしても思えなかった。だいたいヤシの花に似ている目なんて、ちっともきれいではない。それよりハー・ランの目は月に似ている。毎晩、村の夜空にかかる月だ。私の眠《ねむ》りの世界にも入りこみ、夢の中でずっと輝《かがや》き続けている月に。

いずれにしてもその歌は愛する人の瞳をたたえたものだったので、その比《ひ》喩《ゆ》がどんなに奇《き》妙《みょう》なものでも許すことにした。しかし、ずっとそれを歌い続けることはできなかった。「まだ見ぬ君よ……」という歌詞がどうしても好きになれなかったのだ。私は小さいころからハー・ランと遊んでいるので、数え切れないくらい顔を合わせている。なのに、「まだ見ぬ君よ」と歌うのは事実に反していたからである。

そんなもどかしさを解消しようと、自分のための曲を作ることにした。しかし、これまで作曲などしたことのない私には、どこから始めたものやら見当がつかなかった。私には曲作りより詩のほうが向いているらしい。こうして私は詩作に没頭《ぼっとう》した。できた詩を音読しながら、ギターで曲もつけた。自分の詩を一曲の歌に仕上げることに成功したのだ。歌ってみると、メロディともしっくり合っていた。

ときどき僕《ぼく》は
自分の気持ちがわからなくなって
自分の心に聞いてみる
どうして君を好きになってしまったんだろう
太陽が夜の闇《やみ》に隠《かく》れ
何も見えなくなってしまうとき
どうして君を思うのか
冷たい風の中で
僕は落ち葉を拾う
なんの意味もなく
歩いていて
不意に足を止める
なんの意味もなく

道端《みちばた》の草を抜《ぬ》いて
口にくわえたとき
僕《ぼく》にはわかったよ
僕は昔の僕とは違《ちが》うってこと
理由のない寂《さび》しさにとりつかれた日
雨の降る日
夢の世界で
淡《あわ》い日の差す日
僕にはわかったよ
ついにその日が
やってきたんだって……

私は時間がたつのも忘れて、自作の曲を夢中になって歌った。朝が来れば夜も来るということさえ忘れていた。ナム・トゥーおばさんから食事に呼ばれて初めて、外が真っ暗になっているのに気づくほどだった。

24

私は一日一曲のペースで歌を作っていった。夢遊病者にでもなったようだった。出来のよいのもあれば駄作《ださく》もあった。いい曲だろうが悪い曲だろうが、そんなことはお構いなしに、鉛筆《えんぴつ》と五線紙を傍《かたわ》らに置いてギターをかき鳴らしていれば幸せだった。ミュージシャンになるつもりはまったくなく、ただ鬱屈《うっくつ》した思いを吐《は》き出せればそれでよかった。自作の歌が耳元で鳴り響《ひび》くのを楽しみながら、それが外まで流れていって、庭の草木や感情のかけらすらないヒユとも胸の想《おも》いを共有できればよかった。

ただし、学校ではそのことをひた隠《かく》しに隠していた。見よう見まねで曲作りをしていることなど、だれにも話さなかった。ハー・ランに対してはなおさらで、貝のように押《お》し黙《だま》っていた。もちろんいつかお天気のいい日にでも、彼女《かのじょ》のために作った曲を歌って聞かせてやりたいという気持ちはあったのだが。

そんなふうに恋《こい》と音楽に打ちこんでいたからといって、勉強を怠《なま》けていたわけではない。県の中学の最終学年を迎えた年も、私は学業をおろそかにはしなかった。翌年、十年生になったら、私たちの学校の生徒は都会の高校に進学する。父は、「都会の子はよくできるから、一生懸《けん》命《めい》やらないとビリッケツになるぞ」と脅《おど》した。ビリッケツにだけはなりたくなかったから、私は勉強に精を出した。

おかげでビリにはならずにすんだ。私と同じようにハー・ランも、勉強ができなくて、都会に出てから周囲の笑いものになりたくないと思ったようだ。彼女がそんな心配をしていたおかげで、私の成績も見事に花開いた。試験の日が近づくと、私と一緒《いっしょ》に勉強しようと、ハー・ランが勉強道具をもってよく下宿へ来たからである。

初めて彼女がやってきた日、私はそんなことは夢にも思っていなかったので、昔話のタム嬢《じょう》が[*9]キュウ・ホアィンさんの庭のカバイロクロガキの実から飛び出してきたのと同じぐらいびっくりした。

「遊びにきたのかい？」

間の抜《ぬ》けた私の問いに、ハー・ランは笑って答えた。

「ガンと一緒に勉強しようかと思って」

私は跳《と》び上がって喜びたい気持ちをなんとか抑《おさ》えた。だが自然と顔が緩《ゆる》んでくるのだけは隠《かく》しきれなかった。

「そうか、ナム・トゥーおばさんの家はすごく静かなんだよ。一緒に勉強するにはもってこいさ」

それから、こんな愚《おろ》かな質問まで付け加えた。

「だけど、どうしてここで勉強しようなんて思ったの？」

すると、ハー・ランは肩《かた》をすくめて言った。

「別に私がそうしようと思って来たわけじゃないわ。ガンのところへ勉強しに行きなさいって、お母さんから言われただけよ」

その素っ気ない答えは私をいたくがっかりさせた。やはりそうだったかと思った。私は彼女《かのじょ》自身にではなく、彼女の母親の勧《すす》めに感激するしかなかった。ハー・ランの母親は私に好意をもってくれている。ずっと昔、祖父に命を助けられたことを今でも感謝しているのだ。そう考えると、私は祖父に限りない愛情を感じた。祖父はすばらしい人だったのだ。祖父はその人徳を子孫に残して死んだ。私が今日こうしてあるのも祖父のおかげなのだ。

ハー・ランが勉強に来るようになってから、私は別人のようになった。身なりをきちんとし、洗濯《せんたく》も頻繁《ひんぱん》にするようになった。髪《かみ》もこざっぱりと整え、ハー・ランを迎《むか》える準備もするようになった。彼女に質問されておたおたするのだけは避《さ》けたかった。彼女の前では、自分が優秀《ゆうしゅう》な生徒であることをアピールしたかったのだ。そして、天の神様とハー・ランのおかげで、それを現実のものにすることができた。

初めて訪ねてきた日、壁《かべ》にかかったギターに目をとめたハー・ランは、「ガンはギターが弾《ひ》けるの?」と言った。私がうなずくと、「じゃあ何か弾いてよ」と言った。私は壁《かべ》からギターを取って、じゃらんじゃらんとかき鳴らした。すると、ハー・ランが、「歌も歌わなくちゃ」と顔をしかめて言ったので、私は笑って、「花の下の夢想」を歌ってやった。

君の瞳《ひとみ》は野に咲くヤシの花
黙《だま》って見つめる瞳《ひとみ》に宿る愛

ここまで歌ったとき、私は横目で、ハー・ランが本当に瞳に愛を宿して私を見るかどうか確かめてみたが、そこにはなんの感情もあらわれていなかった。ふだんと変わらぬしらけた表情しか読みとれなかったので、急に歌う気がしなくなった。

「どうかしたの?」

「どうって、何が?」

「どうして歌うのをやめちゃったの?」

「その先の歌詞を忘れたんだよ」私はとっさにうそをついた。

「じゃ別のを歌ってよ」

つい口からため息が漏《も》れた。

「じゃあ、なに歌う?」

「ガンが好きなのでいいわ」

ハー・ランの答えに私は勢いづいた。一瞬《いっしゅん》にしてもりもり勇気が湧《わ》いてきた。思い切って、ハー・ランのために初めて作った曲、「その日がやってきた」を歌ってみた。

時々僕《ぼく》は自分の気持ちがわからなくなって
自分の心に聞いてみる
どうして君を好きになってしまったんだろう

生まれて初めて自作の曲を仕上げたときから、私はこの日が来るのをずっと待っていた。口では言い出せないことを、その曲は代弁してくれるはずだ。私は感情を込《こ》めて、陶酔《とうすい》したように歌った。

道ばたの草を抜《ぬ》いて
口にくわえたとき
僕にはわかったよ
僕は昔の僕とは違《ちが》うってこと

歌い終えてギターを下に置いたとき、背中は汗《あせ》びっしょりになっていた。しかし、疲《つか》れは少しも感じなかった。逆に心が軽くなり、歓喜《かんき》に満たされていた。

ハー・ランは何も言わずにじっとしていた。ほどなくして彼女のほうから口を切った。

「今の曲、なんていうの?」

「『その日がやってきた』だよ」

「だれが作った曲?」

「だれだったかな。たぶん……クン・ティエンじゃないかな」

私は自分が作ったとは言えなくて、しどろもどろになって答えた。とっさにクン・ティエンの名を口にしたのは、彼《かれ》は私たちには手の届かない遠い存在なので、うそがばれる心配はないと思ったからだ。

「いい歌ね! その歌詞、私にも写させて」

ハー・ランは疑っているようなそぶりも見せなかった。私はノートを一枚破って、歌詞を写してやった。うれしいような悲しいような、複雑な心境だった。うれしかったのはいい曲だと褒《ほ》められたからであり、悲しかったのは自分が作者だと言えなかったからだ。

その後、自作の歌の中からこれ以外のも聞かせたが、すべて自分が作ったとは言えなかった。つまりクン・ティエンも、ファム・ディン・チュオンも、ファム・ズイも、はたまたトゥー・コン・フン[*10]も、みなこぞってハー・ランへの愛を歌っていたが、私自身は貝のように口を閉ざし、他人の恋心《こいごころ》をつづった歌詞をハー・ランのために書き写してやっていた。

心が晴れない晩は、夜遅《おそ》くまで明かりをともして「幼いままでいられたら」の詞を書いた。

こんなに言いたいことがあるのに

どうして言えないんだろう
別に言いたくないことばかり
君に聞かせてしまう
ずっと昔の、幼いころを思い出す
僕《ぼく》たちはいつも一緒《いっしょ》だったね
心に秘めた思いを
なんの気がねもなしに話し合ったね
今はどうして離《はな》れてしまったの
僕の心と君の気持ち
ほのかに香《かお》る風のにおいも
いつかは飛んでいってしまうように
人の心もそれと同じなら
大きくなんかなりたくない
いつまでも幼いままでいて
結んだこの手を放さずにいたい

月明かりの下で、私はギターを抱《だ》いて歌った。ハー・ランはもう寝《ね》てしまったろうか。それともまだ起きていて、声にならない私の心のつぶやきが彼女《かのじょ》のもとにも届いているのだろうかと自問しながら。もし彼女には何も聞こえておらず、このまま冷たくされるなら、私の願いは歌のとおりということになる。いつまでも幼いままでいられたら。一緒《いっしょ》に無心で遊んだあのころに戻《もど》れたら……じゃらん、じゃらん……。

25

私は片思いの恋《こい》なんてもういやだと思った。気持ちを打ち明けることもできず、〈クン・ティエン〉が書いた恋の歌をただひたすらノートに書き写すだけの毎日に嫌気《いやけ》がさしてきた。私は詩人スアン・ジュウの「詩、詩」のページを繰《く》ってみた。

どんなに愛していたって、それだけじゃ足りない
愛していると、何百回、何千回も言わなければ

本当にそのとおりだ。慧眼《けいがん》なスアン・ジュウの勧《すす》めに従いたいと思ったが、できなかった。一度でいいから、愛していると言えばすむはずなのに。ひとたび口に出してしまえば、それが永遠に有効なのだから。

だれかを好きになっていちばんいやなのは、自分は相手を好きなのに、相手がそれを知っているかどうかわからないことだ。二番目にいやなのは、かりに相手がそのことを知っていたとしても、相手も自分を好きになってくれるかどうかわからないことだ。そして私の場合、その二つとも当てはまっていたので、なおさら気がめいった。どうしたらこの隘路《あいろ》から抜《ぬ》け出せるのだろう。こうなったら、憂《う》さ晴《ば》らしに音楽にでも逃《に》げこむしかないようだ。

私は「愛していると言うのは難かしい」という詩を書いて、ため息を漏《も》らした。

告白しようとするたびに
胸の鼓動《こどう》が早くなる
言いかけてはみたものの
自然と心が縮こまる

私は煮《に》え切らない自分を責めもした。

考えてみれば腹が立つ
はっきり言うのは気が進まない
遠まわしでは通じない

面と向かってにしろ遠まわしにしろ、どっちにしても告白できなかった。ハー・ランは相変わらず私の思惑《おもわく》などお構いなしに気ままに過ごしていた。私は心底から腹が立った。テト[*11]のときまで怒《いか》りは収まらなかった。

だがテトが来ると、その怒りは自然に解消した。私がハー・ランと遊びに出かけたのは、その年のテトが初めてだった。行き先はテンニンカの森で、同じ年ごろの友達も一緒《いっしょ》だった。そのころには私は自分の自転車を持っていた。八年生の成績がよかったご褒美《ほうび》に父が買ってくれたのだ。

私とハー・ランは、爆竹《ばくちく》の燃え殻《がら》が散乱する村の道を並んで自転車を走らせた。ブルーのアオザイに身を包み、長い髪《かみ》を腰《こし》まで垂らしたハー・ランは、天女《てんにょ》のように美しかった。時々、私はわざと速度を落とし、彼女《かのじょ》の後ろ姿を眺《なが》めて楽しんだ。

彼女は私の意図など知る由《よし》もなく、振《ふ》り返《かえ》っては、「早く、早く！　ガンは男の子のくせに、なんでそんなにのろいのよ」とせきたてるように言った。

私は答える代わりに、にんまり笑って見せた。

テトで外出するとき、村の女の子たちはみなアオザイを着るのが習慣になっている。一年間、行李《こうり》の中やたんすの隅《すみ》に眠《ねむ》っていた色とりどりのアオザイが、春の朝に一斉《いっせい》に目を覚まし、村の路地や草原で美を競《きそ》い合うのだ。蝶《ちょう》のようにひらひらと翻《ひるがえ》るあでやかなすそのおかげで、村は一挙に華《はな》やぎを増し、祝いの日の雰囲気《ふんいき》が盛り上がる。ハー・ランと並んでペダルをこいでいると心がうきうきしてきて、四キロの道のりも長いとは思わなかった。ボートに乗って水上を滑《すべ》っているようにさえ感じられた。自転車を走らせながら、私は大地が発する声や追憶《ついおく》のささやき、思春期の恋《こい》のときめきを同時に耳に感じていた。言葉では言いつくせない喜びに震《ふる》えていた。

私の口に笑《え》みが絶えないのを見て、ハー・ランが尋《たず》ねた。

「さっきからにやにやしてるけど、何がおかしいの?」

「楽しいからさ」

「私だって楽しいけど、別におかしくなんかないわ」

揚《あ》げ足《あし》をとられて返答に詰《つ》まり、私はひたすらペダルをこぎ続けた。答えが見つからないまま横目で彼女《かのじょ》を見ると、彼女の顔にも笑《え》みがこぼれていた。なんだ、自分だって笑ってるくせに!

26

春のテンニンカの森は若芽に覆《おお》われている。周囲を見回すと、碧《みどり》の糸で織り成されたじゅうたんが敷《し》き詰《つ》められていた。

私とハー・ランは森の入り口に止めてあるほかの自転車のそばに自分の自転車を置いて、紫《むらさき》の花を点々と咲かせる、新芽を出したばかりの森に入っていった。私は肩《かた》から下げていたギターを手に持ち、やぶの中の石ころだらけの道を慎重《しんちょう》に進んでいった。先を行く私はハー・ランが歩きやすいように道を作ってやり、彼女《かのじょ》は物思いにでもふけっているようなようすで、草を摘《つ》んでは口に含《ふく》みながらついてきた。

振《ふ》り返《かえ》ると、ハー・ランの口には草の葉がひっかかっていた。私は笑って言った。

「ねえハー・ラン、覚えてるかい？　いつだったかフトモモの実を食べて、口が紫色になっちゃったこと」

「覚えてるわ」

「あとで木に登って、また実を落としてあげるよ」

「そんなこと、しなくていいわよ」

ハー・ランは怒《いか》りを含んだ口調で返した。私は彼女が怒《おこ》っているふりをしているだけだと思ったが、それ以上は何も言わずに歩き続けた。

今日のピクニックには、私とハー・ラン以外にもたくさんの友達が同行している。さっきからずっと森の中を歩いているのに、彼《かれ》らはどこへ行ってしまったのか、だれの姿も見ない。人間があまりにもちっぽけなので、森がすべてを呑《の》みこんでしまったかのようだ。時折緑の葉陰《かげ》からアオザイのすそらしきものがのぞいたかと思うと、すぐに消え、また不意に目の前に現れたりした。

春の森は草木が青々と茂《しげ》り、空気もすがすがしく澄《す》み切っている。ハー・ランがそばにいるのに、私の心は天台山で道に迷った劉《リュウ》と阮《グエン》*12のように揺《ゆ》れている。以前、父と一緒《いっしょ》にこの森に来たときの私と、今の私とではまるで別人みたいだ。もうインドジャボクの花を探す気にもなれなければ、ソテツジュロの実を摘《つ》む気もしない。今の私は遠い昔をなつかしみながら、ただ淡《たん》淡《たん》と歩いているだけだ。頭の中は真っ白で、何も考えていない。

私たちは一言も口をきかず、とりとめなく頭上や足元に目をやりながら歩いた。もうじきこの森を突《つ》っ切って、向こう側に出るだろう。私たちはモモタマナの木の根元にある四角く平らな岩に腰《こし》を下ろした。眼前には緑一色の草原が広がっており、その先の谷までなだらかなカーブを描《えが》いていた。そこは村の若者たちが収穫《しゅうかく》後の農閑期《のうかんき》にサッカーを楽しむ場所になっている。今から何年も前のことになるが、私が小さいころ、子どもたちはよく大人に連れられて、サッカー観戦かたがた、ボール拾いをしにきたものだ。私たちはボールを蹴《け》り合う彼らに熱狂《ねっきょう》的な声援《せいえん》を送りながら、ボールがそれて、どこか遠くへ飛んでいってしまうときを今か今かと待ち構えていた。時にはボールが坂を下って谷まで落ちてしまうこともあり、全速力でそれを拾いにいくのは実に骨の折れる仕事だったが、それでも子どもたちは我先に拾いに走り、時には力ずくでボールを奪《うば》い合うこともあった。そんな激しい争奪戦《そうだつせん》に勝利をおさめた者は、ボールを抱《かか》えて一気に坂を駆《か》け上ると、大きな手柄《てがら》でも立てたような得意顔で、若者たちの待つ草原に向かって渾身《こんしん》のシュートを決めるのだ。

大人になった私は、ボール拾いのようなつらい仕事はもうしたいとも思わないが、眼前に広がる草原に当時の記憶《きおく》が呼び起こされて、心が切なく揺《ゆ》れた。

「ガンたら、なにをぼんやりしてるのよ?」

石のように固まってしまった私を見て、ハー・ランが言った。

「昔を思い出していたのさ」

「昔って、どんな?」

「昔、よくボール拾いに来たこと——私は草原を指差して見せた——ここでよくボール拾いしたことをさ」

「ボール拾いのどこが懐《なつ》かしいの?」

「どこって……、何かを拾ったときの思い出なら、僕《ぼく》はひとつ残らず覚えてるよ」

あとに付け足した一言は、我ながら愚《おろ》かで余計だと思った。

「ボール以外に、あと何を拾ったの?」

ハー・ランが目を丸くして言った。

「あとは……、カバイロクロガキとかさ」

古い話を持ち出されて、ハー・ランはくすくす笑い出した。

「あと、それ以外には？」

彼女《かのじょ》がそう問うたのは誘導尋問《ゆうどうじんもん》以外のなにものでもないことはわかっていた。

「昔のハー・ランを思い出すから」

そう答えられたらどんなによかったろう。恋愛《れんあい》の師、スアン・ジュウも盛んに勧《すす》めているではないか。「愛していると、何百回、何千回も言うべし」と。しかし、私には実行するだけの勇気がなかった。

「僕《ぼく》は……なんだって覚えてるよ。今までに起こったことなら、ひとつ残らずね」

そんな奥歯《おくば》にものがはさまったような言い方でも、私の真意を察してくれるだけの度量がハー・ランにあったらと思った。本当に察してくれたかどうかは知らないが、ハー・ランは「ねえ、何か歌ってよ」とせがんだ。私がギターの音合わせをして、「何かリクエストはあるかい？」と言うと、「クン・ティエンの『その日がやってきた』がいいわ」と答えた。

またもや貧乏神《びんぼうがみ》が私のもとに遣《つか》わしたのはクン・ティエンだった。私は腹をくくって歌い始めた。もちろんいいかげんにではなく、甘《あま》く切ない想《おも》いを込《こ》めて。ハー・ランは夢見るような目をしてうっとり聞き入っていた。紫《むらさき》の花が咲き乱れる森で、背中に垂らした髪《かみ》を風に揺《ゆ》らすハー・ランは、憂《うれ》いを帯びた美しさをたたえていた。しかし、歌っている間、私は彼女《かのじょ》のほうは見なかった。遠い地平線をゆったりと流れる白い雲を目で追いながら、自分も雲になって大空を漂《ただよ》っているような感覚にひたっていた。

クン・ティエンの歌が終わると、続けてドアン・チュアン[*13]の歌を歌った。歌詞はすべてでためだったが、気持ちは少し楽になった。自分の想《おも》いを歌詞に託《たく》せば、私の恋《こい》もメロディに乗って羽ばたいてくれるような気がした。昔話に出てくる恋多き青年チュオン・チーが川の流れに向かって歌ったように、私も大自然に向かって歌った。そうすれば心もいやされるような気がした。ミ・ヌオンは一言も口をきかず、ひざを抱《だ》いて歌に聞き入っていた。

私は続けて「幼いままでいられたら」を歌った。ハー・ランに聞かせるのはこれがはじめてだった。

「その歌、ガンが作曲したの?」

不意に図星をつかれて、私は答えにつまった。もし以前のように、「その歌、だれが作ったの?」と聞かれたら、あのときと同じようにうまくはぐらかしたことだろう。これはファム・ディン・チュオンだとか、チン・コン・ソン[*14]の歌だとか。あるいは、もっと昔の作曲家の名をあげたかもしれない。だがそんなふうに質問の矛先《ほこさき》を変えてくるとは予想外のことだったので、答えを変えるしかなかった。私は黙《だま》ってうなずいたが、心は千々に乱れていた。

「ガンて、いい曲作るのね」

ハー・ランの口を突《つ》いて出たのは思ってもみない答えだった。

一瞬《いっしゅん》、私はあっけにとられ、やがて天にも昇《のぼ》らんばかりの幸せに包まれた。そんなに褒《ほ》めてもらえるなんて、夢にも思っていなかった。私が期待していたのはもっとささやかなことだ。私がこの曲を徹夜《てつや》してまで作ったのはひとえに彼女《かのじょ》のためであり、彼女に捧《ささ》げるためなのだということを、いつかわかってもらえる日が来ればということだけだった。なのにこの曲の作者が私であることをわかってくれたばかりでなく、いい曲だと褒めてくれたのである。すっかり舞《ま》い上がってしまった私は、さっきまでの気おくれもどこへやら、調子に乗って言わなくてもいいことまで口走っていた。

「実はね、以前、ハー・ランに聞かせてあげた曲はみんな、僕《ぼく》が作ったものなんだよ」

ずっと心の奥《おく》にしまっておいたことを吐《は》き出したとたん、恥《は》ずかしさに襲《おそ》われて思わず下を向いた。しかし、私をもっとくらくらさせたのは、ハー・ランが素っ気ない乾《かわ》いた口調でこんなことを言ったときだ。

「私、そのことなら、ずっと前から知ってたわよ」

その瞬間《しゅんかん》、私は足元の地面がぐらりと傾《かたむ》いたような感覚に襲われた。周囲の景色がぐるぐる回っていた。今にも倒《たお》れそうになって、とっさに目を閉じた。苦難の人生はこれでやっと終わりを告げたのだ。私は心の中でそう思った。

27

九年生という年はすばらしい年だった。私はこれと同じ文句を何ページか前にも書いたが、ここでもう一度繰《く》り返《かえ》したいと思う。テンニンカの森へピクニックに行ってからはとくにそうだった。ガリレオやコペルニクスがどういう人間か知らなくとも、地球が太陽の周りを回っていることを私が発見して以来、どんな鈍感《どんかん》な者でも私の週末の過ごし方が変わったことに気づくようになった。私は毎週、村へ帰るようになった。

帰るときはハー・ランも一緒《いっしょ》だった。ただし、同郷の友人たちも一緒だったのは言うまでもない。帰省の途上《とじょう》、私たちはわざと速度を落として、彼《かれ》らのあとを遅《おく》れてついていった。最初のうちは、彼らも自転車を止めて私たちを待ってくれた。しかし、私たちに追いつこうとする意思がないのを悟《さと》った彼らは、構わず自転車をとばすようになった。

あとに残された私とハー・ランは、ゆっくりとペダルを踏《ふ》んだ。一週間、勉学に明け暮れた後に迎《むか》える土曜日は、私たちにとっては最高の日だった。日差しもやわらいだ午後、二人並んで自転車をこいでいるときほどのんびりと落ち着けるときはほかになかった。

帰りの道のりは長かったが、私とハー・ランはさほどたくさんのことを語り合ったわけではない。そもそも、語り合うほどの話題もなかった。勉強のことは学校や下宿で話しつくしていない。彼女《かのじょ》への思いについては、歌が代弁してくれる。私自身が告白するより、歌のほうが過不足なく誠実に思いを伝えてくれていた。それは私ばかりでなく、ハー・ランも同じだった。言葉で多くを語るより、彼女《かのじょ》のほほえみと瞳《ひとみ》に宿る光がすべてを語っていた。

帰り道、私とハー・ランはいつも森に立ち寄った。私たちは紫《むらさき》の花々に囲まれた小道をそぞろ歩いたり、幼いころのようにかくれんぼをしたり、小高い土盛りに駆《か》け上がったりして遊んだ。そんな子どもじみた遊びにふけっているときには、遠い過去の夢の中でしか出会えないような、ハー・ランの楽しげで無邪気《むじゃき》な笑い声を聞くこともできた。そんなとき、私の心はなんともいえない不思議な歓喜《かんき》に満たされた。

私はハー・ランを誘《さそ》って森の向こう側へも足を延ばし、霧《きり》にかすむ谷へ沈《しず》んでいく雄大《ゆうだい》な夕日を青草の生《お》い茂《しげ》る草原から眺《なが》めてみたいという誘惑《ゆうわく》に打ち勝つことができなかった。

村で過ごしている間、私は毎晩ハー・ランの家へ遊びにいった。行くといつもウスイロカズラのスープをごちそうになった。私は彼女と月光の差しこむ棚《たな》の下に腰《こし》を下ろし、新しく作った曲を歌って聞かせた。

最近私が作る歌には、思いつめたような暗さはなくなっている。私はギターをかき鳴らしながら、熱く純な思いを込《こ》めて歌った。

君の胸には
太陽がある

毎日、朝早くから
君は空に昇《のぼ》る
僕《ぼく》は待ち焦《こ》がれる
君という太陽の光を
僕は太陽を避《さ》ける花じゃない
太陽に向かって咲くヒマワリだ

さらにこんな歌も歌った。

どうして君は十四でも十五でもなく
十三歳《さい》のままなの
欠けることのない月のように
竹やぶを夜露《よつゆ》に濡《ぬ》れたままにして

「今年、私は十四になったのよ。もうじき十五だわ」

歌を聞いたハー・ランがすねたように言った。

「これは去年のことを歌ったんだよ」

私は笑って答え、また歌を続けた。

ウスイロカズラの棚《たな》の下に
僕《ぼく》はひとりで腰《こし》かける
そこへ君がやってきて
影《かげ》は二つになる

歌い終えて振《ふ》り返《かえ》ると、ハー・ランの姿はもうそこにはなかった。いつの間にか家に入ってしまったらしい。私は急に歌う気がしなくなった。いったいどこが「影は二つになる」なんだ！九年生の終わりごろに作った歌はどれもそんな感じで、若い活気と生命力にあふれていた。しかし、夏休みが来ると、私の恋歌《こいうた》は憂《うれ》いの色を濃《こ》くしていった。

夏休みに入っていくらもしないうちに、ハー・ランはさっさと都会へ行ってしまった。私はあと一か月半は故郷で過ごすつもりだった。彼女《かのじょ》が上京する前日の晩、私たちは思い出のいっぱい詰《つ》まった庭の棚の下に並んで腰かけた。私は胸がいっぱいで、彼女にかける言葉もなかった。何を聞かれても素っ気ない返事しかできなかった。その晩、別れる前に、私は歌で自分の心情を吐露《とろ》することしかできなかった。

そんな日は
そんな日は来ないでほしい
握《にぎ》った手と手が離《はな》れてしまうような
からみ合った二十の指が
空《むな》しく離れていくような
そんな日が来たら人生はため息ばかり

ハー・ランがため息を漏《も》らすのが聞こえた。私は抜《ぬ》け殻《がら》のようになって歌い続けた。

ほんとにそんな日が来るのかな
考えただけで怖《こわ》くなる
今日の午後
火炎樹《かえんじゅ》の花が咲いたよ
僕《ぼく》の心を焦《こ》がす赤い色
君のことが恋《こい》しくて

私は気持ちを落ち着けようとさらに歌った。

そんな日なんて来ないよね
きっと僕《ぼく》のところには
よいことばかり来るに決まってる
僕の心が海のように広くても
君という船の帆《ほ》がなけりゃ
寂《さび》しくってたまらない

彼女《かのじょ》の出発の日、私は感情を表に出さないよう努めたが、内心はパニックに陥《おちい》っていた。彼《かの》女《じょ》がそばにいることに慣れ過ぎて、どこかへ行ってしまう日が来るなんて思ってもいなかったからか、それともほかに何か理由があるのか、私にはわからなかった。ただ精神がひどく不安定な状態になっていたことだけは確かだ。彼女がいつも「無事安泰《あんたい》」でいられるよう、亡《な》くなった祖父母や土地神に心の中でお願いした。私も彼女がそんな不安を解消できるような言葉をかけてくれるのを期待した。だが彼女は舌打ちして、「その歌、暗過ぎるわね」と言っただけだった。私はますます落ちこんだ。再びギターを手にすると、夏を主題にした歌を歌った。

静まり返った昼下がり

静まり返った夏の午後
僕《ぼく》の心とおんなじで
人影《ひとかげ》のない校庭の寂《さび》しさよ
君に贈ろう
真紅《しんく》の花を
夏に頼《たの》んで
折ってもらった一束を

目の前には静まり返った校庭があった。教室の扉《とびら》は閉ざされ、先生の姿も生徒たちの姿も見えなかった。ただ柳《やなぎ》の並木が夏の日差しにあぶられて、眠《ねむ》るように立ち並んでいるだけだった。

僕の代わりに折っておくれ
遠い昔の思い出を
それを大地に植えたなら
苦い果実がなるだろう
胸の想《おも》いを歌にすれば
聞くもわびしいセミしぐれ

私は一匹《びき》のセミになり、かん高い声で鳴き始めた。歌声に混じって、自分の心臓の鼓動《こどう》が聞こえた。

夏に託《たく》そう
僕《ぼく》の小さな恋心《こいごころ》
ふたり遠く離《はな》れても
出会いの日を忘れないように
今度会ったら
君は僕の心を
焼きつくすだろうか
君の炎《ほのお》で

私はそんな問いを投げかけたが、答えは出せなかった。ハー・ランは燃えたぎる炎で私を焼きつくしてしまうかもしれない。私の心を焼きつくすのか、私の人生そのものを焼きつくすのか、彼女《かのじょ》自身にもわからないに違《ちが》いない。それは私も同じだ。わかっているのは、明日、ハー・ランが行ってしまうということだけだった。

第二章

1

ハー・ランがいない日々はあじけなかった。私は一日じゅうどこへも行かず、学校の勉強に明け暮れた。それに飽《あ》きると、祖父が残した行李《こうり》をあさり、中国の物語本を引っぱり出して読んだ。

　中国の物語本はちっともおもしろくなかった。張飛や韓信[*15]は戦闘《せんとう》にふけるばかりで、恋《こい》に心を焦《こ》がしたり悩《なや》んだりすることはなかった。祖父が残してくれた蔵書の中で、私の意にかなったのは范蠡《ファム・ラーイ》と洗濯《せんたく》女の西施《タイ・ティ》[*16]の恋物語ぐらいだ。私の寂《さび》しさをいやしてくれたのはそれだけだった。主人公は愛する人と二十年も別離《べつり》を強《し》いられ、再会したときには髪《かみ》は真っ白になっていたにもかかわらず、いちずな恋心に変わりはなかった。一方、私はハー・ランと会えなくなってまだ一か月余りしかたっていないのだから、そんな大きな変化があるはずはない。

　そう考えると少しだけ気持ちが明るくなった。しかし、よかったのは一日だけで、翌日にはまた心配でいても立ってもいられなくなった。ティン叔母《おば》はそんな私の心を見抜《みぬ》いたように言った。

「何か悩《なや》み事でもあるの？」

「悩みなんか、別にないよ！」

すると、叔母《おば》は私の目をのぞきこみ、「あんた、うそついてるでしょ。私にはちゃんとわかってるのよ」と言った。

厳しい追及《ついきゅう》に、私は必要以上に動揺《どうよう》した。叔母に悩みを打ち明けるべきかどうか迷った。今年の夏休みを叔母は村で過ごしている。秀才《トゥータイ》一次の試験[17]に合格し、来年度から十二年生に進級することになっていた。本当なら今年は大学に入っているはずだったが、去年、試験にすべったので、十一年生をもう一度やり直す羽目になったのだ。いとこのニュオンは二年続けて秀才試験にすべり、そのまま中退した。現在は、伯父《おじ》から資金の援助《えんじょ》を受けて都市に残り、布地屋をやっている。ティン叔母は、私にとっては祖母の次に頼《たよ》りになる人だ。ほんの幼児のころから、叔母は私をかわいがってくれた。ほかのいとこたちのだれよりもよく私の面倒《めんどう》を見てくれた。祖母亡《な》き後、精神的に頼れるのは叔母しかいない。しかし、現実はそう単純ではなかった。成長するにつれ、叔母はあまり私にかまってくれなくなっていた。私のことなどより、自分の夢を追うことに夢中になっていた。叔母が進学で村を離《はな》れている間に、叔母と私の距離《きょり》は離れていくばかりだった。叔母はたまにしか帰省しなかったし、帰ってきて私と顔を合わせても、大きくなったねと褒《ほ》めてくれるだけで、それ以外、何も言葉をかけてくれなかった。もし一言でもハー・ランのことを尋《たず》ねてくれたら、私にも悩《なや》みを打ち明けるチャンスがあったかもしれない。しかし、叔母《おば》は何も聞いてはくれなかった。叔母が今でもハー・ランのことを覚えているかどうかさえ怪《あや》しかった。叔母は祖母の代わりにはなりえない。認めたくないけれど、私はそう認めざるをえなかった。やはり祖母が一番だ。でも祖母がいなくなってしまった今、私はひとりぼっちだった。

もしティン叔母が本当にハー・ランのことを忘れてしまったなら、これほど悲しいことはない。しかし、だからといって叔母を責める気にもなれなかった。世界は日に日に変化しているのだから、人の心だって変わって当然だ。私も大人になったのだから、そのくらいのことは承知《しょうち》している。しかし、幼いころはともに同じ道を歩めたけれど、大きくなれば選択肢《せんたくし》が広がり、進むべき道も広がる。昔いっしょに遊んだ者のことなど、忘れてしまってもしかたないのかもしれない。

私は叔母を責める気はなかったが、心の奥《おく》に秘めた悩みを打ち明ける気にもなれなかった。叔母から追及《ついきゅう》されて、私は話をはぐらかした。

「別に悩みなんかないよ。ただちょっと心配なことはあるけどね」

「心配って、どんな?」

「都会の学校だと、僕《ぼく》、ビリッケツになっちゃうかもしれないし」

「あんたはよくできるんだから、心配なんかすることないのに」

ティン叔母は笑って言うと、私の不安を鎮《しず》めるように言葉をついだ。

「都会の子なんて、勉強ができるのはいくらもいないわよ。大体は勉強より遊びのほうが好きなんだから」

叔母《おば》は本当に私が学業の心配をしていると思ったらしく、自分の経験を熱心に伝授してくれた。秀才《トゥータイ》の試験に受かったばかりなので、叔母の口調は自信に満ちあふれていた。勉強がよくできるようになるためには夜何時まで起きていなければいけないか、朝は何時に起きればいいか、眠気《ねむけ》に襲《おそ》われたら、洗面器に水をはってどんなふうに顔を浸《ひた》したらいいか、そんなことまで教えてくれた。私は黙《だま》って聞いていたが、本音を言えばげんなりしていた。私はもともとがり勉タイプの女の子は好きでないし、たとえそれが自分の叔母でもいやなものはいやなのだ。叔母の話しっぷりがあまりに熱心なので、むげに拒否《きょひ》するわけにもいかず、つまらなそうな顔をして黙って聞いているしかなかった。そして、話が終わるやいなや、そそくさと退散した。

私は片手にギター、片手に自転車のハンドルを握《にぎ》り、テンニンカの森に逃《に》げこんだ。森の中は、葉ずれの音と鳥たちの鳴き声が支配していた。ここなら思う存分、魂《たましい》を風に乗せて解き放ち、思う存分、ハー・ランのことを思い出せそうだった。

ハー・ランは本当につれないやつだ。一足先に都会に出てから一か月たつが、村に帰ってきたのはたったの一度きりだ。そして、帰ってきたときは別人みたいになっていた。以前はなんの飾《かざ》りけもなかったのに、今は足にぴったりした西洋風のパンツをはき、刺《し》しゅうだのレースだのがじゃらじゃら付いたTシャツを着ている。髪《かみ》も短くカットしていて、見た目はすっきりしたものの、なんだかすかした感じがする。背中に垂らした長い髪が風に揺《ゆ》れていたころを思い出して、思わずため息が出た。詩人グエン・ビン[*18]も私と同じ心境だったのかもしれない。

昨日、街から帰ってきた君よ
里の香《かお》りは今いずこ

ただ瞳《ひとみ》だけは、以前と変わらず美しかった。彼女《かのじょ》はその瞳で私を見つめながら言った。

「ガンはいつ出てくるの？」

「あと二十日はここにいるよ」

「ガンも行けばわかるけど、都会ってとってもすばらしいところよ。この村なんか問題じゃない。県都と比べたって、何千倍もいいわよ」

ハー・ランがドードー村をけなすのを聞いて、私は悲しかった。怒《いか》りさえ感じた。「この村よりきれいなところなんて、どこにもないよ」と返してやりたかったが、そっぽを向かれるのが怖《こわ》くて、ぐっとその言葉をのみこんだ。代わりに、「この村だって悪くないよ。都会とはまた別の意味でね」としか言えなかった。

私は彼女が留守にしている間に新しく作った曲を歌って聞かせた。しかし、歌い終わっても、彼女は笑っているだけだった。私がそうであるように、彼女も私のことをよく思い出すと言ってくれないものかと期待したが、完全に空振《からぶ》りに終わった。そんなことは一切口にせず、彼女は都会を褒《ほ》め、村をけなしただけだった。そして、さっさと村を出ていった。
宵闇迫《よいやみせま》る薄暗《うすくら》がりの中に、私はひとり残された。

2

十年生に進級するため、私にも都会に出る日がやってきた。

ハー・ランが言ったように、都会は何もかもが巨大で美しく、華《はな》やぎに満ちていた。私は広い道路や高くそびえるビル群に圧倒《あっとう》され、よく磨《みが》きこまれたショーウィンドーの向こうに山と積み上げられた売り物をしげしげと見て回った。映画館やダンスホールを彩《いろど》るネオンサインの前に立ったときの私はおのぼりさん丸出しだった。数日がかりであちこち見て回った末に出した結論は、都会は貧弱《ひんじゃく》な私の村などより数十億倍も物にあふれた豊かな場所だということだった。しかし、村より都会のほうがきれいかというと、なんとも言えなかった。都会は騒音《そうおん》やゴミやほこりがあふれていた。ドードー村にはそういうことはなかった。

それに都会には緑がほとんどなかった。上を見上げても、家々の屋根や広告塔《とう》や電柱に視界を遮《さえぎ》られて、どこまでも果てしなく広がる空を見ることはできなかった。ゆったりと流れていく雲や、夜空に昇《のぼ》った月を眺《なが》めるのも容易なことではなかった。青空と別れを告げんとするときの太陽の、哀調《あいちょう》を帯びた最後の輝《かがや》きを見ることもできなかった。それはハー・ランが都会のことを褒《ほ》めるときには決して口にしないことだった。

3

私はティン叔母《おば》と同じ下宿には住まなかった。叔母はニュオンのところにいた。ニュオンの家は広かったが、住居として使える部分は限られていた。家の前面は店、裏手は倉庫になっており、遊びにいくと、通路のあちこちに積み上げられた布地の山の間をすり抜《ぬ》けるようにして通らねばならなかった。

私はフアン伯父《おじ》の家に部屋を借りていた。彼《かれ》は私の伯母《おば》、つまりニュアンの母親の兄さんで、私とは直接の血縁関係はなかったが、ニュアンにならって伯父さんと呼んでいた。

フアン伯父は西洋薬をあつかう薬局をやっていて、とても裕福《ゆうふく》だった。伯父の家があまりに立派なので、最初のうちは部屋を借りるのをためらっていたが、ニュアンの父親から、「フアン伯父さんのうちは金持ちだけど、暮らし向きは質素なんだ。それに伯父さんは有徳の士だから、なんの心配もいらないよ」と熱心に勧《すす》められ、しぶしぶ会いにいくことにした。それにしても、まだ高校に入ったばかりの私を有徳の士に仲間入りさせてくれるとは、ニュアンの父親も豪気《ごうき》なものだ。私は彼に連れられてフアン伯父さんと会い、下宿させてもらうことになった。

フアン伯父には三人の子どもがいた。いちばん下はリエムという男の子で、七年生だった。リエムのすぐ上の姉はマイといって、私と同い年だった。マイは九年生を終えた後は進学せず、将来、伯父がやっている薬局を継《つ》ぐため店を手伝っていた。いちばん上の息子《むすこ》はユンといい、友人たちからは〈タイン・ラム〉のユンと呼ばれていた。〈タイン・ラム〉とはファン伯父《おじ》の薬局の屋号であるが、ユン自身はカイルオンの役者みたいなそのニックネームが嫌《きら》いだったらしく、自分では〈マルセル〉のユンと称《しょう》していた。ジョー・マルセル[*19]の熱狂《ねっきょう》的なファンだった彼《かれ》は、いつも足でリズムを取りながら、〈ヘイ、ベイビー、泣くのはおよし。泣かないで、さあ、もう泣かないで〉と、しんきくさい歌をよく口ずさんでいた。

ユンは私より三つ上で、戸籍《こせき》上は私と同い年のはずだった。三歳《さい》もサバを読んでいたのは兵《へい》役《えき》から逃《のが》れるためだ。ユンは歌もダンスもうまかったが、成績はパッとしなかった。根っからの遊び好きで、勉強など見向きもせず、留年しても意に介《かい》する風はまるでなかったので、私が十年生に上がったときは彼と同じクラスになった。ファン伯父と初めて顔を合わせた日、伯父から「君はなかなか勉強ができるらしいね。うちのユンは怠《なま》けてばかりで困ってるんだ。何かあったら、やつに勉強を教えてやってくれないかな」とまで言われた。

伯父の頼《たの》みを承諾《しょうだく》したものの、私にはその半分も実行できなかった。伯父の言葉どおり、ユンは聞きしにまさる怠け者で、私が勉強するよう忠告しても、まともに話も聞かず、ぷいとどこかへ行ってしまうのだった。彼の得意技はコピーだった。教室では席が隣《となり》どうしだから、ユンは私のノートを写し放題である。私のおかげで、ユンは入学以来はじめてビリッケツの汚名《おめい》を返上することができた。学年末には、今年こそ上の学年に進級できると、鼻高々でファン伯父に報告していた。伯父も大喜びで、私に感謝することしきりだった。伯父は私がユンを「改造」できたと信じこんでいたのである。

ユンは相変わらず勉強などそっちのけだった。裕福《ゆうふく》な家のドラ息子《むすこ》たちと徒党を組んで、バイクのエンジン音を響《ひび》かせながら道路を走り抜《ぬ》けたり、郊外《こうがい》までスピードの競《きそ》い合いをしたりしていた。ユンはビリヤードの腕前《うでまえ》も達人級だった。たったの一打で難しい局面を打開したときには、恐《おそ》れ入《い》りましたと言うしかなかった。さらにユンはバンド演奏にも熱を上げていて、部屋にはエレキギター二本とドラムセット一式がそろっていた。毎日のように悪友たちがやってきては、ものすごい騒音《そうおん》を立てるので、さすがの私も勉強どころではなかった。そんなときは宿題をもってマイとリエムの部屋に避難《ひなん》した。

私がはじめて伯父《おじ》の家に越《こ》してきた日、荷物の中にギターがあるのを発見して、「お前、ギター弾《ひ》けるのか?」とユンは目を細めて尋《たず》ねた。私が笑っていると、「ちょっと弾いてみろよ」と言う。しばらく聞き入っていたユンは、一言、「クラシックな演奏だな」とつぶやいた。すぐには真意がつかめず、私が「クラシックってどういうこと?」と尋ねると、「つまりさ……、田舎《いなか》くさいってことだよ」と言った。

私は顔が赤くなり、手にしたギターを置いて下を向いているしかなかった。ユンはそんな私の変化などまったく眼中にないようすで、部屋の隅《すみ》に立てかけてあったエレキギターを抱《かか》えると、夢中になって弦《げん》の調律を始めた。

やがて何度かつまびいてみて弦の調子を確かめると、ユンは私を見て、「お前、ドラムたたけるか?」と言った。私がかぶりを振《ふ》ると、ばかにしたように肩《かた》をそびやかした。それから、ユンは「ビューティフル・サンデー」を歌い始めた。テレビに出てくる歌手のように、体を左右に揺《ゆ》すりながら歌った。その歌声はよく通るきれいな声だった。観客は私ごときのさえない田舎者《いなかもの》であるにもかかわらず、ユンは興に乗って、「ビューティフル・サンデー」、「ラムール・セ・プール・リアン」、「アリーン」[*21]と続けて三曲も歌った。歌が終わると、ユンは「どうだ、よかったろ?」と尋《たず》ねた。私がうなずいて「よかった」と答えると、すっかり気をよくして、気安く私の肩をたたきながら、「なんなら、おれの友達に紹介《しょうかい》してやってもいいんだぜ」と言った。もちろん私は断った。

ユンは歌がうまいし、歌った曲もよかった。でもだからといって心に深くしみ入ってくるほどではなかった。やはり私には「クラシック」な歌のほうが合っているのかもしれない。そういう歌のほうが愛する故郷の記憶《きおく》を呼び覚ましてくれるし、私の秘めやかな思いを代弁し、愛する人々を思い出させてくれる。

4

ハー・ランは伯母《おば》さんの家に下宿していた。その伯母さんというのはハー・ランの父方一族の長女で、伯母さんの次がハー・ランの父親、その次がバス会社の代理店をやっている叔父《おじ》さんだった。彼女《かのじょ》の父方の親戚《しんせき》はほとんどが都会に出ていて、村に残ったのは父親だけだった。伯母さんの夫はやり手の実業家で、自動車の車体を生産する会社を経営していた。ただし、夫婦《ふうふ》には子どもがなかったので、ハー・ランが下宿することになったとき、二人は一も二もなく喜んだ。

伯母さんの家はハー・ランにとっては天国だった。日々の飲食から衣服、履物《はきもの》、おこづかいに至るまで、彼女にはなんの不足もなかった。伯母さんはまるで天使でも相手にするようにハー・ランをかわいがり、彼女の友達もその恩恵《おんけい》にあずかった。私が遊びにいくと、伯母さんは賓客《ひんきゃく》でも迎《むか》えるように歓迎《かんげい》してくれた。おやつにビスケットを勧《すす》め、冷蔵庫からコカコーラを出して飲ませてくれた。ハー・ランは私がよほど飢《う》えているとでも思ったらしく、少しでももじもじしていようものなら、無理やり私の手にビスケットを持たせ、赤子でもあやすように、「ほら、ガン、食べて。遠慮《えんりょ》しなくていいのよ」と言うのだった。

別に遠慮しているわけではなかったが、私はふだんのように自然にふるまうことができなかった。この家の客間がぜいたくすぎて、私には合っていなかったのかもしれない。大きくて立派なソファに案内されただけで、自分が自分でなくなったようにおどおどしてしまうのだ。私は田舎《いなか》の家のほうが好きだった。彼女《かのじょ》の自宅へ遊びにいくと、私たちはいつもウスイロカズラの棚《たな》の下に置かれた丸太に並んで腰《こし》を下ろしたものだ。簡素だけれど、なんの気兼《きが》ねもないそんな環境《かんきょう》の中にいると、心おきなく自由におしゃべりを楽しむことができた。しかし、伯母《おば》さんの家ではそうはいかなかった。天井《てんじょう》から下がったきらびやかなシャンデリアや、壁際《かべぎわ》に並んだ豪華《ごうか》なガラス張りのサイドボードを目にしただけで気後《きおく》れし、まともに言葉が出てこなくなってしまうのだ。村の市場や、カバイロクロガキの実がなるころのこと、森でインドジャボクの花を探したことなど、私が話したいと思っていることは、すべてがきらきらしているこの部屋にはまったく似つかわしくなかった。そういう話題はみな田舎くさく色あせて見えた。

そんなとき、私は勧《すす》められたビスケットを申し訳程度に口にすると、そそくさと席を立った。すると、伯母さんは戸口まで私を見送り、「明日もまた遊びにきてね」とあいそのよい言葉をかけてくれる。その場だけは私も素直《すなお》にうなずくものの、翌日もまた来ようという気にはなれなかった。今後ハー・ランと会うのは家以外の別の場所にしたいと思った。

5

十年生になると、私とハー・ランは以前のように同じ学校に通うことはなくなった。彼女《かのじょ》は女子校[*22]に入学したからである。午後、授業が終わると、私は一日も欠かさずハー・ランの学校に寄り、門の前で彼女が出てくるのを待った。そのころ、女子校の門前でだれかを待ち構えているのは私だけではなかった。泥棒《どろぼう》みたいな怪《あや》しい目つきできょろきょろしている者の姿があちこちにあった。

私たち男子生徒にとって、女子校の下校風景は実に壮観《そうかん》だった。アオザイの白いすそを翻《ひるがえ》して女学生が一斉《いっせい》に門から出てくるところは、あたかも川の流れの上にたちこめた白いもやのようで、詩情あふれるロマンチックな光景だった。そんなかげろうにも似た白いアオザイの流れは、門前で待ち受けている者たちをくらくらさせ、秘めやかな恋心《こいごころ》を燃え立たせる。有名無名の詩人や恋歌の作者を無数にこの世に送り出してきたのも、まさにそのアオザイのしわざなのだ。

ハー・ランの姿を求めて、私は瞬《また》きもせずに門前の流れに目を凝《こ》らした。果てしないアオザイの海の中から彼女を見つけ出すのは容易なことではない。大海原《うなばら》から一粒《つぶ》の砂をすくい上げるにも等しい難問だ。しかし、私の忍耐《にんたい》心は疲《つか》れを知らなかった。最後には必ず自分の砂を見つけ出した。先に見つけるのはいつも私のほうだった。そのうち私の存在に気がついた彼女がにっこり笑いを返してくれれば、それだけで長い間待ち続けた苦労もきれいさっぱり吹《ふ》っ飛んだ。

家路をたどるハー・ランのあとを、私はかなり距離《きょり》を置いて静かについていった。とくに急ぐ風もなくゆったりとペダルを踏《ふ》む彼女と、その後ろから辛抱《しんぼう》強くついていく私は、まるで見も知らない他人どうしのようだった。ともかく学校から遠く離《はな》れるまでは、彼女と並んで自転車を走らせるわけにはいかないのだ。その女子校の生徒たちは、気が強いじゃじゃ馬が多いことで有名である。私はクラスメートからその手の話をいやというほど聞かされていた。しかも、どれも信じられないような話ばかりなのだ。あるとき、女生徒たちがはいていたポックリをふりかざして、ホアン・ジュウ高校の男子に殴《なぐ》りこみをかけたことがあった。ポックリにはくぎが何本も打ちつけてあり、そんなのをまともに食らったら、頭をぱっくり割られかねない勢いだったので、ホアン・ジュウ校の生徒たちはしっぽを巻いて逃《に》げ出したという。また、あるときは、大勢の女生徒たちが手をつないで学校の門前に横一列に並び、そのへんにたむろしている不審《ふしん》な男子生徒を尋問《じんもん》して、彼《かれ》らがかぶっていた茶色の学帽《がくぼう》を「記念」に没収《ぼっしゅう》したこともあったという。そんな狂暴《きょうぼう》な女子軍団を前にしたら、いかな重武装をしている偵察隊《ていさつたい》でもおじけづいて当然だ。帽子《ぼうし》なんかさっさと渡《わた》して、逃げ出したほうが身のためというものだ。それが本当の話かどうかは知らないが、私は聞いただけで身の毛がよだち、近づく気にもなれなかった。クラスメートたちは、「たった一人で女子校の門前を通る羽目に陥《おちい》ったやつは、進んで死地に向かうのと同じだ」とまで言い切った。

私は進んで死地に赴《おもむ》く気など毛頭なかった。ただハー・ランを迎《むか》えにいきたかっただけだ。

だから、帰り道、スピードを上げて彼女《かのじょ》に追いつくことができるのは、学校からだいぶ離《はな》れた角を曲がってからだった。私が遅《おく》れてついていくのにはもうひとつ理由があった。ティン叔母《おば》に見られるのを怖《おそ》れていたのである。叔母はハー・ランと同じ学校の十二年生である。いつだったか、一度、私が女子校の周辺をうろついているのを叔母に見つかったことがあった。ちょうどそのとき、ハー・ランの後を追いかけているところだったので、背後から「あら、ガンじゃない。どこ行くの?」と声をかけられたときは、心臓が止まりそうなほどびっくりした。私は自転車を止め、しどろもどろになって釈明《しゃくめい》した。

「いや、ちょっと、その、遊びにでもいこうかと思って」

すると、叔母は半信半疑の目で私を見た。

「遊びって、一人で?」

「クラスの友達と一緒《いっしょ》なんだ。だけどあいつ、走るのが速くてさ」私は慌《あわ》てて前方を指差した。

叔母は指差した方に目をやったが、前方を走る自転車の群れの中に私の友達の姿は見えなかった。叔母はそれ以上追及《ついきゅう》せず、「ほんとはどこかの女の子でも追いまわしてたんじゃないの?」と笑って言った。私は耳まで赤くなり、「違《ちが》うよ」としか答えられなかった。

私はハー・ランとのことを叔母には知られたくなかった。叔母に対する精神的距離《きょり》を感じてからというもの、彼女に何か相談するのは気恥《きは》ずかしくなっていた。あれ以来、叔母も私の「意中の人」について詮索《せんさく》しなくなった。それとも叔母はもう何か感づいているのだろうか。

私がはじめてハー・ランを迎《むか》えにいった日、一時間もの間、後をついてくるばかりでちっとも追いついてこないので、ハー・ランは驚《おどろ》いて言った。

「ガンの自転車、故障でもしたの？」

「してないよ」

「それならどうしていつまでも追いつけないの？　私、ずっと前からガンが後をつけてきてること、知ってたわよ」

「ハー・ランの友達にからかわれるんじゃないかと思ってさ」

「別にからかったりなんかしないわよ」

「そうかな。女子校の生徒たちは恐《おそ》ろしいって、みんな言ってるよ」

「恐ろしいって、どういうこと？」

みんながしているうわさを話して聞かせると、ハー・ランは笑って言った。

「そんなの、でたらめよ。私の友達は、みんなおとなしい人ばっかりよ」

私はその言葉をすぐに信じた。そもそも、女子校にそんな荒《あら》っぽいまねをする生徒などいるはずがない。ただのうわさに過ぎなかったのだ。ハー・ランとティン叔母《おば》が通っている学校が、クラスメートたちが言うような危険な場所だとはとても思えなかった。にもかかわらず、ハー・ランを迎《むか》えにいくときはいつも何メートルか遅《おく》れてついていった。それが日々の習いになっていたし、ティン叔母に見られるのが怖《こわ》かったからだ。

私はたいてい彼女《かのじょ》を家まで送っていったが、中には入らなかった。自転車に乗ったまま笑顔《えがお》で見送ると、彼女がドアの向こうに姿を消すのを見届けてから家路についた。

6

ハー・ランの叔父《おじ》さんが仕事に使っている車は、都市と県都を結ぶ道路を走っていた。にもかかわらず、ハー・ランはほとんど村に帰らなかった。私が一緒《いっしょ》に帰ろうと誘《さそ》っても、勉強が忙《いそが》しいと断られた。彼女《かのじょ》が補習教室に通っているのは事実だったが、故郷に帰れないのが本当にそのせいかどうかはわからなかった。しかたなく私はひとりで帰省した。私は毎月のように村に帰っていた。バスに揺《ゆ》られて、うつらうつらしながら半日あまりを過ごすと県都に着く。そこから村までは自転車に乗った。かつて私たちが毎週土曜日の午後に通った道だ。沿道には高々とそびえ立つカポックの木のほか、美しい野鳥が身を潜《ひそ》めるケオタイの木、葉もまばらなソゴウコウノキ、燃え盛《さか》る炎《ほのお》のように赤い花を咲かせるハイビスカスの茂《しげ》みがあった。その向こうには風に波打つ水田がどこまでも続いており、はるか遠くの竹やぶまで、一面に緑のじゅうたんを敷《し》き詰《つ》めたかのようだった。

私をとりまく風景はあのころとまったく変わっていないのに、今日の私は故郷に向けてひとり黙々《もくもく》とペダルをこいでいる。

テンニンカの森が近づくにつれて私の心は微妙《びみょう》に揺れたが、立ち寄る気にはなれなかった。幼いころの思い出に引き寄せられそうになるのを、なんとか振《ふ》り切った。たったひとりで森に入ったら、私の心は落ち葉に埋《う》めつくされてしまいそうな気がした。

都会の高校に入学後、はじめて帰郷した日、私は村の印象がいつもと違《ちが》うのに驚《おどろ》かされた。すべてが子どものころと同じ場所にあるのに、距離《きょり》が縮まったような気がするのだ。以前はあんなに遠いと思っていたストレブルスの木の井戸《いど》からドードー市場までの距離が、歩いてみると、あっという間に着いてしまうほど近いのだ。ドードー市場から私の自宅までの距離も同じだった。市場ものぞいてみたが、子どものころより狭《せま》くなったように感じた。モモタマナの老木も、思っていたほど高くはなかった。都会に出ている数か月の間に、祖母がよく話してくれた昔話の巨人に変身してしまったみたいだ。もし祖母がまだ生きていたら、「ねえ、ばあちゃん、だれかが僕《ぼく》たちの村を小さくしてしまったのかな?」と尋《たず》ねるだろう。すると、祖母はこんなふうに答えるに違いない。「だれもそんなことしやしないよ。ただお前が大きくなっただけさ。人間は大人になると、なんでも小さくなったように見えるものなんだよ」と。しかし、もう祖母はいない。私の質問に愛情こめてやさしく答えてくれる祖母は。今の私にできるのは、想像の中で対話することだけだ。

故郷に帰った私が訪ねていくところは二か所ある。ひとつは、小さいころに勉強を教えてくれた恩師に会いにいくことだった。カーイ《・》先生は学校を退職し、魚釣《つ》りをしたり、家で竹のザルを編んだりして過ごしている。トゥン先生は三年生のクラスを担任していて、今でも授業中にのどが渇《かわ》いたとぐちをこぼしているらしい。フー先生の塾《じゅく》は相変わらず盛況《せいきょう》で、かつての私たちと同じように、生徒はうさぎ跳《と》びの罰《ばつ》を食らっているとのことだ。先生の塾を訪ね、私とハー・ランが並んで腰《こし》かけていた席を見たときは、懐《なつ》かしさで切なく揺《ゆ》れる心をどうすることもできなかった。

私はその足でキュウ・ホアインさんの庭にも寄ってみた。根元には落ち葉がうずたかく積もっていたものの、思い出深いカバイロクロガキの木は昔のままの姿でそこにあった。熟して落ち葉の山の中に落下した実は、フー先生の教え子たちがひとつ残らず拾っていってしまったようだ。授業が終わるころには、生徒たちがヒマワリや菊《きく》をイメージしながら机に張りつけたカバイロクロガキの皮の花が一斉《いっせい》に咲き出すことだろう。ちょうど私の幼いころと同じように。何かにつき動かされるように、垣根《かきね》のそばに咲いていたケジギタリスの花を一輪ちぎって口に含《ふく》むと、家への道をぶらぶらと歩き始めた。

村に帰った私が必ず訪ねるもうひとつの場所は、ハー・ランの家だった。時には丸一日をそこで過ごすこともあった。家の中からサツマイモを取ってきておき火の中に入れ、焼けるのを待つ間、私は庭のハンモックに寝転《ねころ》がって本を読む。香《こう》ばしいにおいがしてきたら、それはイモが焼けたしるしだ。しかし、ハンモックに揺《ゆ》られながら、外から吹《ふ》いてくる心地《ここち》よい風にあたっているうちに、ぐっすり寝入ってしまうこともあった。びっくりして目覚めたときには、イモが真っ黒焦《こ》げになっていることも一度や二度ではなかった。

ハー・ランの母親は、ウスイロカズラのスープを作って私をもてなしてくれた。手作りのスープはうまかったが、なぜかのどを通らなかった。スープが引き金となってハー・ランを思い出し、彼女《かのじょ》への想《おも》いがのどを詰《つ》まらせてしまうのだ。私はご飯を無理やり口に詰《つ》めこみながら、ハー・ランの母親から聞かれたことに答える。彼女は食事のときにおしゃべりをするのが好きだった。しかし、そのときばかりは、私の祖父から命を助けてもらったことを話題にしなかった。

「今度はどうしてハー・ランに一緒《いっしょ》に帰ろうって誘《さそ》ってくれなかったの？」

その口調には寂《さび》しげな色がにじんでいた。誘ったけれど、ハー・ラン自身に帰る気がなかったとは言えなかった。

「ハー・ランは補習教室があって帰れなかったんです」

苦し紛《まぎ》れの返答に、彼女はまっすぐ私を見て言った。

「じゃあ、あんたはどうなの。勉強しなくてよかったの？」

なじるような言い方に、私は当惑《とうわく》した。しどろもどろになって、「もちろん、僕《ぼく》だって、勉強はするけど、ほかの日でもできるから」としか言えなかった。

ハー・ランの母親はもうそれ以上は追及《ついきゅう》しなかった。遠くを見るような目で、さんさんと日が差す庭を眺《なが》めていた。おばさんは何を考えているのだろう。私は心の中で問うた。きっと私と同じように、遠く離《はな》れた都会にいるハー・ランを恋《こい》しく思っているのではないだろうか。

7

あれからもう何年もたっているのに、私はずっと自責の念にかられている。どうしてあのとき、ハー・ランを愛していると告白できなかったのか。はっきりそう伝えていれば、その後の人生はもっと別の方向に向かっていたろうし、話はこれほどこじれていなかったのではないかと思う。しかし、時間がたつにつれ、そんなふうに考えること自体が間違《まちが》いではないかとも思うようになった。私は彼女《かのじょ》のために曲を作り、歌って聞かせた。それはうそいつわりない心情を吐露《とろ》したものだった。当時、ハー・ランは完全に私の心を見透《みす》かしていたはずだ。ちょうど渇水《かっすい》期のラー川の川底から小石が姿を現し、ドードー村の住民の目にもはっきり見えてくるように。だとしたら、互《たが》いにわかりきっていることを口に出したところで、なんの意味があるのか。それにたとえ彼女に告白し、そのときだけは彼女からも愛していると言われたとしても、最後には思ってもみなかったどんでん返しにあうことだってあるのだ。

そもそも、告白しようと思い立ったのが一年遅《おそ》すぎた。九年生のときのほうが有利な条件に恵《めぐ》まれていた。そのころなら、告白しようと思えばチャンスはいくらでもあった。しかし、十年生になったとたん、状況《じょうきょう》はがらりと変わってしまった。自転車を走らせながら、ティン叔母《おば》に見つかることを恐《おそ》れて周囲に目を配り、なおかつハー・ランに告白するなどという芸当は、とうてい私にはできなかった。ハー・ランの伯母《おば》さんの豪華《ごうか》な客間ではなおさら、そんなことおくびにも出せなかった。そもそも、そこへ行くこと自体、遠慮《えんりょ》していたのだから。逆に、ハー・ランが私を訪ねてくることもなかった。私がファン伯父《おじ》の家に下宿してからというもの、彼女《かのじょ》のほうからやってきたことは一度もない。だが来ないほうが私はうれしかった。ファン伯父の家はハー・ランの伯母《おば》さんの家ほど立派でないのはともかく、私自身がそこに居心地《いごこち》の悪さを感じていたからである。だから、ハー・ランならずとも、友達が訪ねてくることは少しも望んでいなかった。

ただ最近、一度だけハー・ランが訪ねてきたことがあった。学年末試験の準備をするのに資料が足りず、「文法学《ラール・ド・コンジュゲ》」の本を借りにきたのである。

その日、勉強していると、突然《とつぜん》、ユンが私の部屋をのぞいて言った。

「お前に会いたいって、だれか来てるぞ」

「だれが来たの？」

ユンは片目をつぶって、「すっげえカワイコちゃんだぜ！」と言った。

戸口に出た私は、そこにハー・ランが立っているのを見てびっくりした。

「ハー・ランじゃないか。どうかしたの」

私は落ち着かない口調で尋《たず》ねた。

「本を借りたいと思って」

「なんの本？」

「『文法学《ラール・ド・コンジュゲ》』よ。もし持ってたら貸して」

私はすぐにうなずいて、「あるよ。取ってくるから、ちょっと待ってて」と答えた。

本音を言うと、私は彼女《かのじょ》を家の中に入れたくなかった。しかし、そばで見ていたユンがそんな気持ちに水をさした。ユンは私にウインクしながら、「せっかく来てくれたのに、なんで中に入ってもらわないいんだよ」と言った。そして、私の反応などお構いなしに、ユンはありったけのあいそを込《こ》めて、「中に入ってゆっくりしていけよ」とハー・ランに言葉をかけた。彼女がもじもじしながら、「いいの、ここで待ってるから」と答えると、「そんなとこで待たせるわけにはいかないよ。せっかく来てくれた人を立たせておくなんて、みっともないよ」と頑《がん》として譲《ゆず》らなかった。

そこまで強硬《きょうこう》に勧《すす》められては断るわけにもいかず、ハー・ランはしかたなく家に入った。私が急いで本を取りにいって戻《もど》ってくると、ユンとハー・ランは客間で楽しそうに話していた。二人は最近はやっている歌やダンスの話題で盛り上がっていた。どの話題も、私にはちんぷんかんぷんだった。ハー・ランは来訪の目的を忘れてしまったかのように、おしゃべりに夢中になっていた。私は手にした本を彼女に渡《わた》していいものかどうかわからなかった。口をはさむことで場がしらけるのが怖《こわ》かった。静かに腰《こし》を下ろし、二人の話が一段落するのを待った。

帰るころになって、ハー・ランはようやく訪ねてきた理由を思い出し、私の方に手を差し出して「本、持ってきてくれた?」と言った。

本を手渡すと、彼女《かのじょ》はにっこり笑って言った。

「ちょっと長くなるかもしれないけど、貸してね」

私は黙《だま》ってうなずいた。ユンは私より先に腰を上げて、彼女を戸口まで見送った。ハー・ランは自分の友達だとでも言わんばかりのふるまいだった。私はなんだか悲しくなった。ユンよりもハー・ランのふるまいのほうが悲しかった。わざわざここまで訪ねてきながら、彼女は私とは何もしゃべらずに帰ろうとしている。故郷の近況《きんきょう》についても尋《たず》ねようとはしなかった。私自身は彼女に言いたいことがたくさんあったのに、彼女は私のことなど見向きもしなかった。私は、カーイ先生が学校をやめて、今は魚釣《つ》りと竹ザル編みの仕事をしていることを話してやりたかったし、先月村を襲《おそ》った強風で、市場の真ん中に立つモモタマナの木が倒《たお》れそうになったこと、またその強風のせいで彼女の家の裏手にあったヒヨドリの巣が吹《ふ》き飛ばされてしまったことを話したかった。それだけではない。彼女の母親が彼女の帰りを待ちわびていて、帰ってきたらふかしイモを食べさせたがっていたことや、いつか帰ってきたときのために、そのイモを細かく切って乾燥《かんそう》させたことなども話して聞かせたかった。

しかし、そんなことはひとつも口に出せず、すべてを胸の奥《おく》にしまいこむしかなかった。

ハー・ランが帰ると、ユンは私の方に向き直り、得心したように何度もうなずきながら、「お前の友達、すんげえかわいいな」と言った。私が何も答えず、ただ笑っていると、「お前のカノジョか?」と言った。

私はもともと「カノジョ」などという言い方は好きではない。どうせなら「恋人《こいびと》」とでも言ってほしかったのだが、ただうなずくしかなかった。そうでもしなければ、ユンはハー・ランを放っておくはずがない。理由はわからないが、そんな予感がした。しかし、ユンは私が思っている以上のくせ者だった。いたずらっぽく片目をつぶってみせると、「あの子、おれに譲《ゆず》ってくれねえか」と言い出した。

そんなあつかましい申し出にも、私は笑っているしかなかった。ユンはつかつかとそばまで寄ってきて、私の肩《かた》に手を置き、「なあ、いいだろ」と言った。私は顔をしかめ、横目でにらむようにして、「なに変なこと言ってるんだよ」と返すしかなかった。

ユンは私より年上で、しかも、ニュオンにとっても兄さん格だったので、私は彼《かれ》を「兄さん」と呼んでいたが、本音を言うと、これほど苦手なタイプもなかった。私があからさまな嫌悪感《けんおかん》を示しているにもかかわらず、ユンは肩《かた》をそびやかして、開き直るように言った。

「別に変でもなんでもないよ。だってあの子はお前なんかより、おれのほうがずっと気に入ってるみたいだったしさ」

ごうまんな物言いに自尊心を傷つけられて頭にかっと血が昇《のぼ》ったが、胸の怒《いか》りをなんとか抑《おさ》え、平静を装《よそお》って言った。

「もし兄さんがそう思うなら、好きにすればいいだろ」

「お前はそれでもいいのかよ?」

ユンは喜色を満面に浮《う》かべて言った。

「僕《ぼく》がそれでいいとか、悪いとか、そういう問題じゃないよ。もしハー・ランがほんとに兄さんのことが好きなら、それは彼女《かのじょ》自身の選択《せんたく》の問題であって、僕がどうこう言う筋合いのことじゃないしさ」

ユンは私の手を握《にぎ》り締《し》めて左右に揺《ゆ》すりながら、「そうか、お前は男の名にふさわしい男だな」と言うと、さっさと立ち去った。私はへなへなとその場に腰《こし》を下ろした。たまらなく悲しかった。ユンは私の兄貴分であると同時に友達でもある。私はその友達を一人、失うことになるかもしれなかった。

8

翌日の午後、私はハー・ランの学校に向けてペダルを踏《ふ》んだ。思っていたとおり、ユンはそこに来ていた。頭のてっぺんから足の先まで目いっぱいおしゃれをしたユンは、赤いヤマハのバイクにまたがり、日はかげり始めていたにもかかわらず、サングラスまでかけていた。私が女子校に着いたとき、彼《かれ》は通りをはさんで立つ喫茶店《きっさてん》に陣取《じんど》り、校門の方に注意をとられているところだったので、私が来たことには気づいていないようだった。

私は自転車を通りの端《はし》に寄せ、サトウキビジュースの屋台の後ろに身を潜《ひそ》めて、ユンがどんな行動に出るかを見ることにした。

しばらくして学校から出てきたハー・ランは、ユンが自分を待っていたのを知ってびっくりしたようすだったが、すぐに満面の笑顔《えがお》を見せた。一瞬《いっしゅん》、私の胸に鋭《するど》い痛みが走った。別に彼女《かのじょ》が笑顔を見せたからといって、そんなことにはなんの意味もない。そう決めつけることで波立つ心をなだめようとしたが、少しも収まらなかった。

ハー・ランは私のいる方には目もくれず、ゆっくりとペダルを踏み始めた。ユンはヤマハのエンジンをかけると、彼女のあとを追った。ハー・ランは自転車なので、ユンも飛ばすわけにはいかない。彼女のそばをゆっくりついていった。ユンは私が占《し》めるべき場所を力ずくで奪《うば》おうとしていた。

私は寂《さび》しさを抱《かか》えて二人のあとを追った。前方には道いっぱいに広がった女生徒たちの自転車があった。ハー・ランとユンは時々振《ふ》り返《かえ》って後ろを見たが、白いアオザイの群れが目隠《めかく》しになって、私が追跡《ついせき》していることには気づいていないようだった。

二人を追跡しながら、胸の内ではそういう行動はひきょうだと思っていた。こんなことをして何になる。どうせユンが気まぐれで誘惑《ゆうわく》しようとしているだけじゃないか。この程度のことに一喜《き》一憂《ゆう》することなんかないんだ。私はそんな自問自答を続けながら自転車をこいだ。こんなことやめようと何度も思ったが、自分をコントロールする力を失っていた。迷いと絶望を胸に抱えながら、私は二人のあとを追い続けた。

ハー・ランの家に着くと、二人は別れた。彼女《かのじょ》が扉《とびら》の後ろに姿を消すと、私はほっと胸をなで下ろした。ようやく不安から解放され、心が軽くなった。そして、救いようのない妄想《もうそう》を抱《いだ》いた自分を笑う余裕《よゆう》ができた。これではまるでグエン・ビンの詩に出てくる嫉妬《しっと》深い青年と変わるところがないではないか。グエン・ビンは実に偉大《いだい》な才能の持ち主だ。私の心を知りつくし、私に代わってこんなことを言っている。

いとしい私の恋人《こいびと》よ
君に望むのはただひとつ
私がそばにいるときは

いつも笑《え》みを浮《う》かべていてほしい
私と離《はな》れているときは
私のことだけ想《おも》ってほしい

ほかの男のことは考えないで
きれいに咲いた花にも口づけしないで
夜はまくらを抱《だ》いて寝《ね》ないで
人目のあるところで沐浴《もくよく》しないで

君のつけた香水《こうすい》が
遠くまで香《かお》っていって
たとえ道行く人であれ
他人を惑《まど》わすことがないように

いてつくような寒い夜も
夢よ　君のそばに寄らないで
君が夢の世界でほかの男と

会ってほしくないから

呼吸をするのも控《ひか》えめに
君の息が
見知らぬ者の襟《えり》にかかってほしくないから
君が道を行くときも
足をとめることがないように

これも嫉妬《しっと》のなせるわざ
君を愛しているがゆえ
君がすべてであるがゆえ
私のすべてであるがゆえ

今の私はグエン・ビンの詩そのものだ。こうして自分の恋《こい》が脅《おびや》かされるときになって初めて、どんなにハー・ランを愛していたかに気づくとは。ハー・ランに対する私の愛は幼いころから形成されてきたものであり、いくつもの甘《あま》い思い出と分かちがたく結びついている。それらの思い出は時空を超《こ》え、私の心に消えることのない灯《ひ》をともし続けている。ちょうど大地によってはぐくまれた木々がいつの日か枝という枝に花を咲かせるように、ハー・ランへの愛をはぐくんできた。

私は静かに耐《た》え、待つことにした。ユンは私の人生をたまゆら襲《おそ》った暴風にすぎない。だがいかな暴風でもドードー市場に立つモモタマナの老木を倒《たお》せなかったように、ユンもいつかは去っていくだろう。なんの形跡《けいせき》も残さず、ハー・ランのもとからいなくなるのだ。ちょうど磯《いそ》のザリガニが波に連れ去られるように。

家に帰ろうと自転車の向きを変えた私は、もう一度ハー・ランの家の方を振《ふ》り返《かえ》った。すると、信じられないことに、ザリガニはさっきとまったく同じ場所に居座《いすわ》っていた。ユンはバイクにまたがって悠然《ゆうぜん》とタバコを吸っていた。まるでだれかが出てくるのを待っているかのように。

いやな予感は的中した。しばらくするとハー・ランが家から出てきた。彼女《かのじょ》は見たこともないようなきれいなスカートに着替《きが》えていた。私が知っているハー・ランとは似ても似つかなかった。もし街なかでそんな彼女と出くわしても、私は気づかずに通り過ぎてしまうだろう。私はこれまで優美《ゆうび》かつ清楚《せいそ》なアオザイ姿の彼女しか知らなかった。村を出て県の中学校で学び始めてからも、ハー・ランは以前と変わらず優《やさ》しくおとなしい少女だった。なのに今の彼女にはそんな面影《おもかげ》のかけらもなかった。ぎゅっと目を閉じた私の耳に、ヤマハのエンジン音が飛び込《こ》んできた。慌《あわ》てて目を開けると、赤く点滅《てんめつ》するテールランプの上で、ピンクのスカートのすそが翻《ひるがえ》っているのが見えた。
私はぬけ殻《がら》のようになってペダルを踏《ふ》んだ。締《し》め付《つ》けられたように胸苦《むなぐる》しかった。そのとき、いつか歌ったあの歌が不意によみがえってきた。

夏に望みを託《たく》そう
この恋《こい》が続くように
離《はな》れ離《ばな》れでいるときも
出会った日のことを忘れないように
そのとき君は
僕《ぼく》を焼きつくすだろうか
君の炎《ほのお》で

私は夏に望みを託したが、夏は私の期待にこたえてくれなかった。夏にできるのは花を咲かせることだけだ。校庭に火炎樹《かえんじゅ》の真紅《しんく》の花を咲かせ、葉陰《かげ》にとまったセミの声を響《ひび》かせることしかできない。夏なんて、私と同じで無能以外の何ものでもない。私の期待をことごとく裏切った。夏の誘惑《ゆうわく》にそそのかされたハー・ランは、私を焼きつくした。私の心臓は燃えて灰になり、四方に吹《ふ》き飛ばされて消えた。

9

ユンが帰ってきたのは夜もだいぶ更《ふ》けてからだった。私は頭から毛布をかぶり、やり場のない悲しみをもてあましながら横になっていた。ユンがドアを押《お》す音に、私は思わず震《ふる》え上がった。頭に血が昇《のぼ》り、かっと熱くなるのを感じた。そのときの私は嫉妬《しっと》と憤怒《ふんぬ》と無力感が入り混じった、言葉ではとても言いつくせない感情に支配されていた。どうすればいいのかもわからなかった。もし私が休眠《きゅうみん》状態から急に目を覚ました火山なら、今すぐ噴火《ふんか》を起こして外側にある世界を破滅《はめつ》させるべきか、それともそのエネルギーを内部にためて、自分の感情のほうを焼きつくすべきか、どちらか一方を選択《せんたく》しなければならなかった。

ユンは私が何も知らないと思っているらしかった。戻《もど》ってきたときも、口笛を吹《ふ》きながら、今にも躍《おど》り出さんばかりの足取りで入ってきて、室内を何周もスキップした。あのようすを見ると、ユンとハー・ランは二人してどこかへ遊びにいってきたに違《ちが》いない。私はあえて尋《たず》ねてみる気にもなれなかった。聞いても無駄《むだ》なことは腹に納めておくのがいちばん、聞けばかえってみじめになるだけだ。

ユンは相変わらずスキップを踏《ふ》んでいた。わざとかどうかは知らないが、時々私のベッドにぶつかってきた。そうされるとますますイライラがつのった。さっきの決意はどこへやら、彼《かれ》をにらみつけ、ハー・ランとのデートの件には無関心な風を装《よそお》って言った。

「いやに浮《う》かれてるけど、ダンスにでも行ってきたのかい？」

ユンは私の質問には答えず、ウインクと舌打ちだけで応じた。足は相変わらずスキップを踏《ふ》んでいた。

「今夜は最高の晩だったぜ！」

私は目いっぱいの嫌悪《けんお》をこめた目でユンを見た。「最高」なんて言葉を使わなくても、その満足しきった顔を見ればわかることだ。人の恋人《こいびと》を横取りできて、さぞかし気持ちがいいことだろう。とくにユンのごときたぐいの人間にとって、それは誇《ほこ》るべき手柄《てがら》を立てたも同然なのだ。しかし、そうなった原因はユンだけにあるのではない。ハー・ランにもその一端《いったん》はあったはずだ。女子校の生徒をめぐる悪名高いうわさにもあったように、ハー・ランは鋭《するど》いくぎを打ち付けたポックリで私の心臓を踏みつけたのだ。踏みつけるだけ踏みつけておいて、あとは振《ふ》り向きもしない。私の心臓が鼓動《こどう》を刻んでいるかどうかなど、どうだっていいのだ。カバイロクロガキの実やテンニンカの森の思い出を、なんのためらいもなく平気で捨て去ったように、私を捨てるときがついに来たということか。不意にファン・ディン・チュオンの歌の文句が頭によみがえった。

僕《ぼく》の人生を通り過ぎていった人よ
どうして何も思い出してくれないの？

急に泣き出したい衝動《しょうどう》にかられた私は、寝返《ねがえ》りを打ってユンに背を向けた。私は小さな魚になって、悲しみの海を泳いでいる。どこまでも果てしなく続く大海原《うなばら》は、泳いでも泳いでも出口が見つからない。それでも私は泳ぎ続けた。哀惜《あいせき》と孤独《こどく》を抱《かか》え、長い尾《お》びれを波にたたきつけながら。尾びれが波をたたくと、小さな星にも似たミルク色の泡《あわ》がたくさんできた。その星たちの中に、ハー・ランという名の星はあるのだろうか。

10

私が悲しみに暮れていたのは事実だが、希望の火が完全に消えてしまったわけではない。細細とながらまだ燃え続けていた。思うに、恋《こい》の本質は希望ではないだろうか。結末は九分どおり悲惨《ひさん》なものとわかっていても、人は最も楽観的な方向に救いを求めるものだ。それは私も同じだった。ハー・ランはもともとダンスが好きだし、ユンはダンスがうまいから、彼女《かのじょ》がユンとつき合うのは当然のことだと考えようとした。私はまた、だれかとつき合うことはその人を好きになることとはまったく別の話と考えることで、自分を納得《なっとく》させようとした。そうすることで悲しみを軽減し、つまらないことにくよくよする自分の心を奮い立たせようとしていた。

翌日、私は笑顔《えがお》でハー・ランを迎《むか》えにいった。幸い、ユンの姿は見えなかったので、一挙に心が軽くなった。だがすぐにあることに気づいて愕然《がくぜん》とした。もしかしたら約束は昨日のうちにしてしまったので、ユンは校門まで迎えにくる必要がなくなったのではないだろうか。不意に頭の中に暗雲がたちこめた。さっきまで私の心を占《し》めていた明るさは一挙に吹《ふ》っ飛んだ。昔話に出てくる鳳凰《ほうおう》が、かすかにともっていた希望の火までかっさらって、はるかかなたへ飛んでいってしまった。

私は表面だけ笑顔をつくろってハー・ランを迎えたが、彼女は何も気づいていないようだった。いつもと変わらぬつぶらな瞳《ひとみ》で私に笑いかけた。その瞳を目にしたとき、ちくりと胸に痛みが走った。

たぶんそのときの私はかなり混乱していたのだろう。彼女《かのじょ》との間に安全な距離《きょり》を保とうという自制心さえ失っていた。ハー・ランが校門を離《はな》れるや、私はスピードを上げて彼女の自転車に追いついた。ティン叔母《おば》に見つかってもいいと思った。もう何も怖《こわ》くなかった。ただひとつ、ハー・ランを失うことを除いては。

ハー・ランはいつもどおりの自然な口調で話しかけてきた。私も何も知らないような平然とした顔をしていた。もちろん、そうすることは私にとってさほど容易なことではなかったのだが。家に着くまでの間、私たちは学校の勉強やもうじき始まる試験のことを話題にした。無理にとりつくろったような話ばかりで、会話は一向に弾《はず》まなかった。

ハー・ランの家に着くと、私はいつものようにすぐに帰ろうとはしなかった。

「ちょっと寄っていってもいいかな?」

ふだんと違《ちが》う態度に驚《おどろ》いたハー・ランは、「もうちょっとしたら、用事があるんだけど」と奥《おく》歯《ば》にものが挟《はさ》まったような言い方をした。

ハー・ランの遠まわしの拒絶《きょぜつ》は私に痛烈《つうれつ》な一撃《いちげき》を与《あた》えた。それでもしつこく食い下がった。

「ちょっと寄らせてもらうだけだから」

「じゃあ、ちょっとだけね」

そう答えたものの、その瞳《ひとみ》には困惑《こんわく》の色が見てとれた。

客間での会話は、帰り道の会話よりよくなることはなかった。会話は途切《とぎ》れがちで、そこで過ごした時間のほとんどが重苦しい沈黙《ちんもく》に包まれていた。私は一本の棒切れのように固くなり、身動きするのもつらいほどだった。ハー・ランはたびたび壁《かべ》の時計に目をやった。はた目からもそわそわしているのがわかったし、それを隠《かく》そうともしなかった。それどころか、彼女《かのじょ》はこれから出かけるところがあってそわそわしているのだということをわかってほしいと思っているようだった。私に少しでもデリカシーというものがあるなら、彼女が自分から言い出す前に、さっさとここから出ていってほしいと願っているらしかった。

彼女のひそかな願いどおり、私は彼女が自分から言い出す前に立ち上がって言った。

「じゃあ、僕《ぼく》はこれで帰るね」

ハー・ランは私を戸口まで見送ってくれた。晴れ晴れした明るい顔に戻《もど》っていた。

「うん、じゃあね。また近いうちに遊びにきて」

私は振《ふ》り返《かえ》りもせずに自転車をとばした。近いうちって、いつのことだろう。明日か、明後日《あさって》か、それともいつのことでもないのだろうか。私は大きな道路をはずれて角を曲がった。自分がはずれたのは道路なのか、それとも心に抱《いだ》いていた夢なのかは、わからなかった。

下宿に着くと、ユンがバイクを引いて出てくるのに出くわした。

11

私は自分にうそをつくのがいやになった。現に起こっていることを見きわめ、冷静な態度で受け入れるべきだと思った。もしそれが運命なら、どんな痛手であっても素直《すなお》に受け入れなければいけない。ハー・ランを責めるのももうやめよう。彼女《かのじょ》には進むべき道を自分で選択《せんたく》する権利があるのだ。遠い昔の思い出に彼女をつなぎとめようとするのも、もうよそう。私と同じ考えを期待するほうが無理なのだ。私は自分にそう言い聞かせた。

私とハー・ランは違《ちが》う人間なのだ。私が幼いころの思い出をいとしく思うのは、だれかに強制されたからではない。夕暮れ時になると、無性《むしょう》に遠い故郷の村が思い出されるのも、だれかに強制されたからではない。村の夜空にかかる月や、その月から金のしずくがウスイロカズラの棚《たな》に落ちるところを未《いま》だに夢に見るのも、だれかにそうしろと言われたからではない。そういうことは私にとってごく自然の欲求なのだ。それは、九年生のとき、ハー・ランの瞳《ひとみ》をのぞきこんだ私の心に、かつて経験したことのないような波が立ったのと同じくらい自然の欲求なのだ。

今にしてやっとわかったことがある。ハー・ランにとって、ユンは私なんかよりずっと魅力《みりょく》的なのだ。ユンに比べたら、私などただの田舎者《いなかもの》にすぎない。生き方から服装から、告白のしかたまで全部。今の時代、ギターを弾《ひ》きながら、遠まわしに愛をほのめかす歌を歌うような人間がどこにいる。そんなのはただの腑抜《ふぬ》けがすることだ。チュオン・チーのまねばかりしているから、こんな目に遭《あ》ったのだ。私が作った恋《こい》の歌だって、ユンなどは最初から「クラシック」扱《あつか》いだったではないか。

私はハー・ランを責めようとは思わない。もう会うのもやめた。帰りに女子校に寄るのもよそう。それからというもの、私は毎夕郊外《こうがい》まで自転車を走らせ、草原にひとり腰《こし》を下ろすと、川の流れに合わせてギターをつまびきながら歌った。

あの人は行ってしまった　僕《ぼく》を置いて
途中《とちゅう》まで書いた詩は
忘れられたままになっている
夜空には
星がさまよい
橋の下には
寂《さび》しげな小魚の群れ
あの人が去ってから
どれだけたつの
僕の歌は

だれのために歌えばいいの
花はとまどい
言葉もなく散っていく
たそがれのはるかな地平線に
鳥たちが無心に飛んでいく……

ふと顔を上げると、はるかな地平線上を無心に飛ぶ鳥の群れが見えた。あれはなんの鳥だろう。ツバメだろうか、スズメだろうか。羽ばたく翼《つばさ》の向こうに、燃えるように赤く染まった夕焼け空が見えた。

12

昼夜を分かたず私がすることといったら、歌を作ることだけだった。頭の中で作っては紙に書きとめた。あまりに手痛い打撃《だげき》を受けたので、私はもぬけの殻《から》のようになっていた。奔流《ほんりゅう》となってあふれ出した胸の痛みに押《お》し流され、おぼれてしまいそうだった。そんな暗くゆううつな日々、もし音楽がなかったら私は二度と立ち上がれなかったろうし、自分が自分でなくなってしまったかもしれない。

音楽はそそり立つ急峻《きゅうしゅん》な峠《とうげ》を越《こ》える力を与《あた》えてくれた。音楽がくれた軽《かろ》やかな翼《つばさ》のおかげで、暗い絶望のふちから脱《だっ》することができた。自分が作った悲しい恋《こい》の歌を六本の弦《げん》に乗せることで、沈《しず》みがちな気分もいくらか和《やわ》らいだ。うみでもしぼり出すように痛みを完全に出し切ると、自分に向けた攻撃《こうげき》の刃《は》はさほど鋭《するど》いものではなくなっていた。ひたひたと波が打ち寄せるたそがれの川岸に腰《こし》を下ろし、空を行く雲に自分の想《おも》いを託《たく》して歌った。

愛する彼女《かのじょ》のもとへ行く人よ
どうか僕《ぼく》の代わりに
校門の前に立っておくれ
僕の代わりに

雨に打たれておくれ
そして、あの女《ひと》の髪《かみ》から漂《ただよ》う
香《かお》りをかいでくれ

歌っているときだけは、以前の自分に戻《もど》ることができた。目の前に、女子校の門前に立っている自分の姿がプレイバックしてきた。はやる気持ちを抑《おさ》えながら、私は目を凝《こ》らして白いアオザイの波の中からハー・ランの姿を探す。私がいるのに気づいたハー・ランは、満面の笑顔《えがお》でこたえるだろう。そして、とがめるように、「ガンたら、しばらく見なかったけど、どこ行ってたのよ」と言うかもしれない。「勉強が忙《いそが》しかったのさ」と笑って答えると、「うそばっかり、そんなの信じられないわ」と彼女《かのじょ》は応じるに違《ちが》いない。

私はあえて説明する気もないので、笑ってごまかす。その瞳《ひとみ》を見れば、彼女にはすべてお見通しだったことがわかるからだ。一緒《いっしょ》に故郷へ帰ろうと誘《さそ》えば、彼女は一も二もなくうなずくだろう。次に私の目の前に現れたのは、ハー・ランの叔父《おじ》さんのバスで帰郷する二人の姿だ。朝早くに出発すると、午後には県都に着く。そこからは自転車で村まで帰る。ずっと昔、二人がそうしたように。

そして、やはり昔と同じように、森を通りかかると、どちらから誘うともなく森に入ってテンニンカの実やインドジャボクの花を探す。私はフトモモの木に登り、濃《こ》い紫《むらさき》色の実を摘《つ》んで落としてやる。その後は森の向こう側に行って、いつかの平たい岩に並んで腰《こし》を下ろし、暮れゆく夕日を眺《なが》めるのだ。そんな心地《ここち》よい想像にふけっていると、いっときだけ胸の痛みを忘れることができた。心は歓喜《かんき》で満たされ、まだ汚《けが》れを知らなかったころの清らかな自分に戻《もど》ることができた。岩の上にひざを抱《かか》えてすわったハー・ランは、子猫《こねこ》のように愛らしくやさしく見える。まだ都会を知らない、幼なかったころの彼女《かのじょ》に戻っている。

幸せに満たされた私は、かつて祖母が聞かせてくれた昔話を話してやる。幼なかった私の心を豊かにはぐくんでくれた物語に、ハー・ランはじっと耳を傾《かたむ》ける。彼女が知っている話もあれば、知らない話もあるが、どちらにしても彼女が物語の世界にうっとりと浸《ひた》っていることは、その瞳《ひとみ》を見ればわかる。

私が「ゴレンシの実もらって、金塊《きんかい》返す[*23]」の物語を夢中になって話していると、突然《とつぜん》、森のはずれから聞きなれたクラクションの音が鳴り響《ひび》いた。私は気が動転して、何が起こったのかさっぱりわからず、おろおろしていると、ハー・ランは物も言わずに立ち上がり、音のした方に向かって駆《か》け出した。戻《もど》っておいでといくら呼びかけても振《ふ》り向きもしない。ただ遠ざかっていく白いアオザイのすそが、テンニンカの老木から吐《は》き出される花粉の中に翻《ひるがえ》るばかりだ。あとを追った私が森のはずれまで着いたとき、ハー・ランの姿はもうそこにはなかった。はるか遠くに目を凝《こ》らすと、もうもうと立ち昇《のぼ》る土ぼこりの中を、赤いヤマハが猛《もう》スピードで走り去っていった……。

私は夢から覚めたように瞬《またた》きすると、川の流れに目をやった。こんな幻影《げんえい》にいつまでもつきまとわれているなんて、私も本当にどうかしている。なぜこんなつらさに耐《た》えて、彼女がこの森に戻《もど》ってくれる日を待ち続けるのか。鳥だって、一度飛んでいってしまえばいつ帰ってくるかわからない。私の庭でゴレンシの実を食べた鳥は、三尋《ひろ》の袋《ふくろ》を作って待っているのに、何も残さずに飛んでいってしまった。実を食べるだけ食べておいて、金塊《きんかい》を返してはくれなかった。傷心の私に鳥が返してくれたのは悲しみだけだった。そのとき、私は六本の弦《げん》が一斉《いっせい》に震《ふる》えるように鳴り出すのを聞いた。

僕《ぼく》の心はゴレンシの木
君がどこからか飛んできて
その木に止まったよ
だけど君は金を返さずに
種を落としていっただけ
落ちた種は成長し
すべてゴレンシの木になった
君が行ってしまってから
僕の庭は寂《さび》しくなった

いつになったら戻《もど》ってくるの
君の翼《つばさ》は今どこに
音もなく花が散る
悲しみにくれるこの胸に

手のひらに目を落とした私は、五本の指先に血がにじんでいることに気がついた。私は翠翹《トゥイキュウ》[*24]と同じ運命をたどることになるのか。しかし、そうだとしても、この悲しみをメロディに託《たく》して奏《かな》でれば、それを分かち合ってくれる者もいるはずだ。たとえその相手が物言わぬ草木や、寄せては返す川の波でしかなかったとしても。

13

私は長い間、ハー・ランと顔を合わせなかった。自分から彼女《かのじょ》を避《さ》けていたし、彼女もなるべく私と会わないようにしているようだった。私がユンとの関係に気づいたことがわかったのだろう。偶然《ぐうぜん》、道でばったり出会うようなことがあれば笑顔《えがお》であいさつを交《か》わし、二言三言、近況《きんきょう》を尋《たず》ね合うものの、すぐにそれぞれの方向に別れていった。会っても、会わないのと同じだった。

私は感情を胸の奥《おく》にしまいこんだ。彼女との思い出も封印《ふういん》した。ハー・ランのことは忘れてしまいたかった。それでもなお未練がましい気持ちが頭をもたげたときは、ギターを抱《だ》いて歌った。その歌は吹《ふ》き過ぎる風や空の雲に捧《ささ》げた。

彼女を忘れようと決意したそんなやさき、ハー・ランが訪ねてきた。

突然《とつぜん》目の前に現れた彼女に、私は驚《おどろ》きを隠《かく》せなかった。それよりもっと驚いたのは、目を赤く泣きはらしていることだった。

「何かあったの、ハー・ラン?」

居ても立ってもいられない気持ちで問いかけると、ハー・ランは、「ユンさんが……」とだけ言って口ごもった。私は続きが聞きたくて、「ユンがどうかしたの?」とせきたてるように尋《たず》ねた。

しばらくためらった後、ハー・ランは上目遣《づか》いで私を見ると、今にも泣きそうになって、「ユンさんたら、ひどいのよ！」と言った。

そんな物言いに、私は急に心配になった。彼女《かのじょ》がそういう言い方をするのはこれが初めてではない。あれこれ想像をめぐらしてみたが、ユンがどんな「ひどい」ことをしたのか思いつかなかった。

「ユンが何をしたの？」私は声を低め、思い切って聞いてみた。

それでもハー・ランは口ごもったまま答えようとしない。どうやら口に出しづらいことのようだ。私は励《はげ》ますように言った。

「どんなことでもいいから言ってごらん。さあ、遠慮《えんりょ》しないで」

ハー・ランは瞬《また》きすると、ようやく口を開いた。

「このごろ、ちっとも、私のとこへ……会いにきてくれないの」

私はため息が出そうになるのをなんとかこらえた。そうか、ハー・ランはそんなことで悩《なや》んでいたのか。そんなささいなことでも彼女は気が動転してしまうのだ。私は軽く舌打ちして言った。

「きっとユンは何か手が離《はな》せない用事でもあるんだよ」

「そんなんじゃないわ。彼《かれ》はビック・ホアンとつき合うので忙《いそが》しいの」

ハー・ランはそう言って唇《くちびる》をかんだ。

なんだ、そうだったのか！　その瞬間《しゅんかん》、えもいわれぬ喜悦《きえつ》の念が込《こ》み上げたが、すぐにそんな感情を抱《いだ》いた自分を恥《は》じた。私は邪悪《じゃあく》な喜びが顔に出そうになるのをなんとか抑《おさ》えて言った。

「ビック・ホアンてだれ？」

「ガンはほんとに何も知らないのね。タィン・ダムさんの娘《むすめ》よ」

ハー・ランは肩《かた》をすくめた。

私は本当にビック・ホアンという少女を知らなかった。しかし、タイビンズオン通りの十字路にあるタィン・ダムさんのバイン・ホーイ＊25の店ならよく知っていた。タィン・ラム家の息子《むすこ》とタィン・ダム家の娘がカップルになったからといって、別になんの不思議もない。私は心の中でそう思ったが、ハー・ランを悲しませるだけだと思い、口には出さなかった。

「その、僕《ぼく》でよかったら、力になってあげてもいいんだけど」

ハー・ランのつらそうな目に心を動かされて、私は即座《そくざ》にそう言った。しかし、口の割りには、そうできるだけの自信はなかった。

「いいの、ガンには迷惑《めいわく》かけたくないから。私はただ話を聞いてもらいたかっただけ」

ハー・ランは力なくかぶりを振《ふ》ると、くるりと背を向けた。しょんぼり肩《かた》を落として帰っていく後ろ姿に、私は言いようのない寂《さび》しさを覚えた。

ユンがハー・ランを捨てたと聞いたとき、正直言って私は跳《と》び上がらんばかりに喜んだ。これでようやく自分の夢をかなえるチャンスが巡《めぐ》ってきたと思った。この日が来るのをひそかに待ちわびていたし、もしかしたら、いくら待ってもそんなチャンスに出会える日はもう来ないだろうと諦《あきら》めてもいた。しかし、ついにその日がやってきたのだ。どうやら私のところに幸福の青い鳥が飛んでくる日も、そう遠くはないらしい。

私が二人の破局を喜ぶ気持ちの裏には、それ以外にもっと残酷《ざんこく》でエゴイスティックな理由も潜《ひそ》んでいた。それはハー・ランがいやというほど失恋《しつれん》の苦しみを味わったのをこの目でしかと目撃《もくげき》したことである。彼女《かのじょ》は今、私が彼女自身によって陥《おとし》いれられたのとまったく同じ苦しみに陥《おち》っている。彼女は私を捨ててユンを取ったが、そのユンは彼女を捨ててビック・ホアンに乗《の》り換《か》えた。だから今こそ、彼女につれなくされた私がどんなに悩《なや》み苦しんだか、身をもって知るべきなのだ。それだけではない。ハー・ランが受けた痛手は私以上だ。なぜなら彼女が味わっている苦しみは、自分自身が引き起こしたものだからである。今のような境地に陥ったのも、もとはと言えば、ユンがいかに浮気者《うわきもの》であるかに気づかなかったからなのだ。自業《ごう》自得《とく》とはまさにこのことである。そんな風に容赦《ようしゃ》なく彼女を責め立て、彼女の不幸に手を打って喜ぶ声が頭の片隅《かたすみ》で響《ひび》いているのを聞く一方、別の一隅《いちぐう》では、これまでずっと抑《おさ》えつけてきた暗い情念――鬱屈《うっくつ》や怒《いか》り、悲嘆《ひたん》が一挙に噴出《ふんしゅつ》してくるのを感じていた。

しかし、興奮がおさまると同時に、残忍《ざんにん》な歓喜《かんき》の念もうそのように消えた。私はいつもの気弱な自分に戻《もど》っていた。悲しみに沈《しず》むハー・ランを放っておくことはできなかった。私は彼女を愛していたし、あんなに苦しんでいる彼女を傍観《ぼうかん》しているわけにはいかなかった。それに苦しんでいるときだからこそ、私の助けを必要としているはずだ。都会に出てきて一年もたっていないのだから、親しい友達だってそうはいないだろう。伯母《おば》さんの家は物質的には恵《めぐ》まれていても、この手の話に関しては、相談に乗ってくれる者などいないに違《ちが》いない。

こう考えてくると、結局、彼女《かのじょ》の力になれるのは幼なじみの私しかいないと思った。さえない田舎者《いなかもの》で、愛してもその愛は報《むく》われず、ひとり寂《さび》しく悩《なや》み続けるこの私しか。私に助けを求めるということは、自分からふった男に助けを求めるということだ。そんなことをするのは、彼女にとっては我が身を引《ひ》き裂《さ》かれ、胸が張り裂けそうになるほどつらいに違いない。かわいそうなハー・ラン。私は君を愛している。言葉では言いつくせないくらい愛しているよ。

14

「ちょっと話があるんだけど」

翌日、私はユンに言った。

「話ってなんだよ?」

驚《おどろ》きの色を浮《う》かべるユンに、私は静かな口調で答えた。

「兄さんに関係のある話なんだ」

「そんならはっきり言えばいいじゃないか」

ユンのふそんな態度に、私はかぶりを振《ふ》った。

「ここじゃ言えないよ。どこか別の場所へ行こう」

「いったい話ってなんなんだよ?」ユンは目を細めて言った。

「あとで言うよ。ともかく別の場所へ行こう」

「それで、どこへ?」

「郊外《こうがい》へ行こう」

ユンはそれ以上何も聞かず、無言でバイクを外に出した。私が自転車に乗ろうとすると、ユンは手を振《ふ》って、「おいお前、こっちに乗れよ。後ろに乗せてってやるからさ」と言った。

私はハー・ランがよく乗せてもらったヤマハになど乗りたくもなかった。しかし、自転車でバイクのあとをついていくのは無理だと思い、しかたなく後部座席にまたがった。

道々、私はユンと一言も言葉を交《か》わさなかった。街の中心部をはずれると、ユンが振《ふ》り返《かえ》って、「ほら、もうすぐ郊外《こうがい》に出るぞ。どこか喫茶店《きっさてん》にでも入るか？」と言葉をかけた。

「喫茶店はまずいな」

声を低めて言うと、ユンは肩《かた》をそびやかした。

「おかしなやつだな。それならどこへ行こうってんだよ」

「ダー橋に行ってくれないか」

ダー橋は、水面に浮《う》かぶホテイアオイの花びらを眺《なが》めながら、川の流れに想《おも》いを託《たく》した場所だ。ユンはなんの反応も示さずに川の方へ向きを変えた。

ユンが橋のたもとにバイクを止めると、私は通い慣れた草原に彼《かれ》を連れていった。

「なんでこんな場所にしたんだよ？」

「ここは静かだからさ」

私は平静を装《よそお》って答えた。

「話があるって、なんなんだよ？」

私が本題に入る前に、ユンは自分のほうから口火を切った。

「ハー・ランのことなんだけど」

唇《くちびる》をかんだ私に、ユンは皮肉っぽく口の端《はし》をゆがめた。

「ハー・ランとのことは、お前となんの関係もないよ。それに、その件については干渉《かんしょう》しないって言ったじゃないか」

私はユンの目をまっすぐ見据《みす》え、語気を強めて言った。

「しらばっくれるのもいいかげんにしろよ。僕《ぼく》が何を言いたいか、わかってるくせに。僕が干渉しないと言ったのは、兄さんが彼女《かのじょ》を幸せにしてくれればの話だよ。だけど彼女を苦しませるだけなら、このまま放っておくわけにはいかないんだ」

断固とした私の態度にひるんだユンは、とりつくろうように言った。

「おれはハー・ランを苦しませたことなんか、一度もないぞ」

「でたらめ言うな！　今、現に彼女を苦しめてるじゃないか！」

「もしそう思ってるんだったら、誤解《ごかい》だよ」

舌打ちして弁解するユンに、私はいきり立った。

「誤解なんかであるわけないだろ！　兄さんはハー・ランを捨てて、ビック・ホアンに乗り換《のりか》えたじゃないか。兄さんは浮気者《うわきもの》のソー・カイン*26だよ。僕は絶対許さないからな！」

プライドを傷つけられたユンは歯がみをして言った。

「いいとも。このおれをそれだけののしれば、お前だって気がすんだろう。だけどな、これだけは言っておく。おれがだれを好きになろうと、おれの勝手だ。おれのことをお前にどうこう言われる筋合いはない！」

「そりゃ兄さんがだれを好きになろうと兄さんの勝手だよ。だけどハー・ランを苦しめることだけは、この僕《ぼく》が許さない！」

悲憤《ひふん》にかられて叫《さけ》んだ私を、ユンはかっと目をむいてにらみつけた。その口からはとんでもない暴言が飛び出した。

「そんなにハー・ランのことが心配なら、お前が彼氏《かれし》になってやればいいじゃないか。あんな女、喜んでくれてやる！」

一瞬《いっしゅん》、私は目がくらくらし、周囲の景色が回っているような錯覚《さっかく》に陥《おちい》った。これまで経験したことのない憤怒《ふんぬ》がわき起こり、体じゅうを駆《か》け巡《めぐ》って指の先端《せんたん》まで達した。盲目《もうもく》的な怒《いか》りにつき動かされて、私はユンの腹に天からの一撃《いちげき》にも似た鋭《するど》いパンチを繰《く》り出していた。しかし、自分が殴《なぐ》ったという意識はなかった。昔、フー先生の息子《むすこ》のホアがハー・ランの足をけとばしたとき、強烈《きょうれつ》なパンチをもって報《むく》いたことがあったが、そのときとよく似た心境だった。今回、ユンが犠牲《ぎせい》になったのは、私の愛する人の足をけとばしたからではなく、彼女《かのじょ》の心を踏みにじったからである。そんなやつは罰《ばつ》を受けて当然だと思った。

しかし、ユンはホアとは違《ちが》っていた。ホアはフー先生の威信《いしん》をかさに着ていたが、ユンには空手の心得があった。アィンサン道場の黒帯級として名をはせるユンは、思いがけない一撃に顔をしかめ、腹を抱《かか》えてうずくまったものの、すぐに立ち直った。腹のあたりをさすりながら、私の方を見て何度もうなずきながら言った。

「そうか、わかったよ。そんなにお前が望むなら、けんかってのがどういうものか、教えてやろうじゃないか」

言うが早いか、ユンは私に跳《と》びかかってきた。あごに受けた痛烈《つうれつ》な一撃《いちげき》に、私は仰向《あおむ》けになぎ倒《たお》された。しかし、私は怖《おそ》れなかった。痛みも感じなかった。怒《いか》りの念が強い力を与《あた》えてくれた。よろよろと立ち上がると、ユンに向かって突進《とっしん》した。

人っ子ひとりない川辺で、私とユンは真っ暗になるまで取っ組み合った。二人とも一言も発することなく戦い続けた。相手を倒すことしか頭になかった。

当然、劣勢《れっせい》に立たされたのは私のほうだった。小さいころ、私は「けんか王」の異名をとるほどのけんか好きだった。しかし、殴《なぐ》り合いから遠ざかって、だいぶ時間が立っていた。それに私のけんかは自己流で、体力と気の強さだけが売り物だった。それに対し、ユンはちゃんと殴り合いの術《すべ》を身につけており、繰《く》り出すパンチは正確でスピードがあった。まもなく私の体はあざだらけになった。いつもの私なら、最初の一発でノックダウンされていたかもしれないが、ユンに対する激しい怒《いか》りと気迫《きはく》がここまで私をもちこたえさせていた。粘《ねば》り強い私の抵抗《ていこう》を前にして、ユンも驚《おどろ》いているようだった。相変わらずパンチを繰り出しながら、「お前、なかなか頑張《がんば》るな」と褒《ほ》めてくれた。

しかし、私の「頑張り」もそこまでだった。結局、ユンを倒すには至らなかった。私は激しく息をつきながら、はれあがった顔をさらして仰向けにぶっ倒れた。そこでけんかは幕となった。

ユンは腰《こし》に手を当てて、倒《たお》れた私を見下ろすようにして立つと、「よし、終わりだ！」と宣言した。私は無言で横たわっていた。満身創痍《そうい》になったのに、なぜか痛みは感じなかった。ただ、心の中は空っぽになったようなむなしさに支配されていた。

「起きろ。送ってってやる」

私はユンの誘《さそ》いを断った。体を起こす気にもなれなかった。

ユンはバイクが止めてある橋のたもとへ引き返していった。ぼろぼろになった服と、憔悴《しょうすい》したような後ろ姿を見ながら、ユンも私に劣《おと》らぬ痛手を受けたに違《ちが》いないと思った。思わず口からため息が出た。本当にばかなことをしたと思う。今日のことで事態が少しでもよくなればいいのだが。

私は身動きもせず横になったまま、あれこれ思いを巡《めぐ》らせた。墓地のように荒涼《こうりょう》とした川辺には夜のとばりが下り、空には星が瞬《また》き始めていた。

けんかの余韻《よいん》が薄《うす》らいで、平常心をとり戻《もど》すと、私は身を起こして川辺に下り、顔を洗った。傷は痛みを増してきていたが、冷たい川の水で顔を洗ったおかげで気分はすっきりした。私は両手で水をすくい上げ、ささやくような流れの音を聞こうと、川に頭を突《つ》っこんだ。そうやって水の音に耳を傾《かたむ》けていると、水面に映る星たちのように、ゆらゆらと揺《ゆ》れながらあてもなく流されていくような気がした。

15

私は一週間、学校を休んだ。そんな顔で学校へ行くわけにはいかなかったからである。ファン伯父《おじ》に理由を聞かれたときは、ほかの自転車と衝突《しょうとつ》したと言い訳した。伯父の目を見れば、そんな苦しい言い訳は信じてもらえないことはわかったが、伯父はそれ以上追及《ついきゅう》しなかった。もともと義を重んじる人なのだ。紫《むらさき》色にはれあがった顔のあざを見て、口には出せない複雑な事情でもあるに違《ちが》いないと思ったのだろう。

マイとリエムから聞かれたときも事故だと答えると、二人は、「そんなら弁償《べんしょう》してもらったほうがいいよ！」と口々に言い立てた。私は笑って、「だけど逃《に》げられちゃったんだよ」と言ってごまかした。

それから五日後、ハー・ランが訪ねてきた。私の顔を見たとたん、「いったいどうしたの、その顔？」と驚《おどろ》きの叫《さけ》びをあげた。「転んだだけだよ」と舌打ちしながら答えると、「ずいぶんひどい傷だけど、転んだって、どこで？」と食い下がってきた。「そりゃ家に決まってるじゃないか。階段から落ちただけだよ」とお茶を濁《にご》そうとすると、ハー・ランは素直《すなお》にそれを信じ、手《て》提《さ》げから小さな瓶《びん》を取り出した。

「それなら私がオイルを塗《ぬ》ってあげる」

ハー・ランは私の答えも待たずに、瓶を傾《かたむ》けてオイルを手にとると、紫色にはれたほほに塗ってくれた。

私は目を閉じて、おとなしくされるがままになっていた。柔らかい彼女《かのじょ》の指が皮膚《ひふ》の上をやさしく滑《すべ》るのを感じた。慈愛《じあい》深い指の動きを感じるだけで、心の痛みまでうそのように消え、いやされていくような気がした。村の学校に通っていたころのことが思い出された。あのころ、ハー・ランは激しいけんかに明け暮れる私のそばで、いつも静かに見守っていてくれた。彼女の心遣《こころづか》いと手厚いケアのおかげで、私はつねに最高の心地《ここち》よさを味わうことができた。

そして、今もそうだった。私は酔《よ》いしれるような快感に浸《ひた》りながら、ハー・ランの指がほほの上をなめらかに滑るたび、あの懐《なつ》かしい感覚、思い出の中にしまっておいたはずのあの感覚がよみがえってくるような気がした。

「そのオイル、どこから持ってきたの？」

私はそう聞かずにはいられなかった。

「ハー・ランのよ」

「いつもポケットに入れてるんだね」

口に出してから、私は思わず笑いを漏《も》らした。この質問は、ずっと前、彼女のためにスズメの卵を探してやろうとしていてはしごから落ち、大きなこぶを作ったときにもしたものだ。

「なんでいつもポケットに入れてるの？」

私は昔を懐かしむように言った。

「なんでって、塗《ぬ》るためよ。夜出かけたときにオイルがなくちゃ、風邪《かぜ》をひいたときに困るじゃない」

そう言ってしまってから、ハー・ランは急に口をつぐみ、目をそらした。何げない言葉に、私は過去の甘《あま》い夢から現実に引き戻《もど》された。彼女《かのじょ》の指先から伝わってきた心地《ここち》よさは、もう二度と私を欺《あざむ》くことはできなかった。二人の運命は変わってしまったのだ。苦い思いでそう認めざるをえなかった。私の目の前にいるハー・ランは、昔のような守ってやらなければいけない存在ではない。つねにオイルの瓶《びん》を携帯《けいたい》しているのは、「けんか王で、よく転ぶガン」のためではなく、ユンと一緒《いっしょ》に夜出かけるときのためなのだ。夜な夜な遊び回っている彼女は、風邪をひいたときの用心にいつもオイルを持ち歩いているのだ。

そんな事実を知ってしまってからは、彼女がオイルを擦《す》りこむごとに痛みを感じた。胸の怒《いか》りと憂《うれ》いをもてあましながら、私は魂《たましい》のない棒切れのように不動の姿勢で横になっていた。ハー・ランも口が重くなり、オイルを塗ってしまうと、何も言わずに帰っていった。自分が不用意に発した一言がいかに私の心を傷つけたか、彼女も気づいたに違《ちが》いない。ハー・ランがユンを愛していることは、さほど容易ではないにせよ受け入れられる。だが二人の関係の「ディテール」にかかわることだけは、たとえどんなささいなことでも耐《た》えられなかった。

私は帰っていくハー・ランを見送りもしなかった。ベッドに仰向《あおむ》けに横たわったまま、彼女の姿がドアの向こうに消えるのを見ていた。わざわざ訪ねてきたのは私の手当てをするためではない。私が階段から……落ちたことを知るはずはないのだから。たぶん自分の悩《なや》みを聞いてもらいたくて私のところへ来たのだ。すすり泣きながら、自分の苦しみを思う存分吐《は》き出せればそれでよかったのだ。私も苦しんでいることなど、まるで意に介《かい》さずに。
　私は天井《てんじょう》に目をやってつぶやいた。

行きたいならば行くがいい
あふれんばかりの喜びを胸に
どこへでも行くがいい　好きなところへ
僕《ぼく》をひとりにしておいて
僕を求めてなんになる
君が幸せになるために
役に立つことができないなら
部外者だってかまわない
祝福の言葉を贈《おく》ることで
君の運命にかかわりたい
君にとってはきっと
僕なんかどうでもいいんだろうけれど

どこにも頼《たよ》るところがなくなったとき
君が来てくれることだけ望んでる
ステップを踏《ふ》むその足が
この世のつらさに耐《た》えかねて
急に疲《つか》れを感じたら
そのときは僕《ぼく》を思い出して
喜んで君のもとに行くよ
君のつらさの一部でも
分かち合えればと願うから

それらの詩句は、死者に捧《ささ》げる追悼《ついとう》のメロディのように幾度《いくど》もリフレインされ、いつまでたっても頭から消えなかった。そんな状態が一週間続いた。

16

ティン叔母《おば》が訪ねてきたのは、私が希望を失ってひきこもっているときだった。お見舞《みま》いのオレンジを抱《かか》え、ニュオンを引き連れてやってきた叔母は、部屋に入ってくるなり、「自転車にぶつけられたんだって?」と尋《たず》ねた。私は「人からぶつけられたわけじゃないよ。正面衝突《しょうとつ》して、地面に投げ出されたんだ」と投げやりに返した。叔母の勝手な思いこみに興味をひかれた私は、「そんな話、だれから聞いたの?」と問うと、「リエムよ。リエムがニュオンに話して、ニュオンが私に教えてくれたのよ」とのことだった。

うわさの出所は口の軽いリエムだったようだ。リエムが私のことを心配してくれるのはわかるが、おせっかいの度を越《こ》して迷惑《めいわく》ですらある。今度のことは隠《かく》しておくつもりだったのに、あいつのおかげでばれてしまった。ティン叔母はハー・ランなんかよりずっと手ごわい。だまし通すのは不可能に近いだろう。予想どおり、叔母は私の体をひとわたり眺《なが》めると、なじるように言った。

「あんた、うそついてるでしょ。これは自転車と衝突してできた傷じゃないわ」

「ほんとだよ、ほんとに衝突したんだよ」

弱みをつかれて私は慌《あわ》てて打ち消したが、叔母は私のあざをしげしげと見てかぶりを振《ふ》った。

「自転車と衝突したなら、すりむいたり、どこかに擦《す》った傷ができるはずよ。だけどあんたの傷はあざばかり。もしかしてけんかでもしたんじゃないの？」

図星をつかれて、私は黙《だま》りこむしかなかった。

「それでだれとけんかしたの？」

「同じクラスの……友達……だよ」

叔母《おば》に問いつめられて、私は頭をかきながら答えた。

「同じクラスなのにけんかなんかするの？」

「いや、その、ささいなことでだよ。単なる誤解《ごかい》だったんだ」

私はわざとあいまいに答えたが、叔母はそれ以上追及《ついきゅう》しなかった。ただため息をついて、「小さいころ、あんたはけんか王だったからね。大きくなって変わったかと思ったら、相変わらずなのね。ほんとに悪い子！」とだけ言った。

叔母の言い草はまったくの濡《ぬ》れ衣《ぎぬ》だったが、私は弁解できなかった。釈明《しゃくめい》したい気持ちをぐっとのみこんだ。

ニユオンは私を責めなかった。あざだらけの私を見て同情したのだろう。怒《いか》りを含《ふく》んだ口調で言った。

「ガンをこんな目に遭《あ》わせるやつは、ユン兄さんに頼《たの》んで仕返ししてもらうといいわ。兄さんは空手を習ってるからね」

私は泣きたいような笑いたいような心境だった。なんと答えたものかわからずにいると、テイン叔母《おば》がニュオンをたしなめた。

「ニュオンたら、変なこと吹《ふ》き込むんじゃないの。もうけんかはだめよ」

そして、私の方に向き直り、「今度またけんかしたら、お父さんに言いつけるわよ」と脅《おど》しをかけた。

私はしょんぼりうなずいた。叔母は私が相当なけんか好きだと思っているらしい。私のことなんか、これっぽっちもわかっちゃいないのだ。

ティン叔母とニュオンが帰ると、私はのろのろと身を起こした。ギターを取ると、指を軽く弦《げん》の上に滑《すべ》らせて、甘《あま》く切ない音色を聞こうとした。私はギターにあごを載《の》せた。載せると痛かったが、構わず弾《ひ》き続けた。〈もう、何も言うことなんかないよ。僕《ぼく》の心は傷だらけ。だけど忘れるしかないんだね……〉

17

ユンはハー・ランとよりを戻《もど》したようだ。私はうれしいのと寂《さび》しいのとが相半ばする複雑な心境だった。私はハー・ランを愛しているから、彼女《かのじょ》の苦しみが軽減されるならユンには戻ってほしいと願っていた。しかし、それと同時に、永遠にユンに去ってほしいという気持ちも心の底にはあった。どうせならビック・ホアンと二人、手に手をとって、目の前から消えてくれればいいのにとも思った。そんな相反する願いに引《ひ》き裂《さ》かれて、どちらの願いのほうが強いのか、自分にもわからなかった。もしその二つが同じくらい強いなら、私はますますつらくなり、自分で自分の首をしめることになる。結局、愛の本質とはなんなのか。人のために尽《つ》くすことか、それともエゴイズムに徹《てっ》することか。自分の胸に問うてみたが答えられなかった。その後も同じ問いを何度も自分につきつけたが、未《いま》だに適確な答えを見つけ出せずにいる。

そもそも、ユンがハー・ランとよりを戻したこと自体、どうしてなのかさっぱりわからない。この間の命がけの殴《なぐ》り合いのせいだろうか。ユンの簡単な説明によればこうだ。

「ビック・ホアンなんて、上っつらだけの女さ。ふん、もうあきあきだ」

以来、ユンはまたハー・ランの家にバイクで乗りつけ、彼女を後ろに乗せて出かけるようになった。ハー・ランはさぞご機嫌《きげん》なことだろう。そして、出かけるときはいつもポケットにオイルの小瓶《びん》を忍《しの》ばせているのだろう。彼女はオイルは忘れなくても、私のことは忘れてしまったのだ。

ユンとの関係が復活してからというもの、私のところへ来ることもなくなった。彼女《かのじょ》が私を必要とするのは、自分がつらいときだけなのだ。

私はハー・ランに腹を立てるつもりはない。私は天井《てんじょう》を見上げた。すると、あのときの詩の文句がまた聞こえてきた。

行きたいならば行くがいい
あふれんばかりの喜びを胸に
どこへでも行くがいい　君の好きなところへ
僕《ぼく》をひとりにしておいて
僕を求めてなんになる

僕を求めてなんになる。頼《たの》むからひとりにしておいて。そんな歌を口ずさんでいるうちに、急に心の中に晴れ晴れとした青空が広がったような気がした。寛容《かんよう》の精神は心に高貴な喜びをもたらしてくれる。己《おのれ》が信ずる宗教に没入《ぼつにゅう》する熱心な信者のように、心がすっと軽くなるのを感じた。どうやら私は浮世《うきよ》のちりをきれいさっぱりふるい落とすことに成功したようだ。いや、しかし、まだ最後のちりの一粒《つぶ》が残っていた。そのちりが目に入って、熱いものが込《こ》み上げてきた。心の中はこんなに晴れ晴れしているのに、舌にしょっぱいものを感じるのはなぜだろう。これは塩の味なんだろうか。

18

その年の夏は異様に長く感じられた。

私にとっては、三か月が三年、いやそれ以上に長く感じられ、秋も冬も春も地上から消えてなくなってしまったように思えた。この世が夏だけになってしまったかのごとく、火炎樹《かえんじゅ》は旧暦一月から十二月まで咲き続け、セミも途絶《とだ》えることなく鳴き続けた。

私はセミしぐれが降り注ぐ三か月を故郷で過ごした。

ハー・ランが村に帰っていたのは二十日間だけだった。彼女《かのじょ》は夏休みをアンバランスな二つの期間に分け、多いほうを都会での生活にふりあてた。都会には楽しい遊びと祭りのようなにぎわいがあり、ユンがいた。ドードー村にふりあてられたのは、二十日間という少ないほうだった。

その間、私が彼女と顔を合わせたのは一回か二回にすぎない。顔を合わせても、昔のように楽しくなかった。ウスイロカズラの棚《たな》の下の丸太に並んで腰《こし》かけ、足をぶらぶらさせてみたものの、あのころのわくわくするような気分は湧《わ》いてこなかった。私たちにはもう話したいこともなく、無理に話をしようとすればするほど言葉に詰《つ》まった。蒸《む》し暑《あつ》い夏の昼下がりを支配するのはうつろな沈黙《ちんもく》であり、こうして並んで腰かけているのに、二人の間には千里の距《きょ》離《り》があった。あのころと同じつぶらな瞳《ひとみ》。その瞳は崩《くず》れかかった生《い》け垣《がき》の上を無心に飛び回るトンボを追いながら、もう二度と帰ってこない幼い日々を懐《なつ》かしんでいるのだろうか。

私は気持ちが晴れぬまま彼女《かのじょ》に別れを告げた。これからは私だけが村に残されて、火炎樹《かえんじゅ》の花に囲まれて過ごすのだ。彼女も帰ってはきたものの、心はどこかに置き去りにしてきた。テンニンカの花を摘《つ》むことも、カバイロクロガキの実を拾うことも、幼い日の思い出を明るく照らしてくれた夜市の灯火さえ、彼女の中では居場所を失っている。

私はひとりだった。今年の夏はティン叔母《おば》も帰省せず、都会にあるニュオンの家で秀才二次試験の準備に励《はげ》むという。きっと叔母は朝暗いうちから起き出して、夜遅《おそ》くまで勉強に精を出しているのだろう。眠《ねむ》くなったら、洗面器の水に顔を浸《ひた》して頑張《がんば》っているに違《ちが》いない。そして、私を思い出すこともないのだ。

夏休みの間じゅう、ほとんど毎日、私は午後になると森へ出かけていった。ハー・ランが村にいる間もひとりで出かけた。昔よく歩いた小道に足を踏《ふ》み入れ、落ち葉の踏みしだかれる音を聞いていると、ひとりぼっちで森をそぞろ歩くこの時間までが落ち葉とともに砕《くだ》けていくような気がした。あのときの岩に腰《こし》かけると、体の片側をひやりとした風が吹《ふ》きすぎた。ハー・ランがすわっていた方に目を向けると、今はだれもいないその場所に落ち葉がうずたかく積もっていた。

私はたそがれに包まれて、遠い昔にぼんやりと思いをはせていた。遠い昔。だがよく考えてみれば、それはちっとも遠い昔のことではない。去年の夏、県の中学校に別れを告げる前、ギターは私の想《おも》いを包み隠《かく》さず歌っていたではないか。

僕《ぼく》の心が
海のように広くても
君というジャンクの帆《ほ》がなけりゃ
寂《さび》しくってやりきれない

あのころの私は寂しくなんかなかった。ハー・ランはいつもそばにいて、私の気持ちを受け止めてくれた。たとえなんの保証がなかったとしても、それだけで私は浮《う》かれ、夢見るような幸せに包まれていた。だが今はそれも遠い霧《きり》の向こうに消えてしまった。たった二回、夏が過ぎただけなのに、楽しかった思い出が跡形《あとかた》もなく消え、過去のものになってしまうとは。ただひとつ私の恋心《こいごころ》を除けば、すべてが跡形もなく。

ハー・ランはロウソクの火でも吹《ふ》き消すように、私の気持ちを吹き消すことができると思っているらしい。私のことなんかまるでわかっていないのだ。ずっと前、存命だったころの祖母に、「僕、大きくなったらハー・ランと結婚するんだ」と打ち明けたときから私の心は決まっていたし、そのときの気持ちは今も忘れてはいない。ハー・ランはそんなこと知るはずもないし、祖母を除けば、だれも知らない私だけの秘密なのだ。

祖母は昔話に秘められた強いパワーをよく知っている人だった。恋の不思議や慈愛《じあい》の心、飾《かざ》りけのない無垢《むく》な心を理解していた。とくに深く考えなくても、祖母は私が訴《うった》えたいことを直感的に理解してくれた。私にとって、ハー・ランは輝《かがや》かしい幼年期と故郷の大地を一身に体現した優美《ゆうび》な化身《けしん》なのだ。色あせることのない希望を私に与《あた》えてくれたのは彼女《かのじょ》自身なのだから。私の心にともったロウソクの火は決して消えはしない。どんなに彼女が吹き消そうとしても徒労に終わるだろう。火勢は弱まるかもしれないが、悲しみを内に秘めながら、辛抱《しんぼう》強く待ち続けるだろう。

私は次の夏を待つつもりだ。すべてが変わるのを待とうと思う。もし来年になっても変化がないなら、火炎樹《かえんじゅ》の真紅《しんく》の花が咲く季節が再び巡《めぐ》ってくるのを待つだけだ。いつかきっと彼女は戻《もど》ってくる。いつか、きっと！　たとえ彼女がここから遠く隔《へだ》たったところにいようとも、風の中に散っていくこのギターの音色が聞こえぬはずはない。

出会いの夏
別れの夏
そして、再会の夏
光にあふれた二つの夏は僕《ぼく》の手の中にあるけれど
残りの夏はどこへ行ったの？
だれか僕が落とした夏を拾ったら

僕《ぼく》に返しておくれ
僕の愛する人に返しておくれ
たとえそれがひからびたセミの死骸《しがい》でも
僕の夏に変わりはない
甘美《かんび》な恋《こい》の味も
苦い恋の味も
緑の葉陰《かげ》に置き忘れ
灼熱《しゃくねつ》の夏もどこかに置いてきた
いちばん最後の再会の夏は
見えないところに消えてしまった

私は光にあふれた自分の夏を探しにいこう。もしハー・ランがその前に立ちはだかろうとするなら、見つからないかもしれないが。現に、彼女《かのじょ》はユンと二人して私が待ち望む夏が来るのをじゃましている。私が生きる道を見失い、右往左往していても、彼女は救いの手を差し延べようともしない。私の恋が風雨に見舞《みま》われ、心が三十九度の熱にうなされていても、知らん顔を決めこんでいる。そう考えると急につらくなって、手にしたギターを投げ出した。歌なんか歌わずに静かにしていたほうがましだと思った。

19

十一年生に進級した私は勉強に没頭《ぼっとう》した。学年末には秀才一次試験が控《ひか》えている。落ちれば留年なので、だれもが目の色を変えて勉強していた。しかし、ユンだけは例外で、いつもふらふら遊んでばかりいた。たぶん戦場に押《お》し出される前から落ちるのが目に見えていたので、どうせなら遊んだほうが得だと思ったのかもしれない。

ユンは遊び相手の女の子をくるくる変えた。あまりいろいろな女の子に手を出すので、ハー・ランはまた目を赤く泣きはらすようになった。そして、去年と同じように、私のところへ相談に来た。そして今回ばかりは、ユンとの間にあったことを何ひとつ隠《かく》そうとはしなかった。以前のように涙《なみだ》ぐむのでなく、私の肩《かた》に顔を埋《う》めて激しく泣きじゃくった。

ハー・ランの涙は私の服を濡《ぬ》らし、中までしみとおった。私の皮膚《ひふ》は硫酸《りゅうさん》でも浴びたように焼けただれた。もしその涙が私に捧《ささ》げられたものなら感動してもらい泣きもするが、あの浮気《うわき》者《もの》のユンに捧げられたものだったから、私も素直《すなお》になれなかった。

以前、ビック・ホアンとのことがあったとき、私は言いようのない怒《いか》りにかられて、ユンに挑《いど》もうという気にもなった。二人の間に立たされた私は、そんなひどい話を黙《だま》って見過ごすわけにはいかなかった。ハー・ランには幸せになってもらいたかったのだ。しかし、それ以降、時がたつにつれて、私の中にあった正義感は急速に冷めていった。ルック・ヴァン・ティエンのようにはなりたくないと思った。降伏《こうふく》すると見せかけて、たびたびフォン・ライに裏切られたルック・ヴァン・ティエン[*27]はあんなに疲《つか》れ果てていたではないか。私は堪忍袋《かんにんぶくろ》の緒《お》を切らし、「ユンがそんなやつなら、もう付き合うのをやめればいいじゃないか。そんなやつと一緒《いっしょ》にいたって自分がつらいだけだろ！」と叫《さけ》んでいた。

もしユンが煮《に》ても焼いても食えないやつだとわかっていたら、とっくの昔に縁を切るようハー・ランに忠告していただろう。しかし、私は彼女《かのじょ》から誤解《ごかい》されるのを怖《おそ》れていた。自分の恋《こい》がだめになった腹いせに、二人の仲を裂《さ》こうとしていると思われたくなかったのである。しかし、ここまできたら、もう誤解もへったくれもなかった。今の私が心配しているのはただひとつ、これ以上ユンとかかわり続けたら、ハー・ラン自身がつらいだけだということだった。

しかし、彼女は私の忠告を聞かず、かぶりを振《ふ》って言った。

「でも私、ユンとのお付き合いをやめることは絶対できないの」

私はため息を漏《も》らすしかなかった。自分が悲しかった。そして、ハー・ランがふびんだった。私には彼女《かのじょ》の心の痛みをいやしてやることができない。どんなに慰《なぐさ》めの言葉を言ったところで、彼女の心に届くことはないのか。そのことに私はいらだち、ハー・ランに不幸をもたらしたのはユンではなく、この私自身であるような気さえしてきた。

20

ユンとハー・ランの関係はその年の末までずるずると続いた。ひらひらと当てもなく飛び回る蝶《ちょう》さながら、ユンは今日はこの花、明日はあの花と気まぐれに相手を変え、時々ハー・ランのところへ戻《もど》ってきた。私はそんなユンのふるまいを歯がみしながら見ているしかなかった。ハー・ランがかわいそうで見ていられなかった。その一方で、子どもじみた愚《おろ》かな彼女《かのじょ》にほとほとさじを投げていた。狼《おおかみ》にだまされているのに、それに気づかず、狼はお婆《ばあ》さんだと思いこんでいる彼女に。

夏休みまであと三か月を残すだけとなったとき、ハー・ランは学校を休んだ。彼女は妊娠《にんしん》していた。そのことに驚《おどろ》くというより、深い胸の痛みを感じた。以前から、いつかハー・ランの身によくないことが起こるのではないかと薄々《うすうす》心配していたところだったからだ。そして、それは私が思っていたより早く現実のものとなった。しかも、困ったことに、学年が終わる前にそうなってしまうとは。

私がその事実を知ったのはハー・ランの口を通してではなかった。彼女はどんなことでも包み隠《かく》さず私に打ち明けていたが、その話だけは聞いたことがなかった。この二か月ほどは、彼女の姿を見かけることもなくなっていた。心配になって、三日連続、女子校の門前で彼女が出てくるのを待ったが、それでも会うことができなかった。あれほど心を焦《こ》がしたアオザイの流れの中に彼女《かのじょ》の姿はなかった。

私は彼女の伯母《おば》さんの家に向けて自転車を走らせた。そして、ひとりぽつんと客間のソファに腰《こし》かけている彼女を発見した。血色の悪いその顔に私はたちすくんだ。体調はどうかと聞くと、病気だという。なんの病気かと尋《たず》ねると、風邪《かぜ》だという。すぐさま私はファン伯父《おじ》の薬局に自転車を飛ばし、マイにアスピリンを何錠《じょう》か処方してもらった。

再び伯母さんの家に戻《もど》って薬を渡《わた》そうとしたが、彼女は受け取らなかった。聞けば、アスピリンならあるという。それでも無理やり薬を手に握《にぎ》らせ、「ともかく受け取っておくれ。あるなら、また別のときにでも飲めばいいんだから」とつとめてやさしい口調で言った。

それだけ言うと、私は席を立った。戸口まで見送ってくれたハー・ランの目に、混乱の色が見てとれた。彼女は何も言わずに笑顔《えがお》を浮《う》かべたが、その笑顔もどこか悲しげだった。しかし、そのときは病気のせいだと思っていた。

それから三日後、私はまた彼女のところに行ってみた。ハー・ランの顔色は相変わらずさえなかった。

一週間たっても、血色が悪いことに変わりはなかった。私は居ても立ってもいられなくなり、思い切って「病院に行ってみたら」と言ってみた。しかし、ハー・ランはかぶりを振《ふ》り、声を上げて泣き出した。泣きじゃくる彼女を前にして、私は胸をかきむしられるような思いがした。しかし、どういう事情があるのかはさっぱりわからなかった。どんなに聞いても何も言わないからだ。私にできることは泣いている彼女《かのじょ》を見守りながら、またユンに素っ気なくされたのかもしれないと憶測《おくそく》を巡《めぐ》らすことだけだった。

下宿に帰ってから、私はユンに聞いてみた。

「ハー・ランが病気みたいだけど、そのこと、兄さんは知ってるの？」

「ああ、知ってるさ」

ユンは不快感をあらわにして、ぶっきらぼうに答えた。

そんな態度にはあえて気づかぬふりをして、私はさらにたたみかけた。

「それでハー・ランには会いにいったの？」

「そんなのおれ個人の問題だろ。なんでお前からそんなこと聞かれなくちゃいけないんだよ」

ユンは顔をしかめて言った。いつかのような尊大な物言いに私はかっとなった。

「知りたいから聞いてるんじゃないか！」

「お前とはなんの関係もないよ」

ユンは固い表情で私をにらみつけると、そそくさと部屋から出ていった。私とは話をする気もないらしい。以前の私だったら、彼《かれ》を取《と》り押《お》さえてでも理由を聞き出そうとしただろう。必要なら暴力に訴《うった》えることも辞さなかった。ユンのパンチの威力《いりょく》はよくわかっていたが、それでひるむような私ではなかった。しかし、それは以前の話で、今の私は彼とかかわる気も失《う》せていた。今の私にとって、ユンはまともに話のできる相手ではなくなっていたからだ。

私はユンとトラブルを起こしたくはなかった。しかし、彼《かれ》がいつまでも立ち去らず、〈ヘイ、ベイビー、泣くのはおよし、いい子だからもう泣かないで〉などと歌いながら、にやけた顔で戸口のあたりに立っているので、私の我慢《がまん》もついに限界に来た。腹の底からふつふつと怒《いか》りが沸《わ》き上がってきた。もしそのとき、そばに石でもあったら、なんのためらいもなく彼の背中めがけて投げつけていただろう。その背中めがけて渾身《こんしん》の一撃《いちげき》を。

21

ハー・ランは相変わらず貝のように口を閉ざしていた。私はそんな態度に疑いを抱《いだ》いた。本人から聞き出せないなら、伯母《おば》さんに当たってみるしかない。最初、伯母さんは隠《かく》そうとしていた。しかし、私が近いうちに村へ帰ると告げると、今度のことが私の口から漏《も》れるのを怖《おそ》れたのか、包み隠《かく》さずすべてを打ち明けてくれた。

聞いているうちに私は目がかすみ、汗《あせ》がどっと噴《ふ》き出てきた。伯母さんは話を終えると、「村に帰っても、このことはだれにも言わないようにね」と言《い》い含《ふく》めた。私は黙《だま》ってうなずいた。

「もしハー・ランのお母さんに聞かれたら、いつもどおり、学校に行ってるって伝えてよ」

伯母さんに釘を刺《さ》されて、私はとまどった。

「でもお母さんに隠《かく》しておくなんて無理じゃないですか。いずれわかってしまうでしょうし」

「今度のことは私に任せて。お母さんには時機を見て私から話すから」

それで納得《なっとく》した私は、それ以上言いつのらなかった。

計り知れないほどの悲しみが私の心に巣食った。それはゴー・トゥイ・ミエン[*28]の歌のように、奔流《ほんりゅう》となってあふれ出した。

たとえ明日

だれかが君をこの世の果てまで連れ去ろうと
たとえ君が
君が僕《ぼく》の心臓を切り裂《さ》こうと
たとえどんなに　何千回もの望みを託《たく》しても
一生悔《く》いが残るだろう
僕の恋《こい》よ　もう遅《おそ》いんだ
たとえ　たとえ何があったって
僕は君を愛してる……

自作の曲はこれが最後になるのだろうか。あんなに心をずたずたにされたのに、私は未《いま》だに彼女《かのじょ》を愛している。あんなに彼女を責めたにもかかわらず、村へ帰るとなると彼女を誘《さそ》ってしまうのはなぜだろう。彼女の隣《となり》に腰《こし》かけ、共感と慈《いつく》しみを込《こ》めた沈黙《ちんもく》で彼女を慰《なぐさ》めるのは。私が理解してやることで、彼女の苦しみが少しでも和《やわ》らぐならと、それだけを願っていた。あのつぶらな瞳《ひとみ》にかかる暗雲を吹《ふ》き払《はら》ってくれるような、そんな秋風が吹《ふ》いてくれればとどんなに思ったか知れない。〈たとえ何があったって〉、ハー・ランよ、君は知っているかい。〈たとえ何があったって〉……。胸の中で私がつぶやく声を聞いてくれたのは、その日の午後だけだった。

22

ハー・ランは、ユンが自分と結婚《けっこん》してくれると言う。そう約束してくれたと。私自身、そうなることを心底から望んでいるかどうかは別として、彼女《かのじょ》からそれを聞かされたときは正直言って心が軽くなった。

まだ十七歳《さい》で腹に胎児《たいじ》を宿してしまうとは、ハー・ランも愚《おろ》かなまねをしたものだ。だとしても、もしユンが結婚してくれるなら、今後の人生がめちゃめちゃになることだけは避《さ》けられそうだ。彼女にとっては喜ぶべきことだと思う。だが彼女の喜びの日は、私にとっては深い悲しみの日となるのだ。

「それで結婚式はいつ挙げるの？」

沈《しず》んだ口調で尋《たず》ねると、ハー・ランは下を向いて答えた。

「秀才試験が終わるまで待つようにって、ユンさんから言われてるの」

ただし、それはハー・ランがそう言っているだけのことで、ユンにはあえて尋ねてみたこともない。そのことに触《ふ》れて彼《かれ》を怒らせでもしたら、まとまる話もまとまらなくなってしまう。だから、ユンとはつとめて穏《おだ》やかに接するよう心がけ、二人の結婚については何も知らないふりをしていた。

だがハー・ランの両親に対してはそうはいかなかった。そのことはもう二人の耳に入っているのだから、知らないふりは通用しない。村に帰って彼女《かのじょ》の実家に寄るたびに、両親からあれこれ聞かれるのではないかとびくびくしていた。ハー・ランの父親からは何も聞かれなかった。いつぞやと同じように、父親の美しい瞳《ひとみ》は大空に向けられ、太陽の光と雲の流れを追っていた。つねに天候と収穫《しゅうかく》のことを考えている彼は、娘《むすめ》のことには一切触《ふ》れなかったが、その目には深い悲しみの色が宿っていた。感情を表にさらけ出さず、石のようにじっと耐《た》えていた。一族の中で、故郷を捨てて都会に出ることもなくドードー村に生涯《しょうがい》を捧《ささ》げたのは、ハー・ランの父親だけだ。彼を横目で見ながら、急に切ない気持ちが込《こ》み上げてきた。

ハー・ランの母親も、父親同様、とくに取り乱したようすはなかった。手作りのスープをごちそうになったが、以前のようにおいしいとは思えなかった。真昼の静寂《せいじゃく》の中に置かれた丸い膳《ぜん》を前にして、ファーンにあぐらをかいてすわった私は、居心地《いごこち》の悪い思いをしながら、母親が何か言い出すのを待った。

やがてハー・ランの母親は重い口を開いた。

「都会では、ハー・ランには頼《たよ》れる人がいなかったのよ。あの子にとっては、あんたがいちばん親しかったのに、どうしてもっと面倒《めんどう》見てくれなかったの?」

その言葉は娘の境遇《きょうぐう》を嘆《なげ》いているようでもあり、私を責めているようでもあった。返す言葉も見つからず、私は黙《だま》って窓の外に目をやるしかなかった。ウスイロカズラの棚《たな》に降り注ぐ強い日差しは緑の葉を生き生きと輝《かがや》かせ、地面に黒いまだら模様を作っている。いつだったか、そこでハー・ランとすごろくをして遊んだときも、二人の肩《かた》に今と同じ強い日が差していたことをふと思い出した。あのころは、人生というものがこんなにも複雑なものとは想像だにしなかった。

楽しかった昔の思い出に浸《ひた》っていると、ハー・ランの母親が舌打ちして言った。

「ごめんさい、気を悪くしないでね。あの子はあんたに言われたって、きっと聞く耳を持たなかったわよね。私が言ったって聞かないんだから」

それから、彼女《かのじょ》は自分に言い聞かせるように声を落とした。

「あの子はお父さんとは全然似てないわ。さっさと村を出て、根無し草みたいになっちゃって。あの子は一生苦しむことになるのね」

吹《ふ》きすぎる風のように何げなく発せられた言葉に、思わず震《ふる》えがきた。一瞬《いっしゅん》、亡《な》くなった祖母が頭に浮《う》かんだ。生前、祖母は「あの子はつらい人生を送ることになるよ」と言ったことがあった。そのときの私は、予言にも似たその言葉にまったく興味を示さなかった。今になってようやくあることを悟《さと》った。なぜあのとき、私がハー・ランと結婚《けっこん》するよう祖母が望んだかを。私がハー・ランを妻にすれば、きっと彼女はこんな辛酸《しんさん》はなめずにすんだはずだ。二人が一緒《いっしょ》になれば、私は彼女の家の「婿《むこ》」であるばかりでなく、彼女の「根っこ」にもなれたのだ。たとえ運命のいたずらが彼女を遠い異郷に連れ去ろうと、私は彼女を生みはぐくんだ土地にしっかり結びつける一筋の糸になれたはずだ。まさかこんな展開になるとは思いもしなかった。そして、彼女《かのじょ》をつなぎとめる暇《いとま》もないまま、切れたギターの弦《げん》のように、一筋の糸も空《むな》しく切れてしまった。娘《むすめ》の帰りを待ち望む母親の願いも、地中深く埋《う》もれることになるのだろう。

私は強い日が差しこむ庭を黙《だま》って見つめていた。ハー・ランの母親は、私が食べるのを中断していても強《し》いて勧《すす》めようとはしなかった。彼女も庭を眺《なが》めていたが、憂《うれ》いを帯びたその目が何も見ていないことはわかっていた。泣き出したいほどの悲しみを表に出さず、毅然《きぜん》とした態度を保ち続けることができる、並外れたその忍耐《にんたい》力に私は深い感銘《かんめい》を受けた。寛容《かんよう》と忍耐《にんたい》とやさしさを同時に併《あわ》せ持つ彼女は、娘を心から愛し、また愛するがゆえに苦しむ母親だった。彼女は私の祖母と同じで、感情をあまり表に出さず、娘の不幸をどう思っているのか分からないところがあるが、内面は慈愛《じあい》の心と鋭《するど》い洞察《どうさつ》力の持ち主なのだ。残念なことに、ハー・ランは母親のそういうところを理解しえず、大切な心のよりどころを自分から捨ててしまった。ハー・ランは巣立ちをあせるヒナ鳥と同じだ。きらびやかな世界に向かって飛ぼうと一生懸命《けんめい》になるあまり、自分に向かって弓を引こうとしている者が大勢いることに気づいていない。

23

その年の夏は私のものにはならなかった。私の夏はもう二度と来ないかもしれなかった。学校を休み始めた日以来、ハー・ランは一度も登校することなく、そのまま中退した。私の希望を道連れに彼女《かのじょ》は行ってしまった。夢という夢を奪《うば》い去《さ》り、あじけない秀才試験の問題集だけを私に残して。

私はひたすら勉強に励《はげ》んだ。どうしようもない夢を見るのはもうよそう、思い出にふけるのはやめようと自分に言い聞かせながら。もし試験に落ちたら最悪だ。銃《じゅう》を持って戦場に赴《おもむ》くからには、いつ命を落とすかわからない。私は参考書を積み上げた机に向かい、祈《いの》りの言葉をつぶやくように課題を暗誦《あんしょう》した。試験の日まで外には出なかった。火炎樹《かえんじゅ》の赤い花を見るのが怖《こわ》かった。その色は、目にしたとたん即座《そくざ》に私の心を焼きつくし、灰にしてしまうだろう。そんなことになったら、勉強どころではなくなってしまう。ギターにも指一本触《ふ》れなかった。触れたが最後、過去の亡霊《ぼうれい》が現れて、収拾《しゅうしゅう》がつかなくなるのは目に見えていた。

静まり返った昼下がり
静まり返った夏の午後
私の心とおんなじで

人影《ひとかげ》のない校庭の寂《さび》しさよ
君に贈ろう
真紅《しんく》の花を
夏に頼《たの》んで
折ってもらった一束を

私はいつか火炎樹《かえんじゅ》の花をハー・ランにプレゼントしたいと思っていたが、結局、その枝を折る夏はやってこなかった。そんな思い出の木を未練がましく見上げて何になるというのか。

私はふとT・T・K・H[*29]という詩人を思い出した。詩人が愛した男は、アサヒカズラの花の下で彼女《かのじょ》の髪《かみ》をやさしく愛撫《あいぶ》しながら言った。

割れたハートに似た花よ
二人の恋《こい》は終わったのか！

私の村にはアサヒカズラの花は咲かない。あるのは火炎樹《かえんじゅ》だけだ。火炎樹も割れたハートの形に似た真紅の花を咲かせる。私の恋は破れてしまったが、もう怖《こわ》くなんかない。今の私が怖《おそ》れるのは、いつの日か命が尽《つ》きて、祖母やホアン叔父《おじ》のあとを追うことだ。その日が来たら、目覚めることなく眠《ねむ》り続けるのだろう。深い地中にひとりぼっちで横たわり、毎晩、かすかな虫の音を聞くことになるのだ。そう考えると怖《こわ》くなって、ずっと家の中にひきこもっていた。

私が家を出るのは夜になってからである。夜なら火炎樹《かえんじゅ》の花の色も見えないし、心をかき乱されることもない。ストレブルスの木《カイ・ズオイ》の井戸《いど》で沐浴《もくよく》していると、空には月がかかっていた。

24

その年、私は中より上の成績で秀才試験に受かった。不合格となったユンは兵役《へいえき》に行く日を待つことになった。これまで三回も兵役逃《へいえきのが》れをしてきたが、今度ばかりはそれも難しい雲行きだった。

ユンが去り、私にも出発の日が近づいた。私はクイニヨンにある師範《しはん》学校で学び、いずれは村に帰って教員になるつもりだった。父は私が十二年生に進級し、翌年大学を受験するよう望んでいたが、私は適当な口実をつけて逃《に》げた。母はとくに希望はないようだったが、いずれは私が村に帰ってくると聞いて喜んでいた。

出発の前日、私はハー・ランを訪ねた。妊娠《にんしん》五か月近くになったので、彼女《かのじょ》は身幅《みはば》のゆったりした服を着ていた。間もなく私が出発すると告げると、顔を曇《くも》らせた。

「ガンが行ってしまったら、私には相談できる人がもういなくなっちゃうのね」

そう言って、ハー・ランは私の顔を見た。瞳《ひとみ》の奥《おく》深くから発せられる輝《かがや》きに過去の記憶《きおく》が呼び起こされて胸が詰《つ》まった私は、外に目をやって言った。

「僕《ぼく》は遠くへ行ってしまうけど、いつでもハー・ランのことを想《おも》っているよ。もし何かあったら、手紙を書いてくれよ」

ハー・ランは何も言わずにこくりとうなずいた。急に空気が重苦しくなるのを感じた。何か一言、励《はげ》ましの言葉を言ってやりたかったが、いくら考えても頭に浮《う》かんでこず、不器用に黙《だま》っていた。つまるところ、私とハー・ランはただの友達でもなければ兄妹でもなく、恋人《こいびと》どうしでももちろんなかった。これが永遠の別れになることを予感しながら、私は破れた恋に別れを告げるように彼女に別れを告げた。もうじきハー・ランは妻となり、母親となるけれど、私の心の中ではいつまでも幼い日の夢であることに変わりはない。彼女は祖母が語ってくれた昔話の中の影《かげ》にすぎないのだ。

いよいよ本当に別れを告げるにあたり、私はためらいながら切り出した。

「ところで、結婚式《けっこんしき》のことだけど、ユンはどう考えてるの?」

「彼《かれ》からは、九か月の兵役《へいえき》を終えるまで待ってくれって言われてるの」

ハー・ランはまばたきしながら、とりつくろうように言った。

思ってもいなかった答えに私はびっくりした。ということは、結婚式は赤ん坊が生まれて五か月か六か月たったころということになる。いくらなんでも、それはないだろうと思った。なぜユンは今すぐにでも式を挙げないのか。

その日、私は帰ってからも気分が悪かった。

25

クイニヨンに到着《とうちゃく》した私は、今までとはまったく違《ちが》う新しい世界にでも来たようだった。内陸育ちの少年が沿海部の街に来るということは、オウコーの息子《むすこ》がラック・ロン・クアンの生まれ故郷を訪ねるようなものだった。*30 見るものすべてがすばらしく、傷ついた心も海風によっていやされた。

ハー・ランから遠く離《はな》れることで私は落ち着きを取《と》り戻《もど》し、前よりもっと彼女《かのじょ》を愛せるようになった。運命を狂《くる》わされたハー・ランには、きっと楽しいことなど何もないに違いない。つねに将来への不安にさいなまれる彼女は、実家の裏手にあったヒヨドリの巣と同じだ。嵐《あらし》が来たら、いつ吹き飛《ふ》ばされるかわからない恐怖《きょうふ》におびえている。今の私が望むのは、たとえ遅《おそ》きに失したとしても、ハー・ランが結婚《けっこん》を通して一日も早く幸せを見いだしてくれればということだけだ。私自身も師範《しはん》学校での二年間が早く過ぎて、紫《むらさき》の花が咲き乱れる森が待つ故郷に帰りたかった。クイニヨンでの日々を、私はそんな期待を抱《いだ》いて過ごした。

ハー・ランから届いた最初の手紙はうれしい知らせだった。女の赤ちゃんを出産し、チャー・ロンと名づけたことが簡単に記されていた。しかし、書いてあるのはそれだけで、ほかのことには一切触《ふ》れていなかった。私は母子の健康を気遣《きづか》う手紙を出したが、彼女からの返事は素っ気ないもので、二人とも健康だということしか書かれていなかった。だがそれだけでも私はうれしかった。これからは、彼女《かのじょ》も広くがらんとした伯母《おば》さんの家の中で孤独《こどく》を感じることもないだろう。ユンの帰りを待つ間、ひとりぼっちで寂《さび》しい日々を送ることもないのだ。チャー・ロンが母親を慰《なぐさ》める温かいともしびになってやることができると思った。

その次の手紙でも、私はハー・ラン母子の近況《きんきょう》だけを尋《たず》ね、ユンのことには一切触《ふ》れなかった。もちろん、チャー・ロンが生まれたという知らせに対してユンがどんな反応を示し、いつ結婚式《けっこんしき》をあげるつもりでいるのか、聞いてみたい気持ちはあった。しかし、そのことについては、ハー・ランも一言も言ってこなかった。私と同じで、彼女もその話題を故意に避《さ》けていたのである。

時間は静かに過ぎてゆき、毎晩、私が見る夢には磯《いそ》の香《かお》りが漂《ただよ》っていた。ある夜、ハー・ランが娘《むすめ》を連れてクイニヨンを訪ねてくる夢を見た。二人は突《つ》き出た岩の上を巧《たく》みに跳《と》び歩き、押《お》し寄《よ》せる波とたわむれていた。私が出した手紙と同じで、夢の中にもユンの姿はなかった。

しかし、それはあくまで夢の話で、結局、ユンは戦場での訓練を終えて帰ってきた。

ユンが帰ってきたので、もうじき結婚式を挙げます……。ハー・ランがそんな手紙を私によこした。ただし、結婚相手は自分ではなく、ビック・ホアンだと。かつてユン自身が「あんな女、外見ばかりで、おもしろくもなんともねえや！」と口をとがらせてののしった女性だ。ハー・ランは私に事実を知らせただけで、それ以外はなんのコメントもなかった。しかし、彼女の心がずたずたに引《ひ》き裂《さ》かれただろうことは私にもわかった。

私はその手紙を何十ぺんとなく読み返したが、なぜそういうことになってしまったのかはわからなかった。私は深い霧《きり》に包まれた迷いの森に投げこまれたような心境だった。とまどい、ショック、今にも発狂《はっきょう》しそうな怒《いか》り……、ありとあらゆる想念が一挙に襲《おそ》ってきて胸に渦巻《うずま》いた。そして、それが去ったとき、私は疲《つか》れ果てていた。

私は手紙を引《ひ》き裂《さ》き、丸めて窓の外に投げ捨てた。のろのろと腰《こし》を上げ、小さな友を抱《だ》くようにギターを抱《かか》えて海辺に向かった。今の私の痛みを分かち合えるのはそれしかなかった。

私は波が砕《くだ》け散《ち》る岩に腰《こし》を下ろし、ギターの弦《げん》に指を触《ふ》れた。故郷に向けられた魂《たましい》の声に耳を傾《かたむ》けようとした。

あれはずっと昔の話
君は人を愛することで
最高の幸せと最高の苦しみを味わった
そして、ある陰鬱《いんうつ》な午後　君は知った
心に深い傷を負ったことを
夢に見た大空をあとにして
君は戻《もど》ってきた
うち震《ふる》える矢のような

ため息を胸にしまって

遠い空の下で、ハー・ランは何度ため息を漏《も》らしたことだろう。そのせいで僕《ぼく》の心はこんなに揺《ゆ》れている。いとしくもかわいそうな君。明日、何をおいても僕は君のもとに帰る。今の君に必要なのは僕がそばにいることだ。君の支えとなり、痛みを分かち合うことだ。ひとりでそんな重荷を負うにしては、君の力は弱すぎる。もし僕の肩《かた》がなかったら、君はどこに顔を埋《う》め、思う存分泣くことができるだろう。たとえ君の涙《なみだ》が僕に捧《ささ》げられたものではなく、それが僕の心を灰になるまで焼きつくしてしまうとしても。

その日の午後、潮が満ちるまで、私は海辺の岩に抜《ぬ》け殻《がら》のようになってすわっていた。この季節のクイニヨンの海には雷鳴がとどろくことが多い。海は私の心を知っているのだろうか。

第三章

1

私はドードー村に帰って教師になった。

私はかつて自分が学んだ小学校で教鞭《きょうべん》をとることになり、トゥン先生をはじめ、私を教え導いてくれた先生たちの同僚《どうりょう》になった。先生たちは私の帰郷を心から喜んでくれた。初めて出勤した日、私を見てびっくりしたトゥン先生は、「まあ、先生は昔私が教えたガンなの？　すっかり立派になっちゃって！」とうれしそうに叫《さけ》んだ。

トゥン先生から「先生」などと呼ばれて思わず顔が赤くなり、「僕《ぼく》のこと、先生なんて呼ぶのはよしてください。前と同じように、君って呼んでください」と言った。不意に昔のことを思い出し、「あのころは……、先生のために水をくみにいきたいって、みんな我も我もと手を挙げたものですよね」とつぶやくと、トゥン先生は笑って、「そんな昔の話、持ち出すのはよしましょうよ。昔は昔、今は今よ。あなたはこうして立派に先生になったんだから、もう君なんて呼ぶわけにはいかないでしょ」と答えた。

私もまったくそのとおりだと思ったので、黙《だま》ってうなずくしかなかった。

「それなら名前で呼んでください。先生なんて呼ばれると、なんだか自分のことじゃないみたいで落ち着かないんですよね」

トゥン先生はしばらく考えると、うなずきながら、「それもいいわね。じゃあこれからはガンと呼ばせてもらうわ」と言った。

それからというもの、同僚《どうりょう》の先生たちはトゥン先生にならって私をガンと呼ぶようになった。私は昔と同じ、けんか好きが高じてたびたび罰《ばつ》を受け、頭にこぶを作り、服をぼろぼろにして家に帰ったあのガンだ。あれから勉学を重ねて故郷に帰り、敬愛する先生たちと同じ立場に立つことになったが、だからといってそれに甘《あま》えるわけにもいかない。

私はフランスの軍人カルノー氏の話を思い出す。氏は出世して大将の位にまで昇《のぼ》りつめたが、帰郷してかつての恩師を訪ねることも忘れなかった。彼が訪ねた日、生徒たちに勉強を教えていた恩師は、目にもまばゆい肩章《けんしょう》を付けた威風《いふう》堂々とした大将が入ってきたので、いずまいを正して頭を下げた。すると、大将はかぶっていた帽子《ぼうし》をぬいで、礼儀《れいぎ》正しく胸の前で腕《うで》を組み、「先生、私は昔先生に教えていただいたカルノーです」とあいさつした。今の私はそのときの大将と同じ気持ちだ。かつての先生たちの前に立てばただの生徒にすぎない。ただし、あのころの生徒は二十歳《さい》を越《こ》えた大人になっていたが。

2

私が帰郷したとき、村の小学校には一年生のクラスが新設され、フー先生の塾《じゅく》の生徒をほとんど吸収していた。生徒の数が減ってしまった後も、先生はしばらく教えていたが、最後には塾を閉めることになった。フー先生もだいぶ年をとり、以前のように元気ではなくなっていたからだ。今では二、三人の生徒に教えながら日を暮らしている。

私が塾を訪ねると、先生は私のことがすぐにはわからなかった。名前を告げて初めて私のことがわかったようだった。老眼鏡《ろうがんきょう》を鼻先まで下ろし、私の顔をまじまじと見ると、先生は感慨《かんがい》深げな口調で言った。

「そうか、君はあのガンなんだね。それでいつ村に帰ってきたんだね?」

先生が笑うと、口の中で金歯が光った。昔のことが頭によみがえり、心が切なく揺《ゆ》れた。私はどうしてこう昔のことばかり思い出すのだろう。

「はい、つい先日戻《もど》りました」

小さな声でそう答えると、先生は私の肩《かた》に手を置いて言った。

「それでこっちにはいつまでいるの?」

「僕《ぼく》はずっとこっちにいますよ。村の学校で教えることになったんです」

私がまばたきしながら答えると、先生はうれしそうに目を輝《かがや》かせた。

「そうか、君は教育という仕事を選んだんだね。生徒を教育するのはなかなか骨が折れるが、とても意義のある大切な仕事だよ」

私が小さく「はい」と返事をすると、先生は首をうなずかせて言った。

「君が村の学校で教えることになったと聞いて、正直、私は驚《おどろ》いたよ。大人になったからといって、だれもが生まれ故郷に帰ってくるとは限らないからね。この村の土地は石ころだらけで、米はいくらもとれない。一生、貧しさから抜《ぬ》け出せないいんだ」

先生は物悲しさをにじませて言った。さっき先生の家に入ってきたとき、ハィンとホアの姿が見えないので、どうしたのか尋《たず》ねようと思っていたが、そんな物悲しい口調を聞いて、それ以上は尋ねることができなかった。先生の二人の子どもも村を出て、どこか遠いところへ働きに行っているに違《ちが》いない。人生のたそがれを迎《むか》えた先生は、かつてのように厳格で激しいところのある人ではなくなっていた。私の目の前にいるのは、残された日々が過ぎていくのを黙《だま》って見送っているしかない孤独《こどく》な老人だった。

先生にいとまを告げて家を出るとき、湿《しめ》ったため息が漏《も》れるのをどうすることもできなかった。

3

帰郷後、ハー・ランの家へは足しげく通った。草ぶき屋根に竹の編み格子《ごうし》の家には新しいメンバーが加わっていた。ハー・ランの娘《むすめ》、チャー・ロンである。

チャー・ロンが一歳《さい》半になったとき、ハー・ランは娘を両親に預けた。かつての下宿の主《あるじ》である都会の伯母《おば》さんから裁縫《さいほう》店を任せられ、裁縫学校に通いながら店を切り盛りしなければならなかったので、娘《むすめ》の面倒《めんどう》を見る余裕《よゆう》がなかったのだ。

私が故郷に帰ったころ、チャー・ロンは二歳《さい》近くになっていた。チャー・ロンは母親とうり二つの愛くるしい娘で、祖父と母親から受《う》け継《つ》いだ美しいつぶらな瞳《ひとみ》をしていた。彼女《かのじょ》の片言のおしゃべりのおかげで、あんなに寂《さび》しかった家がすっかりにぎやかになっていた。ハー・ランの母親は心に受けた傷を胸の奥《おく》深く沈《しず》めることができたのか、私が訪ねていくといつも楽しそうに孫と遊んでいた。

私はそんなチャー・ロンの最初の男友達になった。ちょうど祖母が私の最初の女友達であったように。ハー・ランの父親は気持ちが別のところにあるのか、孫をかまうことはほとんどなかった。たまにかまってやったとしても、途中《とちゅう》で中断してさっさと鎌《かま》や稲束《いなたば》を持って家を出ていってしまうこともよくあった。もし孫に関心を向けることがあるとすれば、愛情に満ちた静かな視線を向けることでそれを示そうとした。

私はチャー・ロンに特別の愛情を注いでいた。彼女《かのじょ》はハー・ランの小さな化身《けしん》であり、母親の不遇《ふぐう》な運命を引《ひ》き継《つ》いでいた。生まれたそのときから父親がなく、一歳《さい》を過ぎるとすぐに母親の手元から離《はな》された。彼女の運命を決する星は暗い夜空に隠《かく》れていて、どんなに目を凝《こ》らしても見つけることができない。寝台《しんだい》のそばで何も知らずに無心に遊ぶチャー・ロンを見ていると、心が切なく揺《ゆ》れた。

チャー・ロンは馬乗り遊びが大好きだった。私は両手両ひざを床《ゆか》について彼女を背中に乗せ、左右に揺《ゆ》らしながらはい回った。それ以外にもチャー・ロンは動物のものまねを見せるとたいそう喜んだので、私は鍋底《なべぞこ》のすすを顔に塗《ぬ》りたくり、猿《さる》や虎《とら》や猫《ねこ》のまねをして見せた。猫や虎の鳴き声をまねると、彼女は無邪気《むじゃき》に笑い転げた。

外へ遊びにいきたいとせがまれると、彼女を背負って村のあちこちを散歩した。夜の市場を回って、動物の形をした派手な色使いのあめを買ってやると、チャー・ロンはうれしくてたまらないといったようすでいつまでも大事そうに握《にぎ》り締《し》めていた。

薬売りの一座が村に来たときは、モモタマナの木の下に群がる群集に紛《まぎ》れこみ、不思議で感動的な芸に夢中になって見入ったりもした。市場を離《はな》れるころには、チャー・ロンは決まって私の背中で深い眠《ねむ》りに落ちていた。そんなとき、私はチャー・ロンが目を覚まさないようにゆっくり歩いた。そんなふうに歩いているうちにハー・ランのことが思い出されて、心は千々に乱れた。

4

以前私が帰郷したのは、ユンとビック・ホアンの結婚式《けっこんしき》から十日ほどたった後のことだった。ハー・ランは私と対面したとたん、堰《せき》を切ったように泣き出した。ドードー村は台風でよく洪《こう》水《ずい》になるが、そのときは彼女が流した大量の涙《なみだ》で私の心が水浸《びた》しになった。しかし、涙の海がどんなに深くとも、いつかはそれもかれるときがくる。気がすむまで泣いたハー・ランは、私の顔を見上げた。私も何も言わずに彼女を見つめ返した。つぶらな瞳《ひとみ》の中に午後の時間が静かに流れているのを見て、私は彼女《かのじょ》が心の静けさと落ち着きを取り戻《もど》したのを確認《かくにん》した。

当時、私は彼女の伯母《おば》さんの家で、三日間、彼女とつききりで過ごした。金持ちの伯母さんの家であんなに気後《きおく》れしていた私も、そのころにはそんなことはどうでもよくなっていた。ハー・ランの悲しみが一日も早くいえることだけを望んでいた。ユンはフアン伯父《おじ》さんの家を出て、新妻《にいづま》と共にダラトへ行ってしまっていたけれど、私はもうそこに住み続ける気にはなれなかった。もちろん、ニュオンの家へ行くわけにもいかなかった。「あんた、どうしてもっと早く帰ってきてユンの結婚式《けっこんしき》に出席しないのよ。とっても盛大《せいだい》な式だったのに」と彼女から文句を言われてしまうからだ。

共に過ごした三日間、私もハー・ランもユンのことには一切触《ふ》れなかった。ただチャー・ロンと一緒《いっしょ》に遊んで過ごした。ハー・ラン母子が気晴らしできるように、私は二人を散歩に誘《さそ》い出した。話すことも、学校の勉強のことや将来どうするかということだけだった。そんな毎日がクイニヨンに帰る日まで続いた。別れのときは、「頑張《がんば》るんだよ！　今はただチャー・ロンのことだけ考えるんだ」とだけ言って励《はげ》ました。

ハー・ランは黙《だま》ってうなずいたものの、その目は何かまだ吹《ふ》っ切れていないような悲しみをたたえていた。出ていくときも、彼女《かのじょ》は戸口に立って見送っただけで、バス乗り場までは来てくれなかった。十八歳《さい》の若さでこんな逆境に立たされたハー・ランに怒《いか》りを感じると同時に、ふびんでもあった。私は後《うし》ろ髪《がみ》を引かれる思いで村をあとにした。

師範《しはん》学校を出るまで、私は一度もハー・ランのいる街へは帰らず、近況《きんきょう》を尋《たず》ねる手紙を出しただけだった。彼女からの返事は、来ることもあれば来ないこともあったが、来れば、その手紙はいつも涙《なみだ》でにじんでいた。クイニヨンに来たことで、私は安心して勉学に専念することができた。夜、海鳴りの音を聞きながら眠《ねむ》りにつくと、故郷で子どもたちを教えている夢を見た。

その翌年、私は故郷に帰った。勉学に専念した二年間を終えて村に帰ったのは、火炎樹《かえんじゅ》の花が満開の季節だった。帰省の途中《とちゅう》、私はハー・ランを訪ねたが、チャー・ロンの姿は見えなかった。聞くと、両親のところに預けたという。ハー・ランは日々の生活に追われていた。裁縫《さいほう》店を開く準備があって、子どもの面倒《めんどう》を見ている時間がなかったのだ。子どもの世話どころか、私とゆっくり話をする余裕《よゆう》さえなかった。二年ぶりの帰郷で、彼女と話したいことは山ほどあったが、それすらかなわなかった。私はひとりで自転車のペダルを踏《ふ》んで郊外《こうがい》に出かけ、以前よく来た橋のたもとに腰《こし》を下ろして、川の流れに目を凝《こ》らした。自分がその水と一緒《いっしょ》に流れていってしまうような気がした。

私はハー・ランを責めるつもりはなかった。彼女は悲しみを乗《の》り越《こ》え、逆境を越えて新しい仕事に取り組み始めていた。そのことを何よりうれしく思った。空にかかる雲よ、頼《たの》むからあの澄《す》んだつぶらな瞳《ひとみ》を曇《くも》らせないで。もっと彼女を慈《いつく》しんでやってくれ！　私がお前に望むのはそれだけだ。

5

ドードー村は以前と少しも変わっていなかった。井戸端《いどばた》に生えていたストレブルスの木は当時のままの黄色い実をつけ、床屋《とこや》のトゥーさんの家の垣根《かきね》に咲くブーゲンビリアも、あのころと同じ真っ赤な花を咲かせていた。

市場に足を向ければ、寄《よ》り添《そ》い合うようにして立つみすぼらしい小屋が夜のとばりが下りるのを待っていた。市場の中央に立つモモタマナの木の周囲では、青っぱなを垂らした子どもたちが、二手に分かれて口々に罵声《ばせい》を浴びせ合いながら、殴《なぐ》り合いのけんかをしていた。私は心が騒《さわ》ぐのを感じた。それは紛《まぎ》れもない、幼い日の私の姿そのものだったからだ。

しかし、こうして懐《なつ》かしい少年時代の故郷に戻《もど》ってきたのは私だけだった。昔の友はみな遠い土地へ行ってしまい、村に残っているのは数えるほどしかいなかった。それは男ばかりでなく、女も同じだった。村の女たちは二十歳《はたち》になると、みな誘《さそ》い合わせたように、はるかかなたの新天地を求めて故郷を去ってしまう。彼《かれ》らが帰ってくるのは清明節《せいめいせつ》の墓参のときだけだ。

たくさんの思い出に彩《いろど》られた少年時代。その少年時代を共に過ごした者たちの、一人たりとも残っていない。ティン叔母《おば》は秀才二次試験に合格すると、そのまま都会に残った。大学への進学は断念し、銀行に就職《しゅうしょく》した彼女《かのじょ》は間もなく結婚《けっこん》する予定だ。山育ちで男まさりだったクエンも、六年間、家の商売を手伝った後、故郷を捨てて出ていった。彼女も都会に出て、ニュオンの布地屋を手伝うつもりでいる。クエンはもう昔のクエンではないのだ。

ハー・ランについてはもう何も言うまい。彼女は県の中学校を卒業したときから故郷の村とは切れてしまっている。川の流れが滞《とどこお》り、水面に浮《う》かぶ花びらも流れずに浮かんでいるのに、彼女《かのじょ》の心はずっと昔からここにはない。私が作った恋歌《こいうた》も、彼女をつなぎとめる手立てにはならなかった。彼女の心はあんなに遠く離《はな》れてしまっていたのに、私が彼女を忘れられないのはなぜだろう。毎夕、学校の終業の太鼓《たいこ》が鳴るたびに、ハー・ランのことが思い出されてつらくなる。いつだったか、クラスメートと撥《ばち》の奪《うば》い合いになって鼻血を出し、草の葉を鼻の穴に詰《つ》めてもらいながら空に上がるたこを眺《なが》めた日のことが、まるで昨日のことのように思い出された。

6

ハー・ランは去っても、私にはまだ母が残っていた。母からは結婚《けっこん》するようしきりに勧《すす》められたが、私はあと二年か三年はひとりでいたいと答えた。そんなとき、母はため息を漏《も》らすだけだった。母がため息を漏らすのは、私の苦しい胸のうちを知っていたからなのか。もし私の返答に母が腹を立てるのなら、それもしかたがないことだ。母には申し訳ないと思ったが、今の気持ちを変えることなどできない。母は祖母と違《ちが》って本音を言えるような存在ではなかった。

母以外に、私にはチャー・ロンもいた。毎日、顔を出すと、チャー・ロンはとても喜んでくれた。お土産《みやげ》にチョークを持っていってやると、チャー・ロンは床《ゆか》いっぱいにいたずらがきをした。描《えが》き終わると、私は汗《あせ》を流してそれをふき取らねばならなかった。それ以外にもチャー・ロンはいろいろないたずらをしては、私を手こずらせた。あるとき、私がサツマイモを火にくべるのをまねてかまどの灰に手を突《つ》っこみ、手に大きな水ぶくれを作ったことがあった。それからの一週間、私は彼女《かのじょ》の手に蜂蜜《はちみつ》を塗《ぬ》ってやらなければならなかった。

チャー・ロンは頭の回転が早く活発だったが、体は丈夫《じょうぶ》ではなく、よく病気をした。心配で胸が締《し》め付《つ》けられるような思いをしながら、彼女の祖母と一緒《いっしょ》にベッドのそばで寝《ね》ずの看病をした晩が何度あったことか。病気で寝こんだとたんチャー・ロンは弱々しくなり、ベッドの中で身動きひとつしなくなってしまう。しかし、ひとたび元気を回復するや、またせわしなく動き回ったり飛《と》び跳《は》ねたりし、たこに付けた笛のようににぎやかにしゃべり出すのだった。五、六歳《さい》になって、ようやく病気らしい病気はしなくなった。

チャー・ロンを連れて都会に住む母親を訪ねることもあった。チャー・ロンは遠くへ出かけるのが大好きだった。バスに乗っている間じゅう、ひっきりなしに私に話しかけ、あれこれとたわいない質問をした。それらの質問は、私にも答えられないことがよくあった。都会へ向かうバスに乗るたびに、「ねえ、ガンおじちゃん、またいつかチャー・ロンをお出かけに連れてってね」と私の耳元でささやくのだった。

チャー・ロンが都会へ行きたいとせがむのは出かけるのが好きだったからであって、母親に会いたいからではないようだった。ハー・ランと顔を合わせても、チャー・ロンが後追いするようなことはなかった。娘《むすめ》が訪ねてくると、ハー・ランは、玩具《がんぐ》や菓子など、高価なものを買い与《あた》えていた。しかし、当のチャー・ロンは、母親が用意した品物にはさして興味を示さなかった。彼女《かのじょ》が求めていたのは、母親に村へ帰ってきてほしいということだけだった。

しかし、そんな切実な娘の願いにも、ハー・ランは笑ってはぐらかしていた。彼女はもう都会を離《はな》れることができなくなっていたのだ。これまでハー・ランは娘を今いる家に連れてきて、一緒《いっしょ》に暮らそうと何度も試みたが、チャー・ロンがどうしても言うことを聞かなかった。それで母と娘はしかたなく別々に暮らすことになったのである。私は二人をつなぐ橋渡《はしわた》し役となり、チャー・ロンを伴《ともな》って都市と村の間を行ったり来たりしてきた。それは決して愉快《ゆかい》な役回りではなかったが、ほかにどうしようもなかった。

チャー・ロンを連れて訪問しても、私はハー・ランとはほとんど話をしなかった。しかし、自分の本心を隠《かく》すことはできなかった。胸に秘めた思いを目の光が雄弁《ゆうべん》に語っていたからである。ハー・ランはそこからすべてを読みとっていたが、何も言わなかった。彼女にはちゃんと見えているはずなのに、見えないふりをしていた。それともハー・ランには何か予感でもあったのだろうか？　いつかきっと大きな破滅《はめつ》がくることを。

7

七歳《さい》になると、チャー・ロンは学校へ行くようになった。私は彼女《かのじょ》のためにノートからサンダル、布製の帽子《ぼうし》、肩紐《かたひも》付きの水筒《すいとう》まで、必要なものは何でも買いそろえてやった。ハー・ランの母親はため息をつくだけで、私のやることにとくに反対はしなかった。私が考えていることをよく理解していたし、私を実の息子《むすこ》のように思っていたからかもしれない。私がここまでチャー・ロンの面倒《めんどう》を見るのは、ほかならぬハー・ランへの愛のためなのだということをわかってくれていた。おそらく彼女は私をふびんに思っていたのだろうが、表には出さなかった。ちょうど私の祖母がそうであったように、ハー・ランの母親も口が重いほうだった。

始業の日、私はチャー・ロンを学校へ連れていった。道々、生徒として守らなければならないことをかんで含《ふく》めるように話して聞かせてから、一年生の担任教師に彼女を引《ひ》き渡《わた》した。チャー・ロンが席につくと、私は安心して教員室に戻《もど》った。

チャー・ロンは物おじしない子だった。初登校の日、周囲が知らない人ばかりでもめそめそしたりはしなかった。私はそのことにうれしい驚《おどろ》きを覚えた。まだ幼かったころ、母に連れられて初めて学校に行った日、母が帰ろうとすると、私は母にしがみついて泣きわめき、母さんも僕《ぼく》と一緒《いっしょ》に勉強していってとだだをこねたものだ。授業が始まってからも機嫌《きげん》は直らず、顔は涙《なみだ》やら鼻水やらでぐしょぐしょだった。困り果てた先生からあめをもらって、ようやく私は泣きやんだのだった。

それにひきかえ、チャー・ロンはずっとしっかりしていた。教室を出るとき、「ここにおとなしくすわっているんだよ。先生の言うことをよく聞いて。授業が終わったら迎《むか》えにくるからね」と言うと、チャー・ロンは無言でうなずき、つぶらな瞳《ひとみ》で私を見上げた。その瞳は、「おじちゃん、私は大丈夫《だいじょうぶ》。もう行っていいよ」と言っているようだった。「うん、君のこと、信じてるよ。じゃあおじさんは行くね」と答えるように、私はチャー・ロンに笑って見せた。教員室に向かいながら、きっと私の心のつぶやきが彼女《かのじょ》にも聞こえたに違《ちが》いないと思った。

8

チャー・ロンが小学校に通っている間、勤務があるときを除けば、私はそれ以外のほとんどの時間を彼女のそばで過ごした。何か本を見つけてきては読ませたり、算数の問題をやらせたりした。翌日までにやっていくべき課題を彼女が暗記したかどうか念入りにチェックし、それが確認《かくにん》できるまでは家に帰らなかった。毎晩、帰るとき、夜露《よつゆ》を浴びながら暗い道をひとりで歩いていると、心の中がじめじめしてきて雑草でも生えてきそうな気がした。私は病《や》みきった川の流れと同じだった。数知れぬ思い出がおりのようにたまって、流れが滞《とどこお》っているのだ。ハー・ランは遠いところへ行ってしまったけれど、夢の中では手を伸《の》ばせば届くところにいる。夢の中では私が心の錠《じょう》を解いたままでいることを知っているのか、彼女はそよ吹《ふ》く風や青白い月の光を頼《たよ》りに私の夢に潜《もぐ》りこみ、寝《ね》ても覚めても私を悩《なや》ませた。

昼間は仕事に忙殺《ぼうさつ》されて
君を思い出すひまもない
心に錠を掛《か》けようと言い聞かせてみるものの
夢の中では自分で錠を解いている

私の性分《しょうぶん》は詩の文句と同じで、ちっとも毅然《きぜん》としたところがない。夢の世界をさまよってばかりいる。つぶらな瞳《ひとみ》はいったいどこへ行ってしまったのか。私の心を空っぽにしたままで。ハー・ランは幼いころの化身《けしん》であるチャー・ロンだけを私に残し、空中のどこかへ煙《けむり》のように消えてしまった。ハー・ランの期待にこたえようと、チャー・ロンの世話に専念することで、私の空虚《くうきょ》な心も少しだけいやされた。

チャー・ロンは賢い子だった。教えたことはきちんと覚えるので、教えることは苦ではなかった。ひまがあるときは、いつも二人していろんな遊びをした。ウスイロカズラの棚《たな》の下ですごろくをするとき、サークルにこまを入れていると、目の前にいるのは幼いころのハー・ランのような気がして思わず手を止めてしまうこともたびたびあった。そんなとき、つい遊びのほうがお留守になってしまってチャー・ロンにたしなめられた。

すごろくに飽《あ》きると、チャー・ロンを近くの草むらに連れていって、インドジャボクの花を探した。仕事が休みの日には、学校へ行ってスズメの卵を探してやった。探しながら、昔、ハー・ランにも卵を取ってやったことや、はしごから落ちて頭にこぶを作ったことを話して聞かせた。すると、チャー・ロンはくすくす笑い出した。

「どこではしごから落ちたの、おじちゃん?」

「ちょうどこの場所だよ。しかも、二度も落ちたんだ。一回目は頭にたんこぶができて、二回目は鼻血を出したよ」私は足元を指差して言った。

「わあ、怖《こわ》い。それからどうしたの？」

チャー・ロンがいかにも怖そうに両手で顔を覆《おお》ったので、私は笑い出した。

「仰向《あおむ》けに横になってね、君のお母さんに葉っぱを鼻の穴に詰《つ》めてもらったよ」

「葉っぱなんか、鼻の穴に詰められるの？」

チャー・ロンは目を丸くした。

「できるとも。詰める前に、くしゃくしゃにもんで小さくするんだよ」

「それからあとはどうなったの？」

「それからあとって？」

「それで鼻血は止まったの？」

「ああ、止まったとも。すぐに血は止まったよ」

「ああ、よかった。それってなんの葉っぱ？」

チャー・ロンは自分のことのようにうれしそうにはしゃいだ。

「実はおじさんもなんの葉っぱだか知らないんだ。でもチャー・ロンのおばあちゃんならきっと知ってるよ。帰ったら、聞いてごらん」

チャー・ロンが本当にお祖母《ばあ》さんに聞いてみるつもりかどうかは知らないが、何か考えこんでいるような顔つきをした。それから、じっと私の顔を見て、神妙《しんみょう》な口ぶりで言った。

「またはしごに登るなら、落ちないように気をつけてね。だってあたしは母さんみたいに葉ったから。私はもう落ちたりしないよ」

「ハー・ランのおじさん、私はもう子供じゃないよ」

ぱを詰《つ》めてあげることはできないから」
「心配しなくていいよ。おじさんがはしごから落ちたのはまだ小さかったからさ。もう落ちたりなんかしないよ。だれかに押《お》さえてもらわなくたって、上手に登れるよ」
私は笑って言うと、軽快な足どりで登っていった。しかし、押《お》さえてくれる者のないはしごは危なっかしげに揺《ゆ》れ、ぎしぎしといやな音を立てた。チャー・ロンは目を大きく見開いて私を見守っていた。心中穏《おだ》やかでなかったに違《ちが》いない。しかし、私はなんとかバランスを失わずにすんだ。さっきも言ったではないか、決して落ちたりなんかしないと。私はもう大人なのだ。ここで醜態《しゅうたい》を演じるわけにはいかないのだ。このはしごは壁《かべ》に立てかけてあるのであって、ハー・ランの心に立てかけてあるわけではない。チャー・ロンはまだ幼いので頭のこぶのことばかり心配しているが、私の心の傷にまでは考えがまわらない。チャー・ロンよ、わかるかい。おじさんにとって、スズメの卵を見つけるのなんて、難しいことでもなんでもないんだよ。それより自分の幸福を見つけることのほうがずっと大変なんだ。なぜって、君の母さんがおじさんの幸せをひとつ残らずどこかへ持っていってしまったのだからね。

9

私は時々チャー・ロンをテンニンカの森に連れていった。一面、紫色《むらさき》に染まった森に身を浸《ひた》しながら、私は昔の思い出に浸った。

何も知らないチャー・ロンは、私のそばで無心に遊び、葉の生《お》い茂《しげ》る枝の下に隠《かく》れた熟した実を見つけるたびに歓声《かんせい》をあげていた。

私は彼女《かのじょ》のために袋《ふくろ》にたっぷり二杯《はい》分の実を摘《つ》んでやった。チャー・ロンは歩きながら、次から次へと口に入れたので、実は瞬《また》く間になくなった。それで私は袋《ふくろ》にもう二杯《はい》分の実を摘んでやらねばならなかった。私が実を探すのに夢中になっていると、突然《とつぜん》、背後で「ガンおじさん!」という声がした。びっくりして振《ふ》り返《かえ》ると、そこにはテンニンカの花を髪《かみ》に飾《かざ》ったハー・ランが立っていた。いや、それはあの日のハー・ランと生き写しのチャー・ロンだった。

「どう、似合うでしょ」

チャー・ロンはいたずらっぽく尋《たず》ねた。

「ああ、とてもよく似合うよ」

私も笑って答えた。チャー・ロンは首をかしげてまた尋ねた。

「あたし、天女《てんにょ》みたいに見える?」

チャー・ロンは、私が話してやった昔話の天女のことを言っているらしい。その物語は、私自身も祖母から話して聞かせてもらったものだ。私は彼女《かのじょ》の方を見たが、目は合わせられなかった。

「天女《てんにょ》にはあまり似てないな。それよりお母さんの小さいころにそっくりだよ」

「おじさんたら、どうしていつも母さん、母さんて言うの？」

チャー・ロンは目をぱちくりさせて言った。無邪気《むじゃき》な質問を投げかけられて、どう答えるべきか迷っていると、チャー・ロンがまた聞いた。

「おじさんが小さかったころ、あたしの母さんと一緒《いっしょ》によくこの森へ遊びにきたの？」

「ああ、そうだよ」

私は渡《わた》りに船とばかり慌《あわ》ててうなずいた。

「うちの母さんにもテンニンカの実を摘《つ》んであげたの？」

「そうだよ。二人で一緒に摘んだんだ」

唇《くちびる》をかんでそう答えると、チャー・ロンはまた言った。

「どっちのほうがたくさん摘めたの？」

「もちろん……、君の……母さんさ」

しどろもどろになって言うと、チャー・ロンは目を細めて、「おじさん、うそついてるでしょ！」

私は笑ってごまかすしかなかった。

「いや、その、実を言うと……、おじさんも忘れちゃったんだ」

するとチャー・ロンは探《さぐ》りを入れるような目で私を見た。

「そんなのうそよ。おじさんは忘れてなんかいない。だっておじさんはいろんなこと、よく覚えてるもん」

それから、不意に彼女《かのじょ》はそばに来て、私の手を取った。

「ねえ、おじさん、頼《たの》むから話してよ」

「話すって何を？」

「母さんの話よ。ねえ、あたしの父さんはどこにいるの？」

チャー・ロンは私を見上げ、懇願《こんがん》するように言った。私はごくりとつばをのみこんだ。地面に映った自分の影《かげ》が、冷たい薄闇《うすやみ》の中で固まってしまったような気がした。締《し》め付《つ》けられるような胸苦しさを感じながら、私は長いこと棒立ちになっていた。

「ねえ、お願い。あたしの父さんはどこにいるの？」

チャー・ロンは握《にぎ》った私の手を左右に揺《ゆ》すって言った。思わず舌打ちが漏《も》れた。

「おばあちゃんに聞いてみたらいいよ」

「聞いてみたわ」

「それでおばあちゃんはなんて言ってた？」

「お前の父さんは死んだって。でもそれ、本当なの？」

私はチャー・ロンの射るような視線から逃《のが》れるように、夕日を受けて真っ赤に染まった雲が漂《ただよ》う地平線に目をこらした。口からため息が出た。

「おばあちゃんの言うとおりさ、君の父さんは死んだんだ」

チャー・ロンは問いつめるように私を見た。

「おじさん、本当のこと、言ってよ」

「本当だよ」

「そんなの、うそだわ！」

チャー・ロンはいきなり声を張り上げた。

「本当に死んだなら家に祭壇《さいだん》があってもいいのに、あたしの家には祭壇なんかないもの」

もうどうしたらいいかわからなかった。この先、どうとりつくろうべきか考えていると、チャー・ロンがたたみかけるように聞いてきた。

「ねえ、本当のこと言ってよ。あたしの父さんはどこにいるの？」

私は千々に乱れた心を持て余しながら、じっと立ちつくしていた。私が沈黙《ちんもく》している間、チャー・ロンは何も言わずに辛抱《しんぼう》強く待ち続けた。時間は容赦《ようしゃ》なく流れ、夕暮れが地をはう枯《か》れ葉のように足元を通り過ぎていく。ひんやりとした闇《やみ》のとばりが私の肩《かた》に触《ふ》れた。一瞬《いっしゅん》、もしこのままずっとだんまりを決めこんでいたら、私はこれからもずっと口をきくことができなくなってしまい、この重苦しい沈黙《ちんもく》の中で、チャー・ロンも私も石と化してしまうような気さえしてきた。私はぶるっと身震《みぶる》いすると、チャー・ロンの小さな肩《かた》に手を置いて言った。その声はどこか遠くから響《ひび》いてくるこだまのように聞こえた。

「そんなこと、聞いてどうするんだ。大きくなればわかることだよ」

しかし、チャー・ロンはあきらめなかった。

「あたしは大人よ。もう五年生だもの」

私は愛情を込《こ》めた目で彼女《かのじょ》を見つめ、笑って言った。

「君はまだ大人じゃないよ。五年生なんて、まだほんの子どもさ」

すると、チャー・ロンは握《にぎ》っていた私の手を邪険《じゃけん》に振《ふ》り払《はら》った。

「つまり、おじさんはどうしても話す気がないってことね？」

私は苦し紛《まぎ》れの笑いを漏《も》らした。

「さっきから言ってるじゃないか。頼《たの》むからわかって……」

すべてを言い終わらないうちに、チャー・ロンは私を残して駆《か》け出していた。地面のでこぼこを巧みに跳《と》び越《こ》えながら、振《ふ》り返《かえ》って叫《さけ》んだ。

「どうしても話してくれないなら、おじさんとは遊ばない。もう帰る！」

「待ってくれ、頼《たの》むから行かないで」

私は慌《あわ》ててあとを追ったが、チャー・ロンは後ろも見ずに走り続けた。木々の緑の間にお下げ髪《がみ》が左右に揺《ゆ》れているのだけが見えた。私はあとを追いながら、「チャー・ロン、おじさんも一緒《いっしょ》に帰るよ」と呼びかけたが、チャー・ロンは振《ふ》り向《む》きもしなかった。一度言い出したら聞かないところは、少女時代のハー・ランそっくりだ。ハー・ランもいったんへそを曲げるとなかなか収まらず、なだめすかすのにえらく苦労したものだ。

やがてチャー・ロンは地面から突《つ》き出た木の根につまずいて転倒《てんとう》した。私は慌《あわ》てて駆《か》けより、彼女《かのじょ》を助け起こした。

「チャー・ロン、痛くなかったかい？」

しかし、チャー・ロンは答えず、私の腕《うで》に顔をうずめて泣きじゃくるばかりだった。その泣き声は私の胸を深く刺《さ》し貫《つらぬ》いた。

10

ハー・ランは時々娘《むすめ》に会いに村へ帰ってきた。しかし帰ってきても、いつも家の中にいるばかりで、どこへも出かけようとはしなかった。そんなとき、私はハンモックに横になって、母娘が寄《よ》り添《そ》い合っているのをはらはらしながら見守っていた。ハー・ランが日ごろの生活ぶりを知りたがってあれこれ尋《たず》ねても、チャー・ロンは空返事しかしない。どうやらチャー・ロンは家の中にばかりいるのが退屈《たいくつ》なようだった。久しぶりに帰ってきた母親にどこかへ連れていってもらいたいのだが、ハー・ランにはそんな娘の気持ちがちっともわかっていないようだった。

ついに堪忍袋《かんにんぶくろ》の緒《お》を切らしたチャー・ロンは、不満をまくしたてた。

「母さん、おじさん、おしゃべりなんかいいかげんにして、森へ遊びにいこうよ」

娘《むすめ》の言葉にハー・ランはため息をつき、私を横目で見た。それだけで私にはわかった。ハー・ランはもう昔のハー・ランではない。期待するだけ無駄《むだ》なのだ。たとえて言えば、ハー・ランは畑に生えたイモの葉で、私はその葉に落ちる雨だれだ。どんなにしずくを落としても、葉の上にはたまらず、すべて地面に流れ落ちてしまうのだ。ハー・ランは森へ行くことを怖《おそ》れていた。思い出にからめとられることを怖れていた。チャー・ロンからうるさくせがまれて、ハー・ランは救いを求めるような目で私を見た。

私はハンモックから身を起こし、チャー・ロンに言った。

「森に行きたいなら、あとでおじさんが連れてってあげるよ。母さんは帰ってきたばかりで疲《つか》れているんだ。だから、もう少し休ませてあげなさい」

　すると、チャー・ロンは体じゅうで不満を表して言った。

「そんなのいや。二人で連れてってくれるのでなきゃいやだもん」

　それから、チャー・ロンはにっと笑って、「母さんがこっち、おじさんがこっち、あたしは真ん中よ」と言った。

　有無《うむ》を言わせない口調にどうしていいかわからなくなって、私は別れも告げずに家を出た。しばらく行ってから、チャー・ロンの声が追いかけてきた。

「ガンおじさーん、どこ行くのよお？　逃《に》げる気なら、もうおじさんなんか、二度と遊んであげないから！」

　私は唇《くちびる》をかんで、そそくさと立ち去った。

11

チャー・ロンは六年生に進級し、県の中学校に通うことになった。村を離《はな》れる日、ドードー市場を涙《なみだ》の洪水《こうずい》で押《お》し流してしまうのではないかと心配になるくらい彼女《かのじょ》は泣いた。もし私がついていってやらなかったら、きっと途中《とちゅう》で引き返し、家に帰ってもっと泣き続けていただろう。思い返せば、村の学校の新入生として登校した日の彼女は実に気丈《きじょう》で、一滴《てき》の涙もこぼさなかったものだが、こうして村を離れることになったとたん、吹《ふ》きすさぶ風雨のように泣き出したのはなぜだろう。もしかしたらチャー・ロンも私や彼女の祖父と同じように、故郷に対するきずなが強すぎて、一歩離れるだけでも不安になるのかもしれない。

県都に着いてからも、チャー・ロンはまだ目を赤く泣きはらしていた。私はかつてハー・ランが寄宿していた、バス会社を経営している叔父《おじ》さんのところへチャー・ロンを連れていった。とりあえず落ち着き先が決まって帰ろうとすると、チャー・ロンは私の袖《そで》を引いて、「もう一日だけ、あたしと一緒《いっしょ》にいて」と懇願《こんがん》するように言った。生まれて初めて県都に出てきて、周りは見知らぬ人ばかり、急に心細くなったのだろう。私はすぐにうなずいて、「そうだね、今日一日ここにいて、明日帰ることにしよう。それなら、ちょっとそのへんを一周してこようか」と言った。チャー・ロンは躍《おど》り上がらんばかりに喜んで、自転車の後ろに跳《と》び乗《の》ると、私の腰《こし》にしがみついて「一周だけじゃなくて、何周もしようよ」とはしゃいだ声を立てた。

私はチャー・ロンを乗せて中学校に行ってみた。学校は以前と少しも変わっていなかった。しんと静まり返った教室は、新入生が入ってくるのを待っていた。広い校庭に生い茂《しげ》る雑草は、厳しい夏の日差しにあぶられて枯《か》れ葉《は》色に変色し、白砂の囲いに沿って立つ柳《やなぎ》の並木が長い枝を垂らしていた。

「ここが新しく通う学校だよ」

「きれいな学校ね。おじさんとうちの母さんが小さかったころも、やっぱりこの学校に通ったのよね」

私はうなずいて柳《やなぎ》並木の方を指差した。

「チャー・ロンの母さんは、よくあの並木の下にすわってたもんだよ」

そう言ってしまってから、はっとした。また、チャー・ロンから「どうしておじさんは、いつも母さんのことばかり言うの？」と指摘《してき》されるのではないかと思ったからだ。しかし、チャー・ロンは何も言わなかった。きっと新しい学校に気を取られていたのだろう。

私たちはナム・トゥーおばさんの家にも寄ってみた。おばさんはすぐに私のことを思い出して、「あらまあ、ガンなのかい？ほんとに久しぶりだねえ」と、うれしさを隠《かく》し切れないようすで言った。そして、私に返事をするひまを与《あた》えず、「ところであんた、お嫁《よめ》さんはまだなのかい？」とあいそよく聞いてきた。

「ええ、まだですよ」

私が首を振《ふ》って笑って答えると、おばさんはチャー・ロンの方に顔を向けて、「じゃあ、この子はどこの子？」と言った。

「これはハー・ランて、ハー・ランの子どもですよ」

「ハー・ランて、昔よくあんたのところへ勉強しに来てた女の子かい？」

ナム・トゥーおばさんはチャー・ロンの手を取って引き寄せると、「あらまあ、こんなに大きい子がいたんだねえ」と感慨《かんがい》深げなつぶやきを漏《も》らした。

「ところで、ニャン君はどうしてるんです？」

私は家の中を見回して、ためらいながら尋《たず》ねた。

「あの子ならガン川へ釣《つ》りに行ってるよ。生きる気力をなくしちまって、川へ行っちゃあ、日がな一日ひまをつぶしてるんだよ」

ニャンというのはナム・トゥーおばさんの息子《むすこ》だ。バンメトートの戦場に出征《しゅっせい》し、片足を失って除隊した。おばさんは彼《かれ》が死なずに帰ってきたことを心から喜び、線香《せんこう》に火をともして神仏に感謝の祈《いの》りを捧《ささ》げたが、ニャンは違《ちが》った。ふさぎこんで、周囲のだれとも口をきかなくなってしまった。毎朝早くから釣《つ》りざおを担《かつ》いで川へ出かけ、暗くならなければ帰ってこないという。おばさんは、「そんな息子を見ていると、悲しいうえにますます悲しくなってくるよ」と言った。釣り好きと言えば、私の村にもカーイ先生がいたが、ニャンは先生とは違っていた。カーイ先生は釣りを楽しんでいたが、ニャンは悲しみを埋《う》めるために釣りに行っているのである。

ひとしきり話しこんだ後、ナム・トゥーおばさんは私たちに食事をしていくよう勧《すす》めてくれたが、私は固く辞退した。あのヒユのスープに怖《おそ》れをなしたからではなく、あまり長居をして、チャー・ロンの父親のことでも聞かれたら困るからだ。

私はおばさんに別れを告げ、チャー・ロンを自転車の後ろに載《の》せて家路についた。その晩はハー・ランの叔父《おじ》さんの家に泊《と》まり、翌日まだ夜の明けきらないうちに家を出た。私が出るとき、チャー・ロンはまだ夢の中だった。

12

チャー・ロンが県の学校へ行ってしまうと、私の生活はとたんに寂《さび》しくなった。授業中も、生徒の顔を見るにつけ、チャー・ロンのことが思い出されてならなかった。とくに午後はいけなかった。心の張りを失って、時間がたつのがやけに遅《おそ》く感じられた。ハー・ランもチャー・ロンも私の心を通過するだけしておいて、二人ともそれぞれの場所へ去っていった。村に残された私はひとりで落ち葉の数を数えている。

チャー・ロンの家に行っても、ハンモックに横になって本を読むぐらいしかすることがなかった。読書に飽《あ》きればほかにすることはなく、ウスイロカズラの棚《たな》の下でギターをかき鳴らすばかりだった。そして、ギターを弾《ひ》けば、遠い昔がかげろうのように立ち昇《のぼ》ってきた。

草むらでまどろむ僕《ぼく》の額に
葉に落ちる夜露《よつゆ》のようにひっそりと
だれかの影《かげ》が通り過ぎた
夢に見た人が帰ってきたかと思ったら
空から雨が落ちてきた

私の心に雨が降りしきるようになったのはそのころからだ。村に帰ってからというもの、ギターを手にすることはほとんどなくなっていたが、弾《ひ》けばその音は湿《しめ》っぽく震《ふる》え、体のしんまで冷え切ってしまいそうだった。私はギターを壁《かべ》に掛《か》け、やり場のない悲しみを胸の奥《おく》にしまいこんだ。私の愛情はすべて、永遠の恋人《こいびと》の小さな化身《けしん》、チャー・ロンの日常の世話と教育に注がれてきた。だがそのチャー・ロンも村を出ていき、私の心は抜《ぬ》け殻《がら》のようになってしまった。周りを見渡《わた》せば、私の手元に残ったのはほこりが厚く層のように積もったギターだけ。報《むく》われることのなかった私の恋を、いつもそばにいて見守ってくれた、人生の伴侶《はんりょ》のギターだけ。

こうして同じことをただ繰《く》り返《かえ》すだけの毎日が始まった。本を読み、読書に飽《あ》きたらギターを弾《ひ》く。それにも飽きたら外に出て村の中を歩いて回り、昔の友人や恩師を訪ねる。ただし、昔一緒《いっしょ》に遊んだ友はほとんどが村を出ていき、みなばらばらになってしまった。そんな彼《かれ》らがふらりと帰ってくることもないではないが、こんな貧しい土地に長くとどまる者はいない。恩師たちは年齢《ねんれい》を重ね、日々の暮らしをつつがなく送っていくのに精いっぱいで、昔の元気はもうない。もともと片目が不自由だったカーイ先生は、もう一方の目もかすみ始め、ついにラー川へ釣《つ》りに行くのは諦《あきら》めるしかなくなった。今は一日家にいて、手探《さぐ》りで竹ザルを編んでいる。日々の糧《かて》を得るためと、長い時間をつぶすためだ。トゥン先生はのどの渇《かわ》きがおさまったと思ったら、胸に痛みを感じるようになった。肺結核《はいけっかく》の可能性もあるので、子どもたちに惜《お》しまれながら教壇《きょうだん》を下りた。

学校では教員が足りなくなったので、フー先生に来てもらうことにした。その知らせを受けた日、先生は感動して涙《なみだ》を流した。子どもたちを教えることが先生にとっては何より幸福なのだ。村の学校が一年生のクラスを新設したとき、そんな幸福も煙《けむり》と消えたが、今また教師の職に復帰できることになって、先生の性格はすっかり変わった。あのころの厳しかった表情はうそのように消えていた。はじめて出勤してきた日、私の手をぎゅっと握《にぎ》り締《し》めた先生の目は、老眼鏡《ろうがんきょう》の向こうできらきらと輝《かがや》いていた。私は先生に祝福の言葉を贈《おく》った。先生が、「ホアのやつが帰ってきたよ」と自慢《じまん》げに言ったとき、私の喜びはさらに増した。

「これでもうどこへも行ったりしないんですね、先生?」

「ああ、そうとも。やつはこっちで暮らすことにしたんじゃ」

先生はうきうきした口調で答えた。フー先生の二人の子どものうち、姉のハィンは家を出ていったまま、その後なんの音さたもない。彼女《かのじょ》ははるか南方の男に嫁《とつ》ぎ、子どももうけたが、それ以後は親元に帰ってきさえしない。ホアも出稼ぎに行ったが、運に恵《めぐ》まれず、何をやってもうまくいかなかった。結局、故郷に帰って田畑で汗《あせ》を流すことにしたという。フー先生はこう話をしめくくった。

「やっぱりあいつがそばにいてくれると、寂《さび》しさも紛《まぎ》れるよ」

私は先生を共感のまなざしで見た。先生の気持ちがよく理解できた。私が望んでいたことがまさにそれだったからだ。これで先生の孤独《こどく》はいやされたが、私の孤独はいつになったらいやされるのだろう。

13

毎週土曜日、チャー・ロンは村に帰ってきた。最初の二年間は、私が県都まで迎《むか》えにいった。もちろん、迎《むか》えにいくとは言っても、それぞれ自分の自転車に乗って帰ったのだが。チャー・ロンと並んで通い慣れた道をゆっくり走っていると、遠い昔にタイムスリップしたような錯覚《さっかく》に陥《おちい》った。あのころよく口ずさんだスアン・ジュウの詩が思い出された。

水面に小舟《こぶね》を載《の》せて川は流れる
空を見上げれば白い雲も流れていく
小舟に揺《ゆ》られるこの私も
胸の想《おも》いは前とは違《ちが》う
雲は川の流れを待ってはくれない
さっきの私と今の私が同じでないように

私の人生は一体どこでボタンをかけ違《ちが》えてしまったのだろう。運命的な変化というものは、目には見えない奥深《おくふか》いところで着々と進行し、そう簡単には気づかないものだ。十七年前の土曜日と今日は同じことの繰《く》り返《かえ》しのように見える。沿道に立ち並ぶ家もあのころと同じだし、木々の葉先で瞬《またた》く日の光も十七年前と比べて強すぎもしなければ弱すぎもしない。竹やぶの向こうから吹《ふ》いてきてほこりを舞《ま》い上げる風。ケオタイの茂《しげ》みから飛んできて、小さな鳴き声を上げていたかと思うと、あっという間にどこかの葉裏に隠《かく》れてしまう小鳥。それに二人並んで自転車を走らせる亀裂《きれつ》の入った長い道路。そのどれもが、十七年前と同じ姿でそこにある。私はあのころと同じ私ではないけれど、今もここにいる。ひとりハー・ランだけが、代わりに自分の娘《むすめ》を残して遠いところへ行ってしまった。あのころと違《ちが》うのはそんなささいなことなのに、どうしてこんなにも食い違ってしまったのか。

チャー・ロンはもちろんハー・ランではない。しかし、九年生に上がるころには、そう断言できなくなってきた。チャー・ロンは母親とうり二つの娘《むすめ》に成長していた。私をじっと見つめる目は、あのころのつぶらな瞳《ひとみ》そのものだった。私はその瞳に動揺《どうよう》し、怖《おそ》れを感じることさえあった。並んで自転車を走らせながら、チャー・ロンのおしゃべりに耳を傾《かたむ》けていて、不意にあの瞳に出会うときはとくにそうだった。三十一歳《さい》という一人前の男であることを忘れてしまう自分が怖《こわ》かった。それでも私はチャー・ロンと同じ九年生の少年に戻《もど》ったような気になって、森《こ》でインドジャボクの実を探すのに夢中になった。猿《さる》のようにするするとフトモモの木に登り、濃い紫《むらさき》の実をチャー・ロンのために落としてやるとき、二十年という時間を逆流して、ガラスのように純粋《じゅんすい》で透明《とうめい》だった時代にタイムスリップした私は、夢見るような目でチャー・ロンを見ては心を躍《おど》らせた。ハー・ラン、君はとうとう僕《ぼく》のところへ帰ってきてくれたんだね。

14

内心のやましさを自覚してからというもの、私は毎週土曜日の出迎《むか》えを控《ひか》えるようになった。チャー・ロンは友達と帰ってくるようになった。ただハー・ランに用事があって街に出たときだけは、チャー・ロンの学校へも立ち寄るようにした。

チャー・ロンはすっかり大きくなり、どんなことでもよくわかる娘《むすめ》になっていた。ある日突然《とつぜん》、「あたし、お父さんがだれだかわかったわ。やっぱりお父さんは生きてたのよ」と言い出した。私はびっくりして、「そんなこと、だれから聞いたんだい？」と聞くと、チャー・ロンは冷静な口調で、「おばあちゃんよ」と答えた。

どう反応したらいいかわからずに黙《だま》っていると、チャー・ロンはまた言った。

「あたし、父さんのこと、憎《にく》いとは思わないけど、でも尊敬はできないわ」

「それで、お父さんとは会ってみたの？」

私はしばらくためらった後、おずおずと尋《たず》ねてみた。チャー・ロンは首を横に振《ふ》った。

「ううん、まだよ。会ってみるつもりなんかないわ。それに父さんは、奥《おく》さんと子どもを連れて南へ行ってしまったらしいの。母さんがそう言ってたわ」

私はチャー・ロンの冷静な態度と大人びた物言いに驚《おどろ》かされた。彼女《かのじょ》はハー・ランよりずっとしっかりしていた。私はふと、激しい風雨に耐《た》えてドードー市場の真ん中に立ち続けるモモタマナの木を思い出した。チャー・ロンはあの木のようだと思った。彼女《かのじょ》は都会の生まれだが、フォン山麓《さんろく》の貧困《ひんこん》地帯がはぐくんだ自慢《じまん》の子に違《ちが》いなかった。頑健《がんけん》な土地柄《がら》には頑健な子が育つ。いとこのクエンは体力面でまさにそうした体質を受《う》け継《つ》いでいる。チャー・ロンが受け継いだのは精神面だった。

そんな物思いにふけっていると、チャー・ロンが現実に引き戻《もど》した。

「おじさんは最近どうしてあたしを迎《むか》えにきてくれないの?」

思いがけない問いに私は慌《あわ》てた。その視線から逃《のが》れるように目をそらし、舌打ちして、「忙《いそが》しいんだよ」と言い訳した。しかし、チャー・ロンは半信半疑の顔で「ほんと?」と言った。「ああ、ほんとだとも。最近、土曜日はやらなきゃいけないことがたくさんあってね」と答えると、チャー・ロンは目を細めて、「じゃあ今週の土曜日は?」とたたみかけてきた。

私は身の震《ふる》えを隠《かく》せなかった。つまりチャー・ロンはまた迎えにきてほしいと言っているのだ。答えに窮《きゅう》して、「何か用事でもあるの?」と苦し紛《まぎ》れに聞いてみた。

「母さんのところへ連れてってほしいの。もうだいぶ長いこと、顔を見ていないし」

私は胸をなでおろして、「うん、それなら連れてってあげよう」と言った。チャー・ロンは私を横目で見て、いたずらっぽく笑った。

「おじさんは母さんのところへ行くとなると、すぐに引き受けてくれるのに、あたしが頼《たの》むといつも忙しいって言うのね」

チャー・ロンの冗談《じょうだん》に私は思わず赤面した。照《て》れ隠《かく》しに、庭の棚《たな》の上をひらひら舞《ま》っている蝶《ちょう》に目を向けた。なんの悩《なや》みもなく、無邪気《むじゃき》に飛んでいる蝶がうらやましかった。

15

私たちが訪ねていくと、ハー・ランは接客中だった。客は私と同じ年ごろの男で、風采《ふうさい》は私よりずっと上だったが、きざな感じがした。私たちがなんの前触《まえぶ》れもなく訪ねてきたので、ハー・ランはひどく動揺《どうよう》しているようだった。いつもと違《ちが》う顔つきとどぎまぎした態度に、私はそう思った。

最初、ハー・ランは見知らぬ客を私たちに紹介《しょうかい》するつもりはないようだった。しかし、客のほうから、「ハー・ラン、この人たちはだれなんだい。君の親戚《しんせき》なの？」と切り出してきた。その口調には、まるでこの家の主《あるじ》は自分だと言わんばかりの横柄《おうへい》さが感じられた。私はそのことに驚《おどろ》きはしなかったものの、決して愉快《ゆかい》ではなかった。私が黙《だま》って立っていると、ハー・ランは客を指差して、「こちらはリンさんよ」と言い、さらに私とチャー・ロンの方を向いて、「こちらはガンさんと……、チャー・ロン。田舎《いなか》から出てきたの」と言葉少なに紹介《しょうかい》した。

ハー・ランの紹介のしかたには親しみが少しも感じられず、私たちとどういう関係にあるのかもはっきりしなかった。だが客はそれ以上追及《ついきゅう》せず、かわりに探《さぐ》りを入れるような目で私たちを見た。チャー・ロンはぼんやり突《つ》っ立ったまま、そこにいる大人たちの顔を順々に見比べただけだった。

私がハー・ランの置かれている複雑な立場を読みとるのに、さほど時間はかからなかった。

「ちょっと買い物にでも行こうか。そして、もう少ししてから戻《もど》ってこよう」

私はチャー・ロンの手を取って言うと、彼女《かのじょ》の答えも待たずに、リンという名の客に軽く会《え》釈《しゃく》してそこをあとにした。

ハー・ランの冷淡《れいたん》な態度はチャー・ロンを混乱させたに相違《そうい》ない。だがチャー・ロンは何も言わなかった。もしかしたら、あの一言ですべてを理解したのかもしれない。その日の午後、私とチャー・ロンは口もきかずに街を歩き続けた。ティン叔母《おば》のところへも、ニュオンの店にも寄らなかった。チャー・ロンの手を引いてあてもなく通りという通りを歩き、何か店があると立ち止まって、色あざやかな布製の造花や、ぬいぐるみの動物や、ショーケースの中に並んでいる口紅《くちべに》などをのぞいて回った。

時々、盗《ぬす》み見るようなチャー・ロンの視線を感じたが、知らないふりをした。君はおじさんに同情してくれているのかい？　頭の中で、そんな声が響《ひび》いた。そうだよ、おじさんは君の母さんをずっと待っていた。君が生まれるずっと前からね。待っているのはいつだっておじさんのほうだった。だけど君の母さんがおじさん以外の別の人と幸せになれるなら、悲しいけれど、それはおじさんの切なる願いでもあるんだ。君の母さんが不幸から脱出《だっしゅつ》できることを、おじさんは心から望んでいる。人生には不幸がつきものだというなら、不幸になるのは一人だけでいい。陰《いん》
そんな心の声が聞こえたのかどうかは知らないが、チャー・ロンは沈《しず》んだ顔をしていた。陰鬱《うつ》な薄闇《うすやみ》の中に私が消えてしまうのを怖《おそ》れてか、私の手をぎゅっと握《にぎ》って放さなかった。

街に明かりがともるころ、私とチャー・ロンはもと来た道を戻《もど》り始めた。

16

リンという男はハー・ランのもとにやってきて、一場の夢のように去っていった。ハー・ランはまたひとりぼっちになった。私はじきにそのことを知った。ハー・ラン自身の口から知ったのだ。今度ばかりは泣いたりしなかったが、その口ぶりには寂《さび》しさがにじんでいた。破局の原因は……、やはりチャー・ロンだった。リンと知り合ったとき、ハー・ランは娘《むすめ》のことは伏《ふ》せておいた。隠《かく》すつもりはなく、そのうち時機を見て話そうと思っていたらしい。

しかし、ハー・ランの口から聞かなくても、リンはすぐに事情を察したようだ。母と娘はうり二つだったから、後日、不審《ふしん》に思ったリンから問いただされて、ハー・ランは本当のことを言うしかなかった。実にあっさりした別れだった。愛し合っていたはずなのに、まるで引き算でもするかのように、どうしてそんなに簡単に別れることができるのか。話を聞きながら、私は怒《いか》りが先に立って、慰《なぐさ》めの言葉をかけることもできなかった。

「自分の妻になる女に子どもがいたなんて、彼《かれ》はどうしても許すことができなかったのね」

ハー・ランの口調にはすき間風《ふ》が吹き抜《ぬ》けるような寂しさがにじんでいた。不意に背筋に悪《お》寒《かん》が走るのを感じて、私は思わず声をはり上げた。

「リンてやつはそういう男なんだよ。あんなやつのどこが好きなのか、僕《ぼく》にはまったく理解できないな！」

そう口走ってしまってから、怒《いか》りあまって冷静さを欠いていたことを反省した。ずいぶんひどいことを言ったと思った。慌《あわ》てて目をつむり、気持ちを落ち着けようとした。

「ごめん、許してくれるかい。ちょっと気が立っていたようだ」

消え入りそうな声で言うと、耳元でハー・ランの声がした。

「あやまることなんかないわ。実を言うとね、私がリンさんと付き合い始めたのは…、実は…」

ハー・ランは口ごもって、先を続けることができなかった。私は彼女《かのじょ》がリンと付き合うようになった理由を想像しながら目を開けた。

「もしそれ以上言いたくないなら、言わなくたっていいんだよ」

すると、ハー・ランは小さく舌打ちして、私の視線を避《さ》けるように目をそらした。

「実はね、私がリンさんと付き合うようになったのは……、ユンと……よく似ていたからなの」

それを耳にしたとたん、足元の地面が崩《くず》れて、雲の上からまっ逆さまに落下するような感覚に陥《おちい》った。あきれてものも言えなかった。君は二十年前と同じ、首に赤いスカーフを巻いた無《む》邪気《じゃき》で浅はかな少女のままなのか。ユンからくぎを打ち付けた泥靴《どろぐつ》で踏《ふ》みつけにされ、心には少なからぬ血が流れたはずなのに、どうしていつまでも昔のくされ縁から逃《のが》れられずにいるのか。リンとの関係は短命に終わったが、君の恋《こい》はいつになったら報《むく》われるのだろう。

私はハー・ランと別れて歩き始めたが、足が重くてなかなか前へ進めなかった。哀《あわ》れな君。哀《あわ》れな僕《ぼく》。君と僕は牽牛星《けんぎゅう》と織女星《しょくじょ》のように、どんなに空を巡《めぐ》っても決して出会うことがないのだろうか。二人とも三十路《みそじ》を越《こ》えて、未《いま》だに孤独《こどく》なのはなぜなんだ？
ギターを抱《だ》いて棚《たな》の下にすわると、心の中で何かががらがらと音を立てて砕《くだ》け散《ち》った。

僕《ぼく》の心はチュオン・チー
涙《なみだ》が乾《かわ》くのを待って
君を求めてさまよう　市場や村々を

日の落ちた夕暮れどき
僕の足跡《あしあと》は
春の雨の中に消えずに残っているよ

悲しい想《おも》いを風に乗せて歌うと、六本の弦《げん》の上で青白い月の光が震《ふる》えているようだった。

僕は君を愛しているのに
君はほかの男のほうがいいんだね
つまらないことで
幾度《いくど》つらい目にあわされても

その晩、県の学校から帰ってきたチャー・ロンは、ずっと私のそばにいてくれた。私が歌う暗く悲しい恋歌《こいうた》をわかっているのかどうか知らないが、君はどうしてそんな遠くを見るような目をしているのか。

つぶらな瞳《ひとみ》を星のように瞬《また》かせ、月の光を浴びているチャー・ロンを見ていると、あの日、クン・ティエンの歌に耳を傾《かたむ》けていたハー・ランが思い出されてならなかった。私はあふれそうになる想《おも》いを胸の奥《おく》にしまって歌い続けた。

不安と焦《あせ》りを胸に抱《かか》えて
君を探しにいったら
赤いスカーフを巻いた少女を見つけたよ
わかるかい　君はもう大人になったのだから
狼《おおかみ》には気をつけておくれ
傷つきやすい君の心
あとで家に帰ってきてから
泣いたりせずにいてくれるだろうか

今晩、こうしてひとり歌っている男がいることを知ったら、君は涙《なみだ》を流してくれるだろうか。君が眠《ねむ》りにつくところは、ここから何百キロも離《はな》れた遠い街。僕《ぼく》の歌声を追って村に帰り、静かに軒先《のきさき》に腰《こし》を下ろして、思い出の糸をたぐり寄せながら青春をなつかしむ夢でも見てはいないだろうか。恋《こい》に破れた僕《ぼく》には、この燃えるように熱い心しか、君にあげるものはないのだけれど。

君を守ってあげられるのは
この胸で静かに燃え上がる
僕の小さな恋心しかないよ
寒い冬のかまどの火のような
あいつにつれなくされてぬくもりが欲《ほ》しくなったら
ここに来てあたるといいよ

熱く燃える僕の心を、君は幾度頼《いくどたよ》りにしたことか。そして、この肩《かた》で、君が涙を流し、僕の心に滝《たき》のような雨を降らせたことが幾度あったことだろう。なのに修羅場《しゅらば》を越《こ》えたとたん、君は僕《ぼく》から離《はな》れていった。君に腹を立てるつもりなど毛頭ない。ただ君が道を踏《ふ》みはずしたりしないかどうか心配なだけ。君の人生はつねに明るい希望に満たされていてほしいから。

どうしたら傷ついた君の心をいやしてあげられるだろう
明るい日差しと花々にあふれた歌がなかったら
君の心から
冬の寒さを吹《ふ》き払《はら》うため
不安と憂《うれ》いを抱《かか》えながら
毎夜　書きつづったこの詩がなかったら
たとえ君が行く道が茨《いばら》の道であったとしても
いつも明るい顔でいてほしい
君を愛することができるのは
まじめでやさしい男だけ
せめて僕の半分でも
君を愛せる男だけ……

これがハー・ランに捧《ささ》げる最後の歌ということなのか、歌い終わったとたんにギターの弦《げん》がぷつりと切れ、針でも刺《さ》さったように指に鋭《するど》い痛みを感じた。
私は頭を抱《かか》えてうずくまった。外は霧《きり》がかかって、こんなに寒い晩であるにもかかわらず、どっと汗《あせ》が噴《ふ》き出し、髪《かみ》の毛の一本一本がしっとり濡《ぬ》れているのがわかった。

いつの間にか、チャー・ロンが背後に立っていた。私がギターを置くと、チャー・ロンはそっと私の肩《かた》に手を載《の》せた。しばらくたって、とり乱して何も言えない私に、「今おじさんが歌っていたのは、うちの母さんの歌なんでしょ」と沈《しず》んだ声で言った。

チャー・ロンはすぐそこにいるはずなのに、その声は夢の世界から聞こえてくるように感じられた。

「おじさんの歌は、全部、君の母さんのことを歌ったものだよ」

そう答えた私自身の声さえ、はるか遠い世界から響《ひび》いてきているような感じだった。そのとき、月が雲に隠《かく》れた。

17

私の母は日に日に焦《あせ》りの色を濃《こ》くしていった。そもそも、私自身に身を固めようという気がなく、どんなにせかされても一向に動じる気配がなかったからだ。以前、村に帰ってきたばかりのころは、母もたいそう喜んでくれたものだ。息子《むすこ》がいつもそばにいてくれてうれしかったのだろう。しかし、今、母は私が都会に出ていくことを望んでいた。だってドードー村の娘《むすめ》たちは、大人にならないうちにみんな都会へ行ってしまうじゃないの。なのにお前ときたら、こんな田舎《いなか》に帰ってくるなんて。一生、ひとりでいてもいいのかい！ それが母の言い分だった。母が心配してぐちってばかりいるのを見ていると、そろそろ将来を真剣《しんけん》に考えなければいけないとも思う。しかし、恋《こい》に疲《つか》れきった私は、新しい相手を探す気にもなれないくらいふさいでいた。

母は本気で心配していた。が、母よりもっと私の将来を案じている人がいた。ハー・ランの母親である。彼女《かのじょ》は私の母のようにうるさくせかしたりはしなかったが、私を見るときの憂《うれ》いと心痛に満ちたまなざしがすべてを語っていた。ハー・ランに対する私の想《おも》いがどんなに深く大きなものかを、彼女は二人がまだ幼なじみだったころから知っていた。二十年余り、村から一歩も外へ出ることもなく、ただ娘《むすめ》の将来を案じ、その帰りを待ちわびてきた母親の目で、私たち二人の幸薄《さちうす》い運命を見守り続けてきた。彼女の髪《かみ》が白くなったのは、半分は娘が人生に失敗したから。残りの半分は、私がハー・ランのせいで人生を棒に振《ふ》ったからだ。まだそんな年《ねん》齢《れい》ではないはずなのに、なぜこうまで枯《か》れ急がねばならなかったのか。だから、私は彼女《かのじょ》から思いやりのこもった目を向けられると、思わず涙《なみだ》ぐんでしまうのだ。

時間は容赦《ようしゃ》なく過ぎてゆくものだが、胸に未練を抱《かか》えた私は、ついそれを引き止めようとしてしまう。

つい先日、ハー・ランが村に帰ってきたとき、母親と娘《むすめ》は明かりのそばで長いこと話しこんでいた。偶然《ぐうぜん》、私がそこへ入っていくと、二人はそれまでしていた話を急に中断した。母親はさりげなくランプのしんをよじって明かりを落とし、ハー・ランはびくりとして私の方を盗《ぬす》み見《み》た。しかし、私は彼女のほほに光る涙《なみだ》を見逃《みのが》さなかった。その日のハー・ランの瞳《ひとみ》は、いつにもまして憂愁《ゆうしゅう》の色が濃《こ》かった。その瞳は内にあふれる想《おも》いを訴《うった》えようとするかのように潤《うる》んでいた。その目に心臓がきゅっと収縮し、身内に電流が走るのを感じて、私はいとまも告げずに出ていった。

家を出てしまってからも足がふらついていた。顔は熱くほてり、心はざわざわと波立っていた。なぜあのとき、ハー・ランは何か言いたげな切ない目で私を見たのだろう。今夜の月の光が、かつて二人で歩いた道に幼いころの君を呼び戻《もど》したのか。それとも君をいつまでも想《おも》い続けるあまり、君と一緒《いっしょ》になることもできないまま石と化していく私を気づかってくれたのだろうか。そんな想いが次々と頭に浮《う》かんで眠《ねむ》れず、私は寝床《ねどこ》の上で何度も寝返りをうって夜を明かした。

翌朝、ハー・ランはまた都会へ帰っていった。私は騒《さわ》ぐ心を抱《かか》えて彼女《かのじょ》の家を訪ねたが、母親は何も話してくれなかった。その日、私はずっと彼女のそばで過ごしたが、やはり昨夜のことは一言も口にしなかった。時々ひそかな一瞥《いちべつ》を送ると、彼女はただ悲しげにうつむいているだけだった。

そんな態度にますますとまどいを感じ、居ても立ってもいられない気持ちだった。昨夜の話はよほど深刻なものだったに違《ちが》いない。ハー・ランの切なげな瞳《ひとみ》が幾度《いくど》となく脳裏《のうり》に去来した。暗くなって、胸にたまった重苦しさに我慢《がまん》できなくなった私は、ため息が漏《も》れそうになるのを抑《おさ》え、思い切って「おばさん、昨夜の話は……」と切り出してみた。

しかし、自分が発した問いの愚《おろ》かさに気づいて、それ以上は続けられなかった。ハー・ランの母親は私が言いたいことを即座《そくざ》に読み取ると、穏《おだ》やかな視線を向けて、「もう終わったのよ」と言った。

私はあっけにとられた。何を言っているのか理解できなかった。あまりにもあいまいな答えだった。

「終わった……って……、どういうことですか？」

ハー・ランの母親は私の視線を避《さ》け、ゆらゆらと揺《ゆ》れる火影《ほかげ》に語りかけるように言った。

「おばさんはあんたを大切に思っているし、ハー・ランのことも愛しているわ。二人がこんな風になっちゃって本当につらいのよ。でもいつか二人が一緒《いっしょ》になってくれればと思って、昨夜はそのことをハー・ランに話したの」

心臓が今にも破裂《はれつ》しそうだった。呼吸が早くなるのを抑《おさ》えようと、ぎゅっと唇《くちびる》をかんだ。ハー・ランの母親の口調は淡々《たんたん》としていて、語れば語るほど風のように弱く小さくなっていった。

「ハー・ランだって、身を固めたい気持ちはやまやまなのよ。あの子ももういい年だからね。だけど、あんたと……一緒になる気はないらしいの。あんたは本当にあの子によくしてくれたんだってね。あの子もそう言ってたよ」

一瞬《いっしゅん》、私は身を固くした。そのせつな、夜空に浮《う》かぶつぶらな瞳《ひとみ》にも似た碧《みどり》の星が、ふっと吹《ふ》き消されたような気がした。

18

それからというもの、私は重苦しい日々を過ごした。冷静な頭で考えてみれば、ハー・ランが出した結論は運命が下した厳しい判決にすぎないこともわかっていたが、そうした運命を望んでいないからといって、私の力で変えられるものではない。今になって思い返してみれば、ハー・ランは私の苦しい胸のうちをかなり前から知っていたようだ。そして、どんなに心を焦《こ》がしても、それが実らぬ定めであることも。彼女《かのじょ》は都会を好み、私は帰郷を選んだ。この二十年間、違《ちが》う道を歩んだ二人は、それぞれの不幸に耐《た》えてきた。ハー・ランは自らの進むべき道を自分で選択《せんたく》したが、そこに私の入る余地はなかった。二度も人生につまずき、夢は実らなかったにもかかわらず、破れた恋《こい》の代償《だいしょう》を私に求めようとはしなかった。だから、あの晩、ハー・ランは尽《つ》きせぬ想《おも》いをたたえたまなざしを私に向けてくれたものの、その後は二度と振《ふ》り向《む》くこともなかった。幼いころからはぐくんできた友情は友情以上のものにはなりえず、私の心は無垢《むく》なままとり残されている。

ハン・マック・トゥー[*31]の詩の一節に、

君は私の魂《たましい》の半分を持ち去った
君が狂《くる》わせた魂を手に

というのがあるが、かなり長いこと、私は死んだようになっていた。しかし、チャー・ロンが九年生を修了《しゅうりょう》し、都会の学校に上がる準備にかかっていたので、私は悲しみを抑《おさ》え、彼女《かのじょ》の面倒《めんどう》を見てやらねばならなかった。

チャー・ロンは十年生には進級せず、中等師範《しはん》学校を受験し、三年後には村に帰って教師になるつもりでいた。そして、ずっと私のそばにいてくれるという。そんな彼女の決意に、揺《ゆ》れていた私の心も和《なご》んだ。彼女のやることにはいつもびっくりさせられる。チャー・ロンは、私がハー・ランに期待し続けてきたことを実現するために生まれてきたような気さえするのだ。

最近はハー・ランがいる街にも師範学校が新設され、クイニヨンまで出なくてもよくなった。出発の日、私はチャー・ロンに同行したが、それはいつになく興味深い旅だった。私はこれまで何度もチャー・ロンを街へ連れていったが、今回ほど彼女が元気よく、楽しそうにしていたことはなかった。途切《とぎ》れることなくおしゃべりに花を咲かせるチャー・ロンは、巣立ちの前の小鳥のようだった。もうじき大人になろうとしている少女の心情とはそういうものなのかもしれない。そしてこれから向かおうとしている都市は、彼女にとって、希望に燃えた明るい夢が芽生える未来に向けた旅立ちにふさわしい場所なのだろう。

19

都会に出たチャー・ロンは母親とは一緒《いっしょ》に住まず、かつて母親がしたように伯母《おば》さんの家に下宿していた。伯母さんの夫は自動車の車体製造会社をだいぶ前にやめていたので、夫婦《ふうふ》はとくにすることもなく、貯金を切り崩《くず》しながら隠居《いんきょ》生活を送っていた。伯母さんの夫は庭いじりが好きで、植木の剪定《せんてい》や害虫の駆除《くじょ》に余念がなかった。一方、おばさんは中国式トランプで時間をつぶし、夜になるとすわりすぎで腰《こし》が痛いとこぼしていた。

チャー・ロンも伯母さん夫婦から目いっぱいかわいがられていたが、彼女《かのじょ》は遊びにかまけることもなく、ひたすら勉強に励《はげ》み、早く卒業してドードー村へ帰ることだけを願っていた。

村に残った私は学校で子どもたちを教え、時々昔のことを夢のように思い出しては日を暮らしていた。希望のともしびは完全に消えていたが、心の痛みは治まりつつあった。かつての恋《こい》心《ごころ》は、眠《ねむ》れない晩に突然《とつぜん》フラッシュバックするようなことはあっても、徐々《じょじょ》に記憶《きおく》の底に埋《う》もれていた。

チャー・ロンが村に帰ってくることはほとんどなかった。二か月か三か月に一度、戻《もど》ればいいほうだった。

「どうしてあまりこっちに帰ってこないんだい?」

私がこぼすと、チャー・ロンは「学校が忙《いそが》しいのよ。私、頑張《がんば》って勉強ができるようになりたいから、休みでもむこうに残ることにしてるの」と、笑って答えた。そんな簡単な答えでも、私は彼女《かのじょ》の気持ちが理解できた。感動に胸を震《ふる》わせて、チャー・ロンに愛情込《こ》めた目を向けた。チャー・ロンも以前の私と同じように、学校を卒業して早く故郷に帰れる日が来ないかと待ち焦《こ》がれているのだ。少なくとも、私にとってはそうあってほしかった。成績がふるわず留年して、帰郷の日が遠のくのをチャー・ロンは心配しているのだ。

「そうだね、君は勉強のことだけ考えてればいいんだ。だから、そんなにたびたび帰ってこなくてもいいんだよ」

私が穏《おだ》やかに言うと、チャー・ロンは意外そうに目を丸くして、「おじさん、そんなこと、本気で言ってるの?」と言った。

「どうしてそんなこと、聞くんだい?」

チャー・ロンの真剣《しんけん》な顔つきにびっくりして聞き返すと、「だっておじさん、なんだか寂《さび》しそうなんだもの」と唇《くちびる》をかんで言った。「そりゃさっきはそう思ったけれど、今はもう大丈夫《だいじょうぶ》だよ」と言って笑顔《えがお》を浮《う》かべると、チャー・ロンはまじまじと私を見て、「でもおじさんは無理して作り笑いをしてるわ」と言った。

「そんなことないさ。これは作り笑いなんかじゃないよ」

それでもチャー・ロンはまだ信じていないようだった。

「心の底から笑おうと思うなら、声に出して笑えるはずよ」

私はしかたなく声を出して笑った。それはひどく不自然なものだったはずだが、チャー・ロンも私に合わせて笑った。そして、自分を納得《なっとく》させるようにうなずきながら、「これでおじさんももう寂《さび》しくなんかないって、確信できたわ」と言うと、不意に背を向けた。その瞬間《しゅんかん》、長い髪《かみ》がふわりと風にそよいだ。何げない髪のそよぎの向こうから、だれかのやさしいささやきが聞こえてきた。

「だから、もう寂しがらなくていいのよ。夏が来たら、私、村に帰ってくるから。夏休みの三か月間は……、おばあちゃんとも……一緒《いっしょ》に過ごせるわ。それなら、おじさんも寂しくないでしょ?」

夢の世界から聞こえてくるような心地《ここち》よいその響《ひび》きに、私はうっとりした。チャー・ロンは大人になったのだ。甘酸《あまず》っぱい想《おも》いが胸いっぱいに広がった。私の花園に咲くバラはいつの間に大輪の花をつけたのだろう。

20

私の夏は、ハー・ランのときにはつぼみのままで終わってしまったけれど、それから二十年後、チャー・ロンのときになって見事に花開いた。

真っ赤な火炎樹《かえんじゅ》の花が咲き、割れたハート形の花が終わった。赤い花は村じゅういたるところで咲き乱れ、真紅《しんく》に染まった道を、私は早めのテトを迎《むか》えたような晴れやかな気持ちで歩いた。そんなとき、記憶《きおく》の奥《おく》に埋《う》もれたはずの心の波立ちが突然《とつぜん》頭をもたげてくることもあった。

夏休みの三か月間、私はチャー・ロンのもとへ通い、片時も離《はな》れずに過ごした。カーイ先生がよく出かけていたラー川へ魚釣《つ》りにも連れていった。私たちは川辺に並んで腰《こし》かけ、言葉を交《か》わすこともなく、葉むらの中から聞こえてくる鳥のさえずりに耳を傾《かたむ》けたり、水面に浮《う》かぶツノクサネムの浮《う》きに花びらが引っかかるのを眺《なが》めたりした。二人とも石にでもなったように黙《だま》りこくり、半日、口をきかないこともあった。だがそうして沈黙《ちんもく》しているときでも、交わし合うまなざしには思いやりのこもった温かい輝《かがや》きがあふれていた。

釣りに飽《あ》きると、テンニンカの森まで自転車を走らせた。チャー・ロンは立派な娘《むすめ》に成長していたので、以前のように実を袋《ふくろ》に詰《つ》めてやる必要はもうなかった。彼女《かのじょ》自身、食べると口が紫色《むらさき》になるフトモモの実や、触《さわ》るととげが刺《さ》さるソテツジュロの実を採ってとせがむこともなかった。今のチャー・ロンが夢中になっているのは、少女のころの思い出を懐《なつ》かしむように、インドジャボクの花を摘《つ》んでポケットに忍《しの》ばせ、三日間香《かお》りを楽しむことだった。テンニンカの花を摘《つ》んで、一輪は手に持ち、一輪は髪《かみ》に挿《さ》して、昼下がりの森の小道をそぞろ歩いた。とくに目的もなく、髪をなでていく風の音に耳をすましながら。

私はチャー・ロンと並んで歩きながら、心の中の声にならない声を聞いているうちに、自分をとりまく世界が浄化《じょうか》されていくような感覚に浸《ひた》っていた。私の心にはいやしがたい悲しみを凌駕《りょうが》するほどの喜びがあふれていた。復活の鐘《かね》の音が鳴り響《ひび》き、火炎樹《かえんじゅ》が咲く三か月間は一片《ぺん》の黒雲もかかることはなかった。

ただ秋の雲が空に現れ、セミたちが大木の枝先でかん高い鳴き声を競《きそ》い合う夏休み最後の日だけは、少ししんみりした気持ちになった。

チャー・ロンは私が浮《う》かぬ顔をしているのを知っていたが、何も言わず、ただため息をつくばかりだった。彼女《かのじょ》の瞳《ひとみ》にも、私と同じように憂《うれ》いの色が見えた。

「あと二年の辛抱《しんぼう》よ」

チャー・ロンはそれだけ言い残して村を出ていった。それはとくに深い意味のない、普通《ふつう》の言葉のようでもあったが、私には固い約束に聞こえた。私は自分が新しく生まれ変わったように感じていた。

21

その翌年も輝《かがや》かしい歓喜《かんき》に満ちた夏が来た。夏は惜《お》しみない喜びと甘美《かんび》な夢、真紅《しんく》の花を一緒《いっしょ》に連れてきた。

しかし、夏休みが来るまでの日々は長かった。チャー・ロンの勉強のじゃまをしてはいけないと、私も街へは行かなかった。暇《ひま》があれば釣《つ》りざおを手にラー川に向かい、チャー・ロンとの思い出を懐《なつ》かしむように釣りをした。帰りに森へ立ち寄り、インドジャボクの花をポケットいっぱいに詰《つ》めこんで、夏の訪《おとず》れを告げる香《かお》りを楽しんだ。

切れたギターの弦《げん》も張り直し、待ちわびる心を歌に託《たく》した。ハー・ランが涙《なみだ》をふいて出ていった日から、私のギターはずっと沈黙《ちんもく》していた。だが今、私は遠く離《はな》れたチャー・ロンを想《おも》ってギターを弾《ひ》いた。眠《ねむ》りから覚めたギターはささやくような音色を奏《かな》でた。

黄金色の秋の衣《ころも》を身にまとい
僕《ぼく》は夏が来るのを待っている
いてつくような冬の野草を口にくわえて
僕は夏が来るのを待っている
やがて道の草木に春が来て

それでも夏を待っている
いくつもの季節が巡《めぐ》るなか
僕《ぼく》は夏に会いにいくよ
セミの声のようにか細い心を抱《かか》えて

私が求め続ける夏は、なかなかやってこなかった。そんな怒《いか》りの気持ちを歌にした。

僕はこんなに夏を待っているのに
どうしてこんな真っ白な時間が流れていくの
真紅《しんく》の火炎樹《かえんじゅ》の花はどこへ行ったの
君を想《おも》って待っているのに
あの枝に夏はまだ来ない
かんだ唇《くちびる》ににじんだ血の色で
夏が来たのを知ったよ

気持ちを鎮《しず》めるために唇をかむと、血がにじんだ。その赤い色を見て、夏の到来《とうらい》を告げる火《か》炎樹《えんじゅ》を思った。夏まではまだだいぶ先だ。これからもずっと首を長くして待ち続けねばならない。チャー・ロンも私と同じ気持ちでいるのだろうか？

ああ君よ
はるか遠く離《はな》れた場所で
僕《ぼく》を想《おも》うとき
君も夏が来るのが待ち遠しいかい

私は自問自答した。そして、答えを出した。きっとチャー・ロンも私と同じように夏が来るのを待っているに違《ちが》いないと。

心中の焦燥《しょうそう》を知ってか知らずか、ついに夏がチャー・ロンを連れてやってきた。私は自分がどんなに彼女《かのじょ》の帰りを待っていたかを歌に託《たく》した。しかし、そんな歌を聞かされても、チャー・ロンは何も言ってはくれなかった。

「おじさん、もう歌を作るのなんかやめたら」

しばらくたって、チャー・ロンは軽く舌打ちして言った。私はあっけにとられ、「どうして？」と尋《たず》ねると、チャー・ロンは遠くを見るような目をして、「だっておじさんの歌は暗いわ。私、聞いているとなんだか怖《こわ》くなる」と言った。

私は即座《そくざ》にギターを弾《ひ》く手を止めた。チャー・ロンが漏《も》らした何げない不安にとまどった。

ふとハー・ランに恋焦《こいこ》がれていた日を思い出した。私の歌はすべてハー・ランに捧《ささ》げてきたのに、それも結局は実らなかった。私の歌が暗いのはそのせいだろうか。

その日から、もう二度とギターに手を伸《の》ばそうとは思わなかった。チャー・ロンと私はかつて歩いた道を散歩し、花や木の実を探しながら互《たが》いの結びつきを強めていった。

今年の夏休みは駆《か》け足で過ぎていった。来るときは牛の歩みのようにのろく、去るときは大空を飛びまわる鳥のような早さで去っていった。別れのとき、チャー・ロンが言った。

「学校もあと今年を残すだけになったわね」

それから、私の顔をまっすぐ見て、「来年こそはこっちに帰ってくるわ。だから、おじさんも、もう唇《くちびる》をかみ切ったりしないようにね」と笑って言った。私もつられて笑った。チャー・ロンのいない空虚《くうきょ》な日々ももうじき終わりを告げるのだ。

22

その年、ハー・ランは結婚《けっこん》した。私のところにも知らせは来たが、結婚式《けっこんしき》には出席せず、お祝いの品だけ送った。私の気持ちはわかっているはずだから、きっと彼女《かのじょ》も責めたりはしないだろうと思った。

これで私の恋《こい》もついに終幕を迎《むか》えた。結婚式は、これまでの一連の流れに最後のピリオドを打ったにすぎない。心は晴れなかったが、それでも彼女にとっては喜ぶべきことだ。かつて彼女に送った歌の文句にもあるように、今度こそハー・ランがつらい人生に別れを告げてくれればと願った。

僕《ぼく》の望みはただひとつ
不安と憂《うれ》いを引き連れて
君の心から冬が去ることだ
たとえ君の行く道が茨《いばら》の道であったとしても
いつも明るい顔でいてほしい
君を愛することができるのは
まじめでやさしい男だけ

せめて僕《ぼく》の半分でも
君を愛せる男だけ

今度ハー・ランが出会ったのは、誠実でやさしい男に決まっている。きっとユンやリンとは少しも似ていないに違《ちが》いない。

23

ハー・ランの結婚式《けっこんしき》から六か月後、チャー・ロンは中等師範《しはん》学校を卒業した。喜びに顔を輝《かがや》かせ、小躍《こおど》りせんばかりの軽い足どりで村に帰ってきた。その日はいつになくよく晴れた日で、ドードー村が祭りに沸《わ》いているせいか、私の心が浮《う》き立っているせいか、夏の最中に春が出現したような一日だった。チャー・ロンと顔を合わせたときは、感動のあまり言葉も出なかった。チャー・ロンが感きわまって私の手を取り、「おじさん、私、とうとう村に帰ってきたのよ。今度こそはずっとおじさんと一緒《いっしょ》よ！」と言ったときも、私はせき払《ばら》いだけして黙《だま》って突《つ》っ立《た》っていることしかできなかった。チャー・ロンはそんな私の顔を不思議そうにのぞきこみ、「どうかしたの？」と聞いた。私は少年のように顔を赤らめ、「おじさんは……、おじさんは……」と繰《く》り返《かえ》すばかりだった。

まともな返事もできず、おろおろしている私を見て、チャー・ロンはそれ以上追及《ついきゅう》しなかった。たぶん私の精神が極度の興奮状態にあることがわかったのだろう。

私たちが家に入ると、家族のだんらんが始まった。ハー・ランの父親も、この日ばかりは家にいて孫を迎《むか》えた。しかし、以前と変わらず、家の隅《すみ》に置かれたファーンに静かに腰《こし》かけているだけで、孫にやさしい言葉ひとつかけなかった。しかし、ふだんはしわ深く厳しいその顔にほとんど現れたことのない目の輝《かがや》きとほほえみが、心中の喜びを代弁していた。

ハー・ランの母親は孫を見つめ、何度も首をうなずかせながら、「すっかり大きくなっちゃって。もうお嫁《よめ》さんに行くような年になったのね」と言った。一瞬《いっしゅん》、チャー・ロンがちらと私に目配せしたので、私は思わず顔を赤くした。

ハー・ランの母親はさらに、「でもここへ帰ってきたからには、先生になるのが一番よね」と付け足した。

含《ふく》みをもった言い方に、私はびくりとした。先生になるのが一番とは、だれにとって一番なのか、彼女《かのじょ》ははっきりとは言わなかった。彼女自身にとってか、チャー・ロンにとってか、それとも私にとってだろうか。チャー・ロンが師範《しはん》学校に入学してからこのかた、ハー・ランの母親も今日のこの日を待ちわびていたに違《ちが》いない。

とりとめのないことをあれこれ考えているうちに、私は頭が混乱してきた。折しもみんなが互《たが》いの近況《きんきょう》をしゃべり始めたので、私は気づかれないようにそっと家を出た。これ以上ここにいたら、気がおかしくなりそうだった。幸福の青い鳥よ、お前はいつの間に私の肩《かた》にとまっていたんだい？

24

私とチャー・ロンは意気揚々《ようよう》と新しい学年の訪《おとず》れを待った。あと一か月もすれば二人は同じ学校の同僚《どうりょう》になる。あの小さかったチャー・ロンが村の学校の教師になるのだ。

ドードー村はまた一人、新しい帰郷者を迎《むか》え、フレッシュな空気がみなぎっていた。市場の真ん中に立つモモタマナの木の上には、ガラスのように清冽《せいれつ》で高々とした空が広がっていた。床屋《とこや》のトゥーさんの垣根《かきね》のハイビスカスが目にもまぶしい赤い花を咲かせ、キュウ・ホアインさんの庭のカバイロクロガキの木も以前よりたくさんの実をつけていた。火炎樹《かえんじゅ》の並木は今を盛《さか》りと真紅《しんく》の花を咲き誇《ほこ》らせていた。傷ついた心がいやされたせいか、今年の火炎樹は割れたハートの形ではなく、結婚式《けっこんしき》にたく爆竹《ばくちく》のように見えた。

私とチャー・ロンは連れ立って森へ出かけた。森はすっかり様変わりしていた。草木は以前よりずっとやさしく、親密さを増したようだった。テンニンカの花の紫《むらさき》色はつらい思い出の色であったはずなのに、今では私に何かをやさしく語りかけるかのように風に揺《ゆ》れていた。チャー・ロンに目をやると、彼女《かのじょ》もじっと物思いに沈《しず》んでいるようだった。きっと彼女も私と同じことを考えているに違《ちが》いない。森が変わったのか、それとも自分の心境が変化したのかと。心に恋《こい》の炎《ほのお》を燃やしていると、自分をとりまく世界まで生まれ変わったようにすがすがしく、新鮮《しんせん》に見えてくるものだ。そんな微妙《びみょう》な変化にチャー・ロンがとまどいを覚えるのも無理はない。

今、私たちが互《たが》いに対して抱《いだ》いている慕情《ぼじょう》は、もはや隠《かく》しようもないものになっている。心に秘めた想《おも》いはまだ打ち明けていないが、私たちが互いの存在を必要としていることだけは確かだ。私にとってチャー・ロンは、ひとりぼっちの寂《さび》しい夜に見た夢に繰《く》り返《かえ》し現れては、私を明るい光に満ちた少年時代に連れ戻《もど》し、甘美《かんび》な幸福をもたらしてくれた少女その人である。また、チャー・ロンは、私がこの手に幸福をつかめるようにと、天の神様が遅《おそ》まきながら与《あた》えてくださった贈《おく》り物《もの》なのだ。

天の神様がそれを望むなら、ハー・ランの母親もきっと許してくれるに違《ちが》いない。私に対する深い愛と憐憫《れんびん》をもって、私の人生が報《むく》われることを望んでいるだろう。ハー・ランの母親は、ハー・ランと私の不幸な境遇《きょうぐう》を目撃《もくげき》してきた人だから、同じ苦しみを繰り返すことは望んでいないに違いない。

ハー・ランも私たちの関係にとくに異論はないようだった。私とチャー・ロンがうまくいくことを望んでいるし、チャー・ロンは昔の自分よりずっと私と合うことも知っている。ハー・ランとたまに顔を合わせたときでも、それとなく遠まわしな言い方で彼女《かのじょ》は自分の考えを表明してきた。現在、ハー・ランの生活は安定しており、私の幸せを願う余裕《よゆう》ができたのだろう。

いちばん喜んでくれたのは私の母だった。息子《むすこ》が一度も花も咲かせることなく一生を終えるのではないかと心配していた母は、チャー・ロンが村に帰ってきてから、枯《か》れ木《き》に水をくれたように生き生きした私を見るにつけ、やっと心が軽くなったようだ。チャー・ロンが家に遊びにくると、母は息子《むすこ》である私以上に彼女《かのじょ》をかわいがった。それはチャー・ロンも感じていたようで、「この家で、私をいちばん大切にしてくれるのはお母さんね」と笑って言った。

「そんなことないよ。うちの母さんよりずっと君のことを大切にしている人間がもう一人いることを忘れたのかい?」

そう言って慈《いつく》しむような目を向けると、チャー・ロンは照れて下を向いた。私がその種のことを口にするたびに、彼女はいつも恥《は》じらうようなしぐさをする。

「そんなこと、わかってるわ。だから、口に出して言わなくたっていいのよ」

くすくす笑いながら遠くへ走り去るチャー・ロンを目で追いながら、私は自問した。そんなこと、チャー・ロンだって十分わかっているはずなのに、なぜ私は口にせずにいられないのだろう。

25

あのころは私の人生で最良の日々だった。午後になると、チャー・ロンを伴《ともな》って紫《むらさき》色に染まった森を散歩した。二人並んでそぞろ歩くこともあれば、思い思いに好きなところへ歩いていって、葉陰《かげ》から目を見合わせたりした。時にはチャー・ロンが茶目っけを出して急に駆《か》け出し、どこかの茂《しげ》みに隠《かく》れてしまうこともあった。そういうときは私がどんなに声をからして呼んでも返事をせず、きりきり舞《ま》いさせられた。そんなに困らせるなら先に帰ると言って脅《おど》すと、チャー・ロンはやっと顔を出し、「おじさんたら、何慌《あわ》ててるの？　私、おじさんのすぐそばに隠れてたのに見つけられないなんて」と笑われる始末だった。

あるとき、いつものようにふざけて駆け出したチャー・ロンが、小さな叫《さけ》びをあげて隠れていた草むらから立ち上がった。びっくりして駆け寄ると、ソテツジュロの茂みに手を突《つ》いてとげが刺《さ》さってしまったと言う。チャー・ロンは痛そうに息を吹《ふ》きかけながら、私の前に手を差し出した。すぐさまその手を取ってよく見ると、小指に二か所、血がにじんでいた。

「この程度なら、しばらく口にくわえていれば血はすぐ止まるよ」

私はそう言って、とっさに彼女《かのじょ》の小指を自分の口に持っていった。実を言うと、なぜあのときそんなまねをしたのか、自分でもよくわからない。あまりにも唐突《とうとつ》すぎて、自分が何をしているのかはっきりとは意識していなかった。

最初、チャー・ロンはびっくりして、反射的に手を引っこめようとした。しかし、結局そうはしなかった。そのままの格好で目だけそらした。

チャー・ロンの心の動きは私にもわかった。私の手のひらの中で、チャー・ロンの手が震《ふる》えていたからだ。私もチャー・ロンに負けないくらい心が揺《ゆ》れ動いていた。自分の手が震えているのもわかった。実際に震えているのがどちらの手なのかさえわからなかった。たぶんそれは私の手のほうだったかもしれない。現に私の心臓は今にも外に飛び出さんばかりに激しく波打っていたのだから。胸の中で足を踏《ふ》み鳴らし、声を限りに叫《さけ》んでいた。どうにもならない気持ちの高ぶりを抑《おさ》えるために、いっそぎゅっと歯をかみしめようかとも思ったが、そんなことをしたらチャー・ロンの指をかみ砕《くだ》いてしまうかもしれない。それにしても、もう血は止まったのだろうか。どうして私はいつまでもチャー・ロンの指をくわえたままでいるのか。いや、血はまだ止まっていないに違《ちが》いない。心の中では、これからもこの森にソテツジュロがたくさん生えてくることを願っていた。採っても採ってもまだ生えてくる、ナム・トゥーおばさんの庭のヒユのように、際限なく生えてくればいいと思った。そのあかつきには、チャー・ロンの指は何千回となくとげに刺《さ》され、そのたびに私はかわいい指を口にくわえることができるのだ。

とりとめなくそんな物思いにふけっていると、チャー・ロンが不意にこちらに顔を向けた。チャー・ロンは何も言わず、ほほえみを浮《う》かべて私を見た。そのきらきらと輝《かがや》く瞳《ひとみ》には、甘酸《あまず》っぱい恋《こい》の予感がたゆたっていた。その瞬間《しゅんかん》、私はあることに思い当たった。そうだ、チャー・

ロンと私はこうして共に生きるために生まれてきたのだと。

26

恋《こい》は時間がたつのを忘れさせる。そう言ったのはだれだったろう。私の場合、それは箴言《しんげん》以外の何物でもなかった。チャー・ロンが村に帰ってきてからというもの、地球が太陽の周りを回っていることにすら思いが及《およ》ばなかった。昼と夜が知らぬ間に交替《こうたい》し、一日が滑《すべ》るように過ぎていった。戸外では木の葉が落ちているのに、私の中ではしじゅう花が咲き乱れていた。最近、森へはいつもギターを抱《かか》えていくようになった。自然と心の中から湧《わ》き上がってくる歌を聞きたかった。純粋《じゅんすい》で甘美《かんび》なメロディを六本の弦《げん》が奏《かな》でるのを聞きたかった。おじさんの歌は暗すぎる、とチャー・ロンから責められることもなくなった。

ある日、輿に乗った私は、チャー・ロンを森の向こう側まで連れていった。昔、ハー・ランと共に腰《こし》を下ろし、谷の向こうに沈《しず》んでいく夕日を眺《なが》めた岩のある場所である。以前から、私はチャー・ロンをそこへ連れていくことにためらいを感じていた。そこへ行ったら、自分の心がハー・ランとの思い出に吸い寄せられていってしまうのではないかと怖《おそ》れていたからかもしれない。その思い出深い場所に一歩一歩近づいていった。

私は岩に腰を下ろし、何も知らずにテンニンカの花束を手にたたずんでいるチャー・ロンにためらいがちな視線を向けた。午後のやわらかい日差しを浴びて立つチャー・ロンは、言葉にできないくらい美しかった。まるで天界から私のためにこの世に落ちてきた、昔話の天女《てんにょ》のようだった。
感動で胸がいっぱいになった私は、ギターの弦《げん》を調律すると、やさしく歌い始めた。

君はどこから出てきたの
はるか遠くの昨日から
昔話のタムのように
カバイロクロガキの実を惜《お》しんで何になる

歌声に誘《さそ》われるように、チャー・ロンは私の隣《となり》に腰《こし》を下ろした。歌に耳を傾《かたむ》けながら、「またキュウ・ホアインさんのカバイロクロガキの木を思い出したのね。おじさんの歌はいつも昔の思い出ばかり」と言って笑った。
耳元で響《ひび》く心地《ここち》よいささやきは、秋の午後、風に吹《ふ》かれて地面を舞《ま》う落ち葉の音のように聞こえた。幸せが胸に迫《せま》り、息が詰《つ》まりそうだった。人生とは夢みたいなものだ。私の隣にすわっているのは本当にチャー・ロンか、それともただの幻《まぼろし》なのか。かき鳴らすギターの音は雲に向かって問いかけた。

君は夢の世界の住人か

深い朝もやにまぎれて現れた君は
こんなに僕《ぼく》の近くにいるのに
生身の君とは思えない

ギターの音色はため息のようにフェードアウトしていった。チャー・ロンは私の手の上にそっと自分の手を重ね、声を震《ふる》わせて言った。

「私は夢なんかじゃないわ。私はずっとおじさんと一緒《いっしょ》よ！」

私もチャー・ロンに顔を向けた。自分ではコントロールできないくらい心が波立っていた。その勢いで私はチャー・ロンを抱《だ》きしめた。彼女《かのじょ》を抱きしめながら、世界を抱きしめているような気がした。私の震える腕《うで》の中で、チャー・ロンの肩《かた》が震えていた。私の腕《うで》の中で、チャー・ロンの胸が早鐘《はやがね》のように打っていた。やがてチャー・ロンは私を見上げた。何かを待っているような唇《くちびる》、熱い感情をたたえた瞳《ひとみ》。これこそ幼いころからずっと私が待ち続けた瞬間《しゅんかん》だったのではないか。僕の心に咲くゴレンシの花びらが散るのも構わずに君は去っていった。僕が奏《かな》でるギターに悲しみがしみとおっているのはそのせいなのだ。君が去った森には足跡《あしあと》ひとつ残っていない。僕は君を待ち続けた。僕の魂《たましい》は今にも消えてなくなってしまいそうだった。君の姿が現れるのは夢の中だけだった。だけど今、君はついに帰ってきてくれたんだね。僕を見つめる深い瞳。あれから二十年の月日が過ぎたけど、君の瞳はあのころと変わりなく美しい。

君の唇《くちびる》にキスをする日がやってきた。僕《ぼく》の唇は熱く燃え、心臓はあふれる思い出の中に溶けてしまいそうだ。

私は夢遊病者のようだった。息も詰《つ》まりそうな歓喜《かんき》に酔《よ》いしれながら、だれかが「ハー・ラン、僕はこの日を何年も待っていたんだよ！」と叫《さけ》ぶ声を聞いた。強烈《きょうれつ》な歓喜の声に私は思わず身震《みぶる》いし、すんでのところで声に出して叫んでしまいそうだった。

私の微妙《びみょう》な変化を不審《ふしん》に思ったチャー・ロンは目をぱちくりさせ、不思議そうな顔をして私を見た。

「どうかしたの、おじさん？」

私は魂《たましい》が抜《ぬ》けたみたいにぼうっとしていた。「いや……、その……なんでもないよ」としか言えなかった。

チャー・ロンはそっと私の腕《うで》から離《はな》れ、心配そうに言った。

「風邪《かぜ》でもひいたんじゃないの。なんだか顔色が悪いわ」

私も「うん、きっと風邪だね」と答えたものの、歯切れが悪いのが自分でもわかった。チャー・ロンに促《うなが》され、通い慣れた小道を通って家に帰ったが、深い霧《きり》の中でも歩いているような不安から逃《のが》れることができなかった。家に帰ってからも不安定な気分はおさまらず、目まいがした。

「明日になればきっと元気になるわ。そうしたらまたラー川へ釣《つ》りに連れてってね」

すぐそばで聞くチャー・ロンの言葉が、はるか遠くから響《ひび》いてくるように感じられた。うんと短く返事をした自分の声さえ、他人の声のように思えた。

「どうしてそんなに気がない返事をするの？　前にも連れてってくれるって、約束したじゃない」

私はまた力なく、うんと返事をしたが、今度はさっきよりはましだった。目の前にはチャー・ロンの満面の笑顔《えがお》があったが、それもぼやけて見えた。君が楽しそうにしているのを見るとおじさんはつらくなる。私は頭の中で響く自分の声に耳を傾《かたむ》けた。チャー・ロン、君は知っているかい。おじさんにとって、君はこの世でいちばん大切な人だ。おじさんの愛情のすべてを集めても足りないくらい愛している。これからもてる愛情を君だけに捧《ささ》げる。君ひとりだけにね！

27

その晩、私はだれにも気づかれぬよう静かに荷物をまとめた。明日は村を出ていくつもりだ。もし母が知ったら、きっと悲しがるだろう。ハー・ランの母親も悲しむに違《ちが》いない。もちろんハー・ランだってそうだ。しかし、私にはこれしか方法がなかった。私のハー・ランへの愛はとうに燃えつきたと思っていたが、昨日の午後、その火はまだ消えていないことに気づかされた。これほどつらいことはないけれど、チャー・ロンへの私の愛は、形を変えたハー・ランへの愛でしかなかったのだ。チャー・ロンを胸に抱《だ》きしめてキスしたとき、頭に思い浮《う》かべていたのはハー・ランだった。それに気づいたとき、震《ふる》えが走り、背筋が寒くなった。

チャー・ロン、君ならわかってくれるよね。明日、おじさんはここを出ていく。そんなことをしたら、みんなが悲しむこともよくわかっているつもりだ。いちばん悲しむのは、チャー・ロン自身かもしれない。君がおじさんに捧《ささ》げてくれた愛はどんなに誠実で汚《けが》れがなく、温かいものだったことか。君は君のおばあちゃんに似て情が深く、慈愛《じあい》に満ち、いつもおじさんを心から信頼《しんらい》してくれた。たとえ口には出さなくても、おじさんはよくわかっている。君は深くこまやかな心で、君の母さんがおじさんの心に残していった傷をいやしてくれようとしたんだね。

君が都会の学校で学んでいる間、おじさんはどんなに君を恋《こい》しく想《おも》ったことだろう。君の帰りを、一分一秒、指折り数えて待ちわびたものだ。村に帰ってからの十年余、おじさんはこの娘《むすめ》たちが村を捨てて出ていくのを見てきた。おじさんの目の前を、それこそ群れをなして、振《ふ》り向《む》きもせず。こうして村に残ったのは年寄りと子どもばかりになった。若者で帰ってきたのは君だけだった。君はおじさんと同じようにこの村を愛していたね。きっと村には幼い日の思い出がいっぱい詰《つ》まっていたからだと思う。愛する人々がいたからだと思う。そして、村にはおじさんがいたからだと思う。都会で学んでいる間、君は村に帰れる日を心待ちにしていた。一日、一か月と指折り数え、火炎樹《かえんじゅ》が咲いては散る回数を数えながら。そして、「おじさん、私、ついに帰ってきたのよ。今度こそ、ずっとおじさんと一緒《いっしょ》よ！」と喜々として叫《さけ》んだ日のことは、昨日のことのようにはっきり覚えているよ。あのとき君の瞳《ひとみ》に宿った歓喜《かんき》の輝《かがや》きも。だけど、こうして君が帰ってきたというのにおじさんは村を去らねばならない。

ため息をついて窓の外に目をやると、青白い月の光が裏の畑のバナナの葉の上で切なげに揺《ゆ》れていた。今ごろチャー・ロンの家のウスイロカズラの棚《たな》にも黄金色のしずくが降り注いでいることだろう。そのしずくは、君の夢の中にも潜《もぐ》りこんでいるかもしれない。

私は室内に視線を戻《もど》し、ひんやりとしたファーンの表面を軽くさすってみた。子どものころ、よくここにうつぶせになって、父が振《ふ》り下ろすお仕置きの鞭《むち》を待ったものだ。チャー・ロンよ、この村は美しいところだ。君は君の母さんよりよくそのことを知っていたね。ただ、この村は美しいけれど、悲しい場所でもある。おじさんが子どものころは今よりもっと活気があった。

村は昔とさほど変わっていないはずなのに、今のおじさんには違《ちが》って見える。大人になると、同じものがまったく違って見えるものなんだよ。かつてはあんなに光り輝《かがや》いて見えたものが、だんだんそうではなくなってしまう。だがいずれにせよ、君にとって、君をとりまく世界は元のままのはずだ。たとえ明日、君がここへ来てみたら、おじさんがいなくなっていたとしても。

チャー・ロン、おじさんは行くよ。そろそろ時間だ。もうじき村はずれで鶏《にわとり》が時を告げるだろう。夜明けのまどろみの中にいる君にも聞こえるはずだ。それとも今夜の君は、いっぱいの花に囲まれている夢や、おじさんとラー川へ釣《つ》りに行く夢でも見ているのだろうか。今、こうしておじさんが村を出ていこうとしているときも、そんな無垢《むく》な夢の中でおじさんにほほえみかけているのだろうか。

私は意を決して歩き出した。心は重苦しく、締《し》め付《つ》けられるようだった。ふびんなチャー・ロン！　明日、君が汽車の汽笛を耳にしたときには、おじさんは遠く離《はな》れた場所にいることだろう。前にそんな歌を作ったことがあったじゃないか。おじさんはその悲しい歌を何度歌ったかしれない。しかし、まさかその歌が、おじさんとおじさんが最も愛する人のために歌われることになるとは夢にも思わなかった。明日、君がここへ来るころには太陽が昇《のぼ》り、この夏最後の火炎樹《かえんじゅ》の花は真っ赤な血をしたたらせているだろう。だけど愛するチャー・ロンよ、きっとそのとき、君は泣いたりしないよね。涙《なみだ》を見せたりしないよね。おじさんはそのことを心から信じているよ。

訳注

1．P3　ファーン：木製の広く平らな台。ベトナムの家屋は床《ゆか》が土間やタイルばりのため、食事や客のもてなし、昼寝などはファーンの上で行う。

2．P3　ベテル：檳榔樹《びんろうじゅ》の実（檳榔子）と石灰をキンマの葉でくるんだもの。嚙《か》むとさわやかな味がすることから、女性の口中清涼剤《せいりょうざい》として用いられる。

3．P44　村の学校には五年生のクラスまでしかなく……：この物語の舞台《ぶたい》となっている解放前の旧南ベトナム（北緯《ほくい》十七度線以南）の教育制度は、一年生から十二年生まで（小学校五年、中学校四年、高校三年）の十二年制で、地元に六年生以上のクラス（中学や高校）がない農村の子どもたちは、県都や都会に下宿して通学しなければならなかった。

4．P69　タック・サィン：民間に口承で伝わる昔話の主人公。幼いころにみなし子となった貧しい青年、タック・サィンが、玉皇から授《さず》かった武術と妖術《ようじゅつ》を使って大蛇《だいじゃ》を退治し、大鳳《たいほう》にさらわれた姫君《ひめぎみ》を救出。さらに彼《かれ》がもつ不思議な力を利用して、彼の手柄《てがら》を我《わ》がものにしようとした商人、リー・トンを懲《こ》らしめ、王から姫君と王位を与えられる。もともとは、六言の句と八言の句が複雑な韻《いん》を踏《ふ》みながら交替《こうたい》する、ベトナム独特の詩形式（六八体）で綴《つづ》られた、千八百余りの詩句より成る物語。作者、成立年代とも不詳《ふしょう》だが、その内容は広く人口に膾炙《かいしゃ》している。

5．P73　「トイ」といううきちんとした一人称：ベトナムには、話し手の性別、話し手と聞き手の年齢《ねんれい》差や親密さの度合いによって変化する複雑な人称代名詞の体系がある。「トイ」以外にも、年上の者に対して用いる「エム」（「弟、妹」の意。男女とも）、年下の者に対して用いる「アィン」（「兄」の意。男性のみ）や「チ」（「姉」の意。女性のみ）などの親族名称が一人称代名詞の代わりになる。

6．P75　ディン・フン：一九三〇年代、若手の文学者たちの間で、伝統的な形式にとらわれない口語詩を提唱する運動（「新詩」運動）が起こった。ディン・フンや、この後に出てくるスアン・ジュウは、そうした運動にかかわった詩人である。

7. P76 スアン・ジュウ（一九一七～一九八五）：「新詩」運動にかかわり、フランス植民地時代からベトナム戦争後にかけてベトナム北部で活躍《かつやく》した詩人。数多くの恋愛《れんあい》詩を残した。

8. P76 チュオン・チー：ベトナム民話の登場人物。家は貧しいが、笛を吹《ふ》かせれば達人級の腕前《うでまえ》。彼が吹くすばらしい笛の音を耳にした王女ミ・ヌオンは、彼に恋焦《こいこ》がれるが、結局二人が顔を合わせるチャンスはなく、恋が実ることもない。

9. P81 タム：ベトナム版のシンデレラ、「タムとカム」に登場する女性主人公の名。意地悪な継母《けいぼ》に育てられたタムが、王子と結婚《けっこん》して幸せになるところまではシンデレラと同じだが、この物語にはさらに続きがある。ある日、亡《な》くなった父親の命日で実家に帰ったタムは、彼女《かのじょ》の幸福を妬《ねた》む継母と異母妹カムの企《たくら》みによって殺される。しかしタムはウグイスに変身したり、カバイロクロガキの実から出てきたりして二人に復讐《ふくしゅう》を果たし、王子との幸せな生活を取り戻《もど》す。

10. P85 クン・ティエン、ファム・ディン・チュオン、ファム・ズイ、トゥー・コン・フン：クン・ティエンは、フランス植民地時代の歌手。ファム・ディン・チュオン、トゥー・コン・フンは、ベトナム戦争中に旧南ベトナムで活躍した歌手。ファム・ズイは、トゥー・コン・フンと同時代の作曲家。

11. P89 テト：旧正月。ベトナムでは正月を旧暦《きゅうれき》で祝う。

12. P93 天台山で道に迷った劉《リュウ》と阮《グエン》：中国は東漢時代（西暦二十五～二二〇年）の書「幽明録《ゆうめいろく》」に出てくる話。薬草を求めて天台山に入った劉晨と阮肇の二人は道に迷い、天女《てんにょ》と出会って結婚する。月日がたち、望郷の念にかられた二人は、故郷に帰りたいと天女に申し出る。天女は、ひとたび天台山を離れると、二度とここへは戻《もど》ってくることができないと言い含《ふく》めて、二人を送り出す。帰郷した二人は、しばらく離れている間に故郷がすっかり変わってしまったことに気づく。それもそのはず、天台山の一日は、この世の一年にも匹敵《ひってき》するからである。二人は再び天女《てんにょ》のもとに戻りたいと願うが、そこへ戻る道を見つけることはできない。

13．P96　ドアン・チュアン：フランス植民地時代に活躍《かつやく》した、クン・ティエンと同時代の歌手。

14．P96　チン・コン・ソン：ベトナム戦争中から戦後にかけて、ベトナム南部で活躍した作詞・作曲家。

15．P106　張飛や韓信：ともに「水滸伝《すいこでん》」に登場する武将の名。

16．P106　范蠡《ファム・ライ》と洗濯《せんたく》女の西施《タイ・ティ》：中国の古典「東周列国伝」に登場する人物の名。春秋《しゅんじゅう》時代（紀元前七七二～四〇三）、呉《ご》の国王、夫差《ふさ》に敗北した越の国王、勾践《こうせん》は、部下の范蠡に美しい女を探してきて、呉王に献上《けんじょう》するよう命じる。范蠡は西施という美女を献上するが、范蠡自身が西施に夢中になり、後に呉を打ち破ったとき、范蠡は西施を連れて行方《ゆくえ》をくらます。

17．P107　秀才《トゥー・タイ》一次の試験：大学入学資格を得るための国家試験。第一次試験に合格すると、各大学の入試である第二次試験を受験できる。

18．P110　グエン・ビン（一九一九～一九六六）：一九三〇年代後半から五〇年代にかけて活躍した詩人。恋《れん》愛《あい》や嫉妬《しっと》を主題にした詩は、現在も多くの人々に愛唱されている。

19．P114　カイルオン：一九一〇年代の終わりごろ、ベトナム南部の都市住民の間に興《おこ》った大衆歌劇。古典歌劇（チェオ、トゥオン）に改良（カイルオン）を加えたものなのでこの名がある。

20．P114　ジョー・マルセル：ベトナム戦争中に旧南ベトナムで活躍したベトナム人男性歌手。

21．P116　「ラムール・セ・プール・リアン」、「アリーン」：ともにフランスのポップス。ベトナム語の歌詞がつけられて、旧南ベトナムの若者の間で流行した。

22．P119　女子校：解放前の旧南ベトナムには女子校、男子校があったが、現在はすべて男女共学となっている。

23. P151 「ゴレンシの実もらって、金塊返《きんかい》す」：ベトナム民話のひとつ。内容は以下のとおり。ある村に、金持ちだが欲が深い兄夫婦と、貧乏《びんぼう》だが正直者の弟夫婦がいた。弟夫婦の唯一《ゆいいつ》の財産は、たわわに実をつけるゴレンシの木だけだった。ある日、その木に巨大な鳥がやってきて、ゴレンシの実をくれたら、金塊をやるから、三尋《ひろ》の袋《ふくろ》を作って待っているよう告げる。別の日、言われたとおり、弟が袋を作って待っていると、鳥は弟を背中に乗せ、金塊でできた島に連れていく。袋に金塊を詰《つ》め込《こ》んで、鳥の背に乗って帰った弟は大金持ちになる。その話を聞いた欲の深い兄夫婦が五尋の袋を作って待っていると、例の鳥がやってきて、弟と同じように兄を金塊の島へ連れていく。兄もまた袋いっぱいに金塊を詰め込んで、鳥の背に乗って帰ろうとする。しかし海の上にさしかかったとき、金塊が重すぎて鳥がバランスを失い、兄は振《ふ》り落とされて死ぬ。

24. P153 翠翹《トゥイキュウ》：ベトナム古典文学の最高傑作《けっさく》とされる、阮攸《グエンズー》作の長編叙事《じょじ》詩「金雲翹《キム・ヴァン・キュウ》」のヒロインの名。天に嫉《ねた》まれた薄幸《はっこう》の美女、翠翹が家族や恋人《こいびと》と引《ひ》き裂《さ》かれた後、幾多《いくた》の苦難を乗り越えて再会を遂《と》げるまでが、六八体の詩で綴《つづ》られている。全編三千二百五十四の詩句より成る。

25. P156 バイン・ホーイ：チャーシュー、ビーフン、生野菜などを米の粉で作った皮（ライスペーパー）で巻いたもの。

26. P161 ソー・カイン：「金雲翹」に登場する女たらしの男性。

27. P182 ルック・ヴァン・ティエン：ベトナム南部の詩人、グエン・ヴァン・チュウ（一八二二～一八八八）の同名の作品に登場する男性主人公の名。文武の才に秀《ひい》でた青年、ルック・ヴァン・ティエンは、宮《きゅう》廷官吏《ていかんり》への登竜門《とうりゅうもん》、科挙試験をめざして都に上るが、その途上《とじょう》、母親の訃報《ふほう》に接し、受験を断念して帰郷する。母を失った悲しみで盲目《もうもく》となった彼《かれ》は、悪意ある者たちから騙《だま》されたり、川に突《つ》き落とされたりするが、善意の人々の助けでさまざまな困難を乗り越え、目も見えるようになり、科挙合格を果たして官位を得る。その後、皇帝の命で侵略軍《しんりやく》を打ち破り、最初の科挙受験のころからの恋人《こいびと》であったグェット・ガーと結ばれる。なおこの物語は、三千八十二行の詩句から成る六八体の叙事詩《じょじ》で、訳注24の「金雲翹《キム・ヴァン・キュウ》」に次ぐ、ベトナム古典文学の傑作《けっさく》とされている。

28. P187 ゴー・トゥイ・ミエン：ベトナム戦争中の旧南ベトナムの歌手。

29. P194 T・K・K・H：「新詩」世代の女性詩人。

30. P198 オウコーの息子《むすこ》が……：ラック・ロン・クアンとオウコーは、ベトナムの創生神話に登場する人物。龍《りゅう》を祖先にもつラック・ロン・クアンと、仙人《せんにん》を祖先とするオウコーが夫婦となって、百の卵を生む。しかし住む世界が違《ちが》う二人は、卵からかえった百人の男児を五十人ずつ分け、子どもたちを引き連れて、夫は水の世界へ、妻は山に帰る。以上のことからもわかるように、このくだりは、異界へ迷い込《こ》むことのたとえとなっている。

31. P257 ハン・マック・トゥー：フランス植民地時代の夭折《ようせつ》詩人（一九一二〜一九四〇）。

あとがき

加藤　栄

本書は、ベトナムの人気作家、グエン・ニャット・アィン（ Nguyễn Nhật Ánh ）の長編小説「つぶらな瞳」（ Mắt biếc 初版一九九〇年　本書は NXB Trẻ 二〇〇一年刊第六版をテクストとして使用）の全訳である。この小説は、作者が自身の体験を下敷きとして、青少年向けに書き下ろしたラブストーリーである。

物語の背景は、南部解放（一九七五年）前のベトナム中部の貧しい村。主人公のガンと幼なじみの少女ハー・ランは、中学校にあがるまでの子ども時代をこの村ですごす。幼いころから一途にハー・ランを想い続けてきたガンにとって、自分の想いが彼女に伝わらないもどかしさを抱えながらも、この時期はもっとも穏やかで平和な時代である。しかし故郷の村を離れ、県都の中学から、さらに都会の高校へと進学するにつれて、ガンの恋の先行きには暗雲がたちこめるようになる。ライバルの出現、ハー・ランのつれない態度、そして何より彼女に思い切って告白できないガン自身の気の弱さや、都会の人間に対するひけ目と気おくれ。ガンはさまざまな試練と格闘しながら、自虐的ですらある自己犠牲の精神をもって、彼女の幸せのために献身的に尽くす。

この小説には、そんなメインとなる純愛物語のほかにも、幼かったガンが成長して村の小学校の教師となるまでがサイドストーリーとして書き込まれている。とくにガンの幼少年時代を描いた第一章

――すべてを受け入れ、やさしく包み込んでくれる祖母、遊び仲間のティン叔母やいとこたち、塾や学校の先生、クラスメートたちとのやりとりを描いたくだりには、これまで日本語に翻訳されてきたベトナムの小説には見られない、子どもたちをとりまく等身大の日常世界が繰り広げられており、この作品を豊かに肉付けしている。またドードー市場の雑貨売り場、旅芸人一座の不思議な芸、家々の壁に貼りつけられたカバイロクロガキの皮といったドードー村の風物や、春になると紫一色に染まるテンニンカの森、白いアオザイに埋め尽くされる女子校の下校風景を描いたくだりは、ガンの思い出のひとこまひとこまに鮮やかな彩りを添えている。

ところでこの物語の舞台は、先にも述べたように、今から三十年ほどさかのぼる解放前の時代――旧サイゴン政権の時代であるが、そこには現代のベトナムが抱えるいくつかの社会問題が投影されている。

そのひとつは都市と農村の経済格差である。ガンの故郷、ドードー村は中部ベトナムの山間部にあるという設定になっているが、ここはベトナムじゅうでもっとも貧しい地域で、ドイモイ政策が進められている現在も、経済発展の波からとり残されている。ドードー村の若者たちは、ある年齢に達すると、みな村を捨てて出ていってしまい、あとに残されるのは老人と子どもばかりである。ガンをとりまく人物たちの中で、最終的に村に残ったのは、ハー・ランの娘チャー・ロンとフー先生の息子のホアだけだ。

ハー・ランも例外ではない。第一章でさりげなく触れられているように、彼女の家はガンの家と比べるとずっと貧しい。彼女の父親の一族も、村に残って農業をしているのは父親だけである。ハー・

ランが都会にあこがれ、そこでどんなにつらい目にあっても帰郷しようとしないのは、貧しさが根底にあるからだろう。物語の最後でガン自身も言っているように、「この村は美しいけれど、悲しい場所」なのだ。ガンがどんなにハー・ランを愛しても、その想いが彼女に届かないのは、彼女の個人的な好みのせいばかりでなく、村への愛着を抱き続けるガンと都会をめざすハー・ランとの間に、相入れない大きな溝があったからではないだろうか。

二つめは、右に述べたこととも関係するが、子どもの早期自立が期待されていることである。ガンの幼いころの遊び仲間のうち、いとこのクエンは小学校への入学が二年遅れたばかりでなく、中学に進学できず家業を手伝っているし、そもそもガンのクラスメートで中学校に上がれた者は半数にすぎない。中学へ上がるには親元を離れて県都に下宿しなければならないことから、もし学業成績がふるわなければ、経済的に進学は断念せざるをえない。子どもにはよき稼ぎ手として、早く自立することが求められているのだ。こうした期待は、ハー・ランの父親の娘や孫に対する態度に見られるように、親と子の関係をも覆っている。

このような傾向は、背景となる状況は異なるものの、現代のベトナムにも当てはまる。ドイモイ前までは政府が教育の無償化政策をとってきたこともあって、ベトナムは比較的高い就学率を誇ってきた。しかしドイモイ後、教育に対する国家予算が削減されて自己負担が増えたため、貧しい家庭の子どもは満足な教育を受けられなくなってきている。いったん就学はするものの、中途で退学してしまうケースも少なくない。とくに近年は経済格差の拡大が原因で、生活していけないほど貧しいわけではないのに、今よりもっといい生活がしたいからという理由で、親が子どもを働きに出したり、子どもが自分から学校をやめてしまうといったケースも増えてきている。

ところでこのような青少年の日常——家庭や学校での生活、遊び、恋愛や友情を描いた小説がベトナムで出版されるようになったのは、一九九〇年代以降のことである。一九八〇年代半ばごろまでは、少年少女向けの本というと、昔話や、実在の人物をモデルにした英雄伝、偉人伝がその大半を占め、道徳的、教育的色彩が濃いものだった。とくに思春期以降の若者のニーズを満たす書物はなきに等しく、「児童文学」を卒業した子どもたちは大人の本を読むしかなかった。

こうした空白を埋めたのが、本書の作者、グエン・ニャット・アィンである。彼の作品は、ベトナム戦争後のベビーブーム期に生まれ、ちょうどこの時期に読書に親しむ年齢を迎えた少年少女たちの心を即座につかんだ。九〇年代以降、テレビやビデオをはじめとする娯楽手段の増加にともない、文学書の出版が苦戦を強いられている中、彼の作品は出せばすぐに売り切れ、どの作品も幾度となく版を重ねている。

グエン・ニャット・アィンは一九五五年、ベトナム中部クアンナム省に生まれ、地元で普通教育を受けた後、ホーチミン市の師範学校に入学した。一九七六年に同校を卒業後、青年突撃隊に入隊。十年間、隊員として子どもたちの教育にあたった。一九八六年より、ホーチミン市で発行されている新聞「解放サイゴン」の記者となり、子どものページを担当するかたわら、青少年向けの詩集や小説を意欲的に発表。その数は、訳者の知る限りで八十冊近くにもおよぶ。主な作品に、「手に負えないあいつ」(一九九〇年、ホーチミン共産青年同盟主催の「若手文学」コンテストで一等賞を受賞)、「三人組の下宿部屋」、「五人掛けの椅子」、「私の小さな天使」「赤い夏」、「醜面の同級生」「私の小さな天使」「手紙を運ばない伝書鳩」「女学生」のような、ミドルティーン以上の読者を対象とした長編小説のほか、ローティーン向けポケット文庫「万華鏡」シリーズ（全四十五巻）などがある。なお彼は、一九九五年にホーチミン共産青年同盟と「若人」新聞が共催した読者アンケートで、過去二十年間を代表する若手作家のひとりに選ばれ、九八年には、ベトナム唯一の児童書専門出版社、キムドン社からベストセラー賞を受賞している。

本書の翻訳・出版にあたっては、いろいろな方のご助力を仰いだ。翻訳全般に関しては、ハノイからの留学生、レ・キム・タィンさんはじめ、在日・滞日ベトナム人の友人たちのお世話になった。作中に出てくる動物名や植物名については、秋葉由紀彦さんから貴重なご教示をいただいた。また編集の佐相伊佐雄さん、カバーのデザインをして下った渡辺優さんにもこの場を借りて御礼申し上げたい。

最後に、本書がトヨタ財団「隣人をよく知ろう」プログラムの翻訳出版助成を受けたものであることを付記しておく。

訳者　略歴

加藤栄（かとう　さかえ）

1953年神奈川県生まれ。東京外国語大学インドシナ科（ベトナム語）卒業。一橋大学大学院社会学研究科単位修得、中退。

現在は大東文化大学国際関係学部、東京大学教養学部の非常勤講師としてベトナム語を教えるかたわら、ベトナム文学の翻訳、紹介につとめている。

おもな訳書に、

「流れ星の光　ベトナム現代短編集」（新宿書房　1988年）、

「夏の雨」（マー・ヴァン・カーン著　長編　新宿書房　1992年）、

「虚構の楽園」（ズオン・トゥー・フオン著　長編　段々社　1994年）、

「ベトナム現代短編集１」（大同生命国際文化基金　1995年）

「ツバメ飛ぶ」（グエン・チー・フアン著　てらいんく　2002年）

などがある。

つぶらな瞳

発行日　二〇〇四年八月十日　初版第一刷発行

著　者　グエン・ニャット・アイン

訳　者　加藤栄

発行者　佐相美佐枝

発行所　株式会社てらいんく

〒二一五-〇〇〇七　川崎市麻生区向原三-一四-七

ＴＥＬ　〇四四-九五三-一八二八

ＦＡＸ　〇四四-九五九-一八〇三

振替　〇〇二五〇-〇-八五四七二

印刷所　モリモト印刷

ISBN4-925108-01-8 C0097